CW00872198

РОМАНЫ
МАРИИ ВОРОНОВОЙ

О ТОМ, КАК ТРУДНО РЕШАТЬ
ЧУЖУЮ СУДЬБУ, КОГДА НЕ МОЖЕШЬ
РАЗОБРАТЬСЯ В СОБСТВЕННОЙ,
ЧИТАЙТЕ В ЦИКЛЕ РОМАНОВ

МАРИИ ВОРОНОВОЙ

Женский приговор

Погружение в отражение

Идеальная жена

Сама виновата

Когда убьют – тогда и приходите

Жертва первой ошибки

Второй ошибки не будет

Из хорошей семьи

Кадры решают все

Без подводных камней

МАРИЯ ВОРОНОВА

УГОЛ АТАКИ

Москва
2022

УДК 821.161.1-31
ББК 84(2Рос=Рус)6-44
В75

Художественное оформление серии *А. Дурасова*

Издание осуществлено при содействии *Н. Заблоцкиса*

Редактор серии *А. Самофалова*

Воронова, Мария Владимировна.

В75 Угол атаки / Мария Воронова. — Москва : Эксмо, 2022. — 320 с.

ISBN 978-5-04-157549-6

Освобождается должность председателя суда, и кандидатура Ирины Поляковой — первая в списке. Нужно всего лишь доказать свою лояльность и вынести обвинительный приговор пилотам, совершившим аварийную посадку пассажирского самолета. Это вопрос государственной важности — самолет новый, и крайне важно, чтобы причиной аварии официально был признан человеческий фактор, а не технические и конструктивные недоработки. Можно ли сломать судьбы двух человек ради интересов государства? Ирина не готова сразу дать ответ и начинает разбираться.

УДК 821.161.1-31
ББК 84(2Рос=Рус)6-44

ISBN 978-5-04-157549-6

Предисловие

Несколько лет назад, собирая материалы для книги, я случайно узнала о посадке гражданского самолета на Неву. Интересно, что, прожив в Санкт-Петербурге почти пятьдесят лет, я никогда не слышала об этой истории.

Итак, 21 августа 1963 года самолет «Ту-124» с экипажем в составе командира воздушного судна (КВС) Виктора Яковлевича Мостового, второго пилота Василия Григорьевича Чеченева, штурмана Виктора Царева, бортмеханика Виктора Смирнова, бортрадиста Ивана Беремина, бортпроводников Александры Александровой и Виктора Харченко совершал рейс из Таллина в Москву. После взлета передняя нога шасси не убралась, и самолет был направлен на запасной аэродром в Ленинград для выполнения там посадки с неисправной передней ногой шасси. Пройдя контрольный пункт Кикерино, «Ту-124» продолжал полет в окрестностях аэропорта с целью выработки топлива до остатка, определенного для посадки с выпущенной передней ногой шасси. Через три часа полета остановился сначала левый, а потом и правый двигатели, запустить их вновь оказалось невозможно. Благодаря профессионализму и выдержке экипажа самолет благополучно совершил вынужденную посадку на Неву между Финляндским и Большеохтинским мостом. Подоспевшим к месту приводнения катером Северо-Западного речного пароходства (капитан Юрий Поршин) он был отбуксирован к берегу, эвакуированы находившиеся на борту пассажиры и экипаж. Погибших и пострадавших не было. В дальнейшем пилотов не наказали, но и не наградили, широкой огласки происшествие не получило. Одним из тех, кто встал на защиту командира воздушного судна, которого хотели отдать под суд, был известный писатель Василий Ардаматский. Его участие и активность спасенных пассажиров помогли экипажу избежать уголовного преследования и продолжить летную работу.

На меня эта история произвела очень сильное впечатление, я долго мечтала написать о ней и наконец решилась. Прежде всего хочу обратить внимание читателей, что это не хроника, а художественное произведение, написанное по мотивам тех событий. Время действия перенесено на двадцать лет вперед, допущены другие неточности, но главное, что члены экипажа «Ту-124» не являются прототипами персонажей этой повести.

Мария Воронова

Часть первая

Апрель

Весеннее солнце подмигивало в окно кабинета, по радио обещали благодать, и Ирине захотелось на дачу. Как там сейчас должно быть хорошо, светло и ясно, а от распускающихся листочков пахнет юностью и первой любовью… Строго взглянув на солнце, которое дразнило и звало на улицу, как подружка-хулиганка, она сказала:

— А Ира гулять не выйдет. У нее двое детей, которых в холодный дом тащить нельзя, а оставить не с кем.

Вечером она предложила Кириллу в выходные съездить на дачу самому или в компании Виктора Зейды, которому, кстати, будет где провести время со своей тайной возлюбленной Яной, но муж внезапно позвонил не закадычному другу, а Гортензии Андреевне, и та геройски согласилась посидеть с детьми, пока супруги не менее геройски готовят дачу к летнему сезону.

Ирина бросилась сразу и собираться, и готовить обед на выходные, и наводить порядок, чтобы Гортензия Андреевна не имела повода думать, будто она неидеальная хозяйка, и, как ни странно, преуспела по всем трем направлениям, после чего упала в кровать, как подкошенная, а в семь утра уже дремала в электричке, склонив голову на плечо мужа, широкое, но весьма жесткое и неудобное.

На даче зима только-только отступила, в канавах и в густой тени высоких елей еще лежали островки серого в черную крапинку снега, и новая трава еще не закрыла прошлогодней, а только пробивалась сквозь нее трогательными беззащитными иглами.

Войдя в темный стылый дом, Ирина зябко повела плечами и пожалела, что приехала, но Кирилл сразу затопил печку. Дрова, отсыревшие за зиму, долго не хотели разгораться, потрескивали и шипели, но вскоре огонь занялся, заговорил о чем-то быстро и убедительно, потянуло дымком, и сразу стало уютно и хорошо.

Ирина распахнула тяжелые занавески на окнах, вымыла полы и отнесла одеяла с подушками проветриться на солнцепеке. Немного подумала, не сделать ли того же с постельным бельем, которое, выстиранное и выглаженное осенью, после зимы все же отдавало немного затхлостью, но решила не халтурить, а как следует пройтись утюгом по простыням и пододеяльникам.

Ожидая, пока утюг разогреется до нужной температуры, Ирина вдруг подумала, что подготовка дома к дачному сезону ассоциировалась у нее с какой-то штурмовщиной, героическим и непосильным трудом на пределе всех сил человеческих, и теперь, когда выяснилось, что это не так, она чувствует себя виноватой. То ли лентяйкой, то ли полной дурой, не видящей фронта работ. Но раз уж серьезных дел больше нет и печка прогорит, как раз когда она догладит, надо мчаться домой, освобождать Гортензию Андреевну.

Впрочем, гладила она тщательно и не торопясь. Простыни были ветхие, без пяти минут тряпки, но старая учительница подарила им новую жизнь, виртуозно нашив заплаты на прорехи и самые истертые участки. От этого некоторые постельные принадлежности стали напоминать полотна приверженцев кубизма или политическую карту Африки, где многие границы представлены прямыми линиями, но спать на них удивительным образом оказалось приятно. Ирине совсем не хотелось разрушить творчество Гортензии Андреевны неосторожным движением утюга. Вот она и старалась.

Работа спорилась, печка хлопотливо шумела, зимняя стужа под утюгом испарялась без остатка, в магнитофоне на подоконнике задушевно пел Тото Кутуньо, Ирина вторила ему, пытаясь разгадать смысл песни на основании скудных знаний латыни, которые она получила в университете, и мысли в голове витали дачные, простенькие и ясные, как солнце за окном.

Между тем было чему ворваться в эту безмятежность… Например, предстоящий процесс, исход которого уже предрешен, хотя дело еще даже не передано в суд. Председатель ясно дал понять, что распишет его своему лучшему судье, то есть ей, Ирине Андреевне Поляковой. Во вторник после обеда они вместе едут на прием в горком партии, и, видимо, приговор действительно важен, раз партийная верхушка не ограничилась телефонной «указивкой», а снизошла до личной беседы.

Ах, хорошо бы в понедельник проснуться бессовестным и беспринципным человеком и без всяких терзаний провести процесс так, как того желает руководство… Сосредоточиться на доказательствах вины, а все, что свидетельствует в пользу невиновности, игнорировать или вообще признавать недопустимым доказательством, если факты слишком уж колют глаза. Все можно подверстать под обвинительный приговор, когда внутреннее убеждение тебе спустили сверху.

Честность и порядочность в такой ситуации тоже способны сыграть с судьей злую шутку. В диссидентском запале он, наоборот, может скептически воспринять доказательную базу, счесть ее недостаточно убедительной и оправдать подсудимого по принципу «назло маме отморожу уши». А ведь если партия требует наказать гражданина по всей строгости закона, это еще не гарантирует его невиновности.

Ирина тщательно, уголок к уголку, сложила последний пододеяльник и порадовалась, какая ровная получилась стопочка, не стыдно будет открыть шкаф при посторонних. И честно говоря, в выходной день хочется думать именно о такой вот ерунде, а не торговаться со своей совестью, тем более пока еще не знаешь ни сути, ни цены сделки.

А может, прибегнуть к испытанному и безотказному средству самозащиты — больничному листу? Участковая в детской поликлинике почти подруга, на Володю даст без звука. Ведь ребенок всю зиму ничем не болел, честно тянул лямку в ясельках и давно заслужил небольшую передышку.

Дней на десять затаиться, и все, гроза минует, ибо у власть имущих определенно где-то припекает. Провели расследование стахановскими методами, буквально на сверхзвуковой скорости, а передают вообще со световой. Так что точно не станут дожидаться, пока у ребенка судьи пройдет насморк.

Только Ирина прекрасно знала, что из суеверия не будет просить больничный на здорового ребенка. Поноет председателю суда Павлу Михайловичу, но если он не сжалится, то примет удар на себя.

А дальше как будет, так и будет, и нечего переживать о том, что еще не случилось! — от этой мысли в голове вдруг стало пусто и просто.

Ирина засмеялась и, в третий раз проверив, что утюг выключен, вышла во двор.

Кирилл, голый до пояса, вскапывал грядки.

Лопата, казалось, сама танцевала в его руках, и так выходило у него споро и красиво, что Ирина невольно загляделась и в конце концов удивилась, что этот молодой сильный мужик — ее муж.

Хотела сказать, что апрельское солнце коварное и надо надеть рубашку, чтобы не простудиться, но снова засмотрелась, как красиво мускулы Кирилла перекатываются под кожей в такт работе, и забыла.

Подойдя поближе, она увидела, что Кирилл копает слишком глубоко.

— Стой, стой, ты мне весь песок выворотил!

Вогнав лопату в землю, Кирилл нахмурился:

— В смысле?

— Разрушил весь тончайший плодородный слой. И так-то зона рискованного земледелия, а теперь ты с песком перемешал, вообще фиг что взойдет.

— Да?

Ирина отвела взгляд, досадуя на то, как она могла забыть фундаментальный принцип, что нельзя мужика ругать, когда он что-то делает по дому. Все, что муж совершает вне дивана, — идеально и восхитительно.

— Ладно, — Кирилл вновь взял лопату и примерился, — угол атаки дам поменьше.

Ирина приосанилась:

— Угол атаки — это угол между направлением вектора набегающего на тело потока и характерным продольным направлением, выбранным на теле.

— Ничего себе! — улыбнулся Кирилл. — Откуда такие познания?

— Читаю книги для процесса. Очень надеюсь, что не понадобится, но все равно читаю. И понимаю четыре слова из десяти, — нехотя призналась Ирина.

Она вернулась в дом и, пока на раскаленной оранжевой спирали электроплитки закипала вода для сосисок, порезала помидоры. Они были твердые, водянистые и ничем не пахли.

Сейчас они с Кириллом поедят, и можно ехать домой. Как раз успеют на трехчасовую электричку. Но муж вдруг, отфыркиваясь под рукомойником, сказал:

— Гортензия Андреевна с ночевкой подрядилась, так давай еще побудем! Мы так давно не оставались с тобой вдвоем!

Да, редко, а вернее сказать, никогда. Не было у них медового месяца, того глупого и блаженного коротенького периода свободы вдвоем, когда люди отвечают только за самих себя и друг за друга. Как ни грустно, а про них с Кириллом нельзя сказать, что они создали семью, нет, это он вошел в маленькую семью, состоявшую из Ирины и ее сына Егорки. Казалось бы, разница небольшая, но все же есть. С чем-то пришлось ему смириться, к чему-то приспособиться... Какие-то свои планы и желания оставить при себе, даже не озвучив. А Ирина до сегодняшнего дня как бы ценила, что он взял ее с ребенком, но при этом не задумывалась, чего он из-за этого лишился.

И она, уже открыв рот, чтобы напомнить, что дома их ждут не самые послушные в мире дети, с которыми тяжело справляться даже такому мощному педагогу, как Гортензия Андреевна, захлопнула его и кивнула, мол да, конечно, давай останемся.

После обеда Кирилл взял из сарая старое жестяное ведро с вмятиной на боку и выкатил Володину сидячую колясочку.

— Наверное, в этом году она уже не понадобится, — сказал он, устанавливая ведро на сиденье.

— Наверное, — вздохнула Ирина.

— Во всяком случае, надеюсь, Володя не узнает, что отец катается в его лимузине. Сгоняю быстренько на карьер, привезу тебе землички.

— Куда?

— На карьер.

— Далеко это?

— А ты не знаешь?

— Откуда? — Ирина засмеялась. — Из местных культурных точек мне известны только магазин, вокзал, аптека. Библиотека еще, но она в одном доме с магазином, так что не считается.

— Пойдем тогда со мной, покажу.

Через десять минут они оказались на опушке леса. Ноги пружинили на толстом ковре порыжевшей хвои, из-под которого тут и там выбивались наружу узловатые корни, про которые Ирина в детстве воображала, что это щупальца злых волшебников. Среди рыжих корабельных сосен было тихо, гулко и даже страшновато. Ветер слегка раскачивал верхушки, и шишки падали с веток почти беззвучно.

— Ну вот, — сказал Кирилл, когда они вышли на полянку, поросшую молодыми елочками и прутиками, в которых угадывались будущие березы.

— Это и есть твой карьер? — удивилась Ирина.

— Был.

Бросив коляску, Кирилл быстро обошел вокруг полянки.

— Эх, такая была мощная яма… Я тут все детство проиграл, столько замков песочных было построено и крепостей… — он сокрушенно покачал головой, — а рядом лежала непонятно зачем гора земли, откуда все дачники таскали.

— Вот и вытаскали. Ничего страшного, я потом на станции грунта куплю.

Кирилл сел у подножья сосны.

— Просто так странно вдруг стало, — сказал он тихо, — когда видишь, что в твоей песочнице вырос лес, очень остро сознаешь, что детство прошло очень давно.

Он прислонился к дереву и закрыл глаза, а Ирина провела ладонью по теплому шершавому стволу и вспомнила, как делала с отцом кораблики из кусочков такой сосновой коры. И все же ей не стало грустно, потому что проходит не только хорошее, но и плохое. Карьер стал полянкой, вожделенная куча земли разошлась по участкам, впиталась в почву и взошла ландышами, подснежниками и черникой.

Прямо перед ее глазами застыла капля смолы, так дерево залечивает свои раны.

Кирилл вдруг рывком притянул ее к себе.

Ирина обняла его, прижалась губами к сухим горячим губам и успела еще подумать, что если кто-то подойдет, то они ничего не услышат, но очень быстро это стало совершенно все равно.

18 марта

Ян Колдунов вошел в здание аэровокзала. Форма была выглажена без единой морщинки, как это умеет только мама, в дипломате бутылка умопомрачительно дорогого и дефицитного армянского коньяка соседствовала с маминым ванильным печеньем, а голова Яна Александровича была снаружи прекрасна, а внутри полна надежд и планов на будущее. Поймав свое отражение в стеклянной двери, Колдунов приосанился и улыбнулся от радости, как он хорош и впереди его ждет тоже только хорошее.

Он летел в Москву представляться генералу, старому, но не очень близкому товарищу отца. В этом году Ян заканчивал академию. Годы учебы он посвятил именно учебе, а не пьянкам и прочим интересным приключениям, как все нормальные люди, поэтому кафедра хирургии с удовольствием готова была его оставить у себя, но для этого требовалось окончить с золотой медалью, что, в свою очередь, было возможно только при наличии высокого покровителя. Много ребят поумнее Яна, до шестого курса не имевшие ни одного «хорошо» в зачетке, вдруг получали трояк на госэкзамене и благополучно отправлялись пасти белых медведей куда-нибудь на Новую Землю, а были и такие, что учились как все, ни шатко ни валко, а перед выпуском вдруг пересдавали какую-нибудь химию за первый курс и половину других предметов и внезапно выходили в медалисты. Поэтому Ян не удивился, когда завкафедрой прямо сказал ему, что коллектив примет его с радостью, но только если найдется кому замолвить за него словечко.

Папа по такому случаю спрятал гордость в карман и связался с однокашником, занимавшим теперь видный пост в Министерстве обороны. Тот выслушал благосклонно, но сказал, что должен знать, за кого просит, вот Ян и ехал с визитом, снаряженный самым лучшим коньяком, который только способна породить щедрая армянская земля. Папа предупредил, что Гришка, то есть, пардон, Григорий Семенович, мировой мужик и ни за что не откажет, а великосветская церемония затеяна лишь для того, чтобы посмотреть, что выросло из вредного голосистого младенца, в свое время обмочившего будущего генерала.

Предстоящая встреча приятно будоражила, но не страшила, в самом деле, не может же не понравиться такой великолепный парень, и сам по себе красивый, да еще и только что из маминых заботливых рук! Просто чудо, а не мужчина! Ян снова поймал свое отражение на стекле, чтобы окончательно в этом убедиться.

Колдунов зашел в туалет, причесался, еще раз проверил, что форма сидит отлично и все в ней строго по уставу, и вернулся в зал ожидания. Из буфета заманчиво пахло настоящим кофе и булочками, но не хотелось портить впечатление от маминого завтрака, и Ян, миновав ряд высоких одноногих столиков, прошел к панорамному окну, за которым было видно летное поле и где уже прижался носом к стеклу парнишка лет двенадцати. Ян встал рядом, слегка стыдясь своего детского любопытства, но что поделать, если он раньше никогда не летал самолетом… На поездах без конца катался, а по воздуху до сегодняшнего дня не довелось. Он бы и сейчас поехал железной дорогой, но родители пожалели. Слишком уж напряженный график. Ночь с пятницы на субботу в поезде из Ленинграда в Таллин, с субботы на воскресенье — из Таллина в Москву, а с воскресенья на понедельник — из Москвы обратно в Ленинград. «Пусть ребенок хоть одну ночку у родителей поспит», — сказала мама. Главное, что после ночи в поезде трудно сохранить хрустяще-крахмальный вид, как ни наводи накануне красоту, а заступаться за помятых и пожеванных парней не хочется даже самому снисходительному генералу. Вот папа и взял любимому сыну билет на самолет.

Летное поле походило на огромный асфальтовый стадион с непонятной разметкой. Самолет виднелся далеко, так что надпись «Аэрофлот» на борту расплывалась. Зато под самыми окнами стояли вертолеты с лопастями, уныло поникшими, как увядающие лепестки. По полю ехал львовский автобус цвета яичного желтка и сновали грузовички необычного вида. Особенно впечатлил Яна маленький трактор, тянущий вереницу тележек с сумками и чемоданами. Сам он летел без багажа, и это давало чувство легкости и свободы.

Тут в громкоговорителе раздался сигнал, женский голос очень любезным тоном произнес что-то на неизвестном языке, повторил на другом неизвестном, и Ян понял, что пора ему идти на регистрацию.

У стойки уже выстроилась очередь с паспортами и билетами наготове. Перед Яном оказалась настоящая монашка, и он никак не мог заставить себя не разглядывать ее. Конечно, он знал, что есть на свете верующие, церкви и служители культа, но все это существовало где-то за пределами его мира, и встретить в аэропорту монашку, собирающуюся лететь в самолете, как простая смертная, было очень странно. Ян ощущал себя примерно так же, как было с ним в глубоком детстве при виде Деда Мороза. Вроде бы ты и знаешь, что это твой настоящий дедушка, но в то же время и чувствуешь, что не все так просто и явно не обошлось без настоящего волшебства. Монашка была щупленькой остроносой женщиной, рыженькой, судя по одинокому локону, выбившемуся из-под тяжелой черной косынки, плотно охватывающей лицо. Ян вспомнил, что церковная одежда, кажется, называется облачением. А вот сумка у монахини оказалась самая прозаическая, синий параллелепипед из кожзама с белой оторочкой и белой же символикой Олимпиады-80 на боку, которая, впрочем, так стерлась от времени, что едва угадывалась. У него тоже была такая сумка, только коричневая и сохранилась гораздо лучше, потому что с формой носить ее было нельзя. «Ну да, я же в военную академию поступил, а не в монастырь», — подумал Ян и сам не понял, улыбнулся или поморщился. Впрочем, все неудобные мысли тотчас вылетели из головы при виде новых пассажиров. В очередь встали три женщины — старушка, дама средних лет и девушка, от красоты которой у Яна захватило дух. Такая она была глазастенькая, с носиком и ладной фигуркой, что Ян очень нескоро поглядел на ее спутниц. Он старался не пялиться ни на саму девушку, ни на старушку, совершенно очевидно, родную бабушку, и на среднюю, промежуточную женщину тоже старался не смотреть. Она была немножко другая, покрупнее и совсем некрасивая, и Ян сначала даже решил, что она не родственница, но женщина, поймав его взгляд, слегка улыбнулась, и фамильное сходство проявилось совершенно отчетливо. Девушка тоже бросила на него взгляд из-под длинных пушистых ресниц, и Ян приосанился, попытавшись изобразить равнодушного покорителя женских сердец, а сам помолился, чтобы девушка летела одна и в соседнем с ним кресле. Впрочем, он успеет подкатить и после посадки, главное, не потерять ее из виду. Отвезти в такси, куда ей надо, ну а если девушку встречают, то взять телефончик — дело трех минут.

Хмурая эстонка на регистрации работала быстро, и Ян всего пару раз успел перемигнуться с девушкой, как оказался в темном зале со смешным названием «накопитель».

Возле двустворчатых стеклянных дверей стоял львовский автобус, с мордой короткой и печальной, как у пекинеса, и прогревал мотор, готовясь везти пассажиров к самолету.

Подошла сотрудница аэропорта, держа за руку давешнего парнишку, рядом с которым Ян пялился на летное поле. Внимательно оглядев пассажиров, стюардесса остановила свой выбор на монашке, подошла к ней и сказала, что мальчик летит один и в Москве экипаж сдаст его с рук на руки матери, но во время полета хотелось бы, чтобы за ним приглядел кто-то из пассажиров.

Монашка с улыбкой кивнула, показав крупные выпирающие зубы, а Яну стало немного обидно. Не то чтобы он хотел возиться с ребенком, но все же почему на роль ответственного взрослого выбрали служительницу культа, погрязшую во мраке предрассудков, а не, например, молодого военного врача? Без пяти минут аспиранта кафедры хирургии, между прочим.

Вспомнив об этом, Ян блаженно зажмурился. Завтра же мировой мужик Григорий Семенович позвонит куда надо, и колесо закрутится. И никаких проблем, на кафедре он давно уже свой, знает и работу, и правила игры, его любят, ждут и с радостью примут в коллектив. Он ведь не какой-нибудь тупорылый сынок, ему даже ни одного экзамена пересдавать не придется, в зачетке сплошь «отлично». И после генеральского звонка портить ее уже не будут.

Оперирует он сейчас на уровне среднего ординатора с приличным стажем, а то и получше, это не его раздутое самомнение, а слова начальника кафедры. Способности к научной работе тоже присутствуют, что подтверждено многочисленными рефератами с высокими оценками и десятком публикаций в журналах. Кандидатскую он точно напишет, сомнений в этом нет, так что после аспирантуры останется на кафедре ассистентом, потом доцентом, а там, глядишь, и до профессора доживет. Докторскую точно надо попытаться защитить до сорока, хоть это и редко кому из хирургов удается. Но, черт возьми, когда твои природные дарования удачно сочетаются с трудолюбием, на жизненном пути попадается опытный и заботливый наставник и в нужный момент находится покровитель, то тут грех не преуспеть!

Ян представил себя лет через двадцать хозяином просторного кабинета со сводчатыми окнами. Вот он в накрахмаленном до хруста двубортном халате проводит занятие с курсантами, вот оперирует, вот ведет прием… А потом садится в черную «Волгу» и едет домой на улицу Салтыкова-Щедрина (ему всегда хотелось жить там в доме с эркерами и огромным фонарем в арке, ведущей во внутренний дворик).

Заодно представил, что женился на сегодняшней девушке и она ждет его дома среди всякой красоты и почему-то в шелковом кимоно. Наверное, у них есть дети, но они уже взрослые и выпорхнули из родительского гнезда. Может, сын в военном училище, а дочка замужем. Естественно, за хорошим человеком. А может, еще маленькая, живет с ними и просит собаку, и он соглашается, хотя и знает, что кормить и гулять придется самому, несмотря на все клятвы дочери.

Вот такая жизнь ждет его, успех и полная чаша, и нечего думать о каких-то досадных мелочах, как ты не думаешь о крохотном камешке в ботинке, догоняя уходящий поезд. Успеешь вытряхнуть, когда вскочишь в свой вагон и займешь свое место.

* * *

Иван Леонидов готовился к неприятному, но необходимому разговору, ибо прав отец — если промолчать, то бог знает сколько еще проходишь во вторых пилотах. У него формально высшее образование, обучение он прошел, налет часов достаточный, все есть, чтобы стать командиром воздушного судна, а карьера тормозится по прихоти старикашки, который то ли просто вредничает, то ли до пенсии хочет пролетать с надежным вторым. Конечно, Лев Михайлович

Зайцев по прозвищу Трижды Зверь для пилота древнее древнего, и весь коллектив, затаив дыхание, ждет, когда он наконец не пройдет медкомиссию, но год за годом Зверь преодолевает этот барьер с завидной легкостью и остается в левом командирском кресле. Вот уж действительно отсыпал Бог здоровья — лопатой не убьешь. И давать дорогу молодым он явно не собирается, только беда в том, что и Леонидов из комсомольского возраста давно вышел. Еще пару лет, и вводить его командиром уже будет нецелесообразно. Что тогда? Бесславный закат, вот что. Есть вторые, которых все устраивает, летают, и ладно, но он, сын Героя Советского Союза Николая Леонидова, просто не имеет права довольствоваться малым и убаюкивать себя, принимая поражение за победу. Вчера отец рассказал, что вопрос о вводе Ивана командиром практически решен, единственная загвоздка в том, что Зайцев не дает рекомендацию, а его мнение в аэрофлоте имеет вес. «Я, конечно, буду работать над этим, — сказал отец, — но для начала ты сам с ним поговори, выясни, чем он недоволен, и поработай над собой. В конце концов, Лев Михайлович человек опытный и здравомыслящий, а я хочу по-настоящему гордиться своим сыном и быть уверенным, что он занимает высокий пост благодаря своим достижениям, а не по блату».

Иван собирался поговорить с Зайцевым вчера после рейса, но тот стремительно скрылся в командирском номере профилактория и не выходил на связь до самого утра. Для очистки совести Иван немножко послонялся под его дверью, но решил, что нарушать отдых пожилого человека — порядочное свинство, и лег спать, скорее довольный, чем раздосадованный отсрочкой. Утром он решил, что в предполетных хлопотах окошка точно не найдется, и воспрянул духом, что тяжелый разговор откладывается до следующей смены, но наземные службы аэропорта работали как швейцарские часы, и Леонидов, фантастически быстро пройдя медосмотр, метеорологов и службу организации перевозок, со всеми документами на рейс оказался в штурманской комнате на двадцать минут раньше срока. Лев Михайлович уже был там, пил кофе из бумажного стаканчика и читал вчерашнюю «Правду». Иван немного подождал, но штурман с бортинженером не торопились, видно, разговорились с приятелями. Повода промолчать, к сожалению, не нашлось.

— Разрешите обратиться?

— Слушаю тебя.

Дипломатия никогда не была сильной стороной Ивана, поэтому он сразу рубанул:

— Лев Михайлович, а почему вы не дали мне рекомендацию?

— Доложили-таки?

— Не в этом суть. Почему? Я хороший летчик, вы это знаете.

Зайцев кивнул, аккуратно сложил газету и молча уставился на Ивана из-под густых седых бровей. Леонидов поежился, но продолжал:

— Нареканий к моей работе нет, а что стаж маленький, так, простите, у меня восемь лет в морской авиации, и там я тоже был далеко не последний.

— Да?

— Да, Лев Михайлович! Любой вам скажет, что я летал отлично и опыт приобрел, знаете ли… Не в обиду гражданским пилотам будь сказано… И из штопора выводил, и на воду садился, и на лед.

— Я твоих заслуг не оспариваю, Иван Николаевич. — Зайцев допил кофе, смял стаканчик и с неохотой поднялся бросить его в корзину для бумаг. Леонидов тоже встал, отчасти из вежливости, а отчасти потому, что командир был очень маленького роста, а всегда приятно, когда начальство смотрит на тебя снизу вверх.

— Тогда в чем дело?

— Командир, Иван Николаевич, это не только мастерство, но и прежде всего ответственность, — Зайцев взмахнул бровями. — Ты должен думать не о высшем пилотаже, а о том, что у тебя полсотни жизней за плечами.

— Так я думаю.

— Ты обязан понять, что на борту существуешь не только ты, такой прекрасный, но экипаж и пассажиры, которые тоже люди и ничем не хуже тебя. Экипаж, Ваня, это не безликая обслуга твоего героизма, заруби себе на носу. У каждого характер, особенности, проблемы. Я вижу, что ты можешь пилотировать самолет, стоя раком на ушах, но это не штука. Штука, Ванечка, в том, чтобы сплотить людей так, чтобы они работали как один человек. Разумно, согласованно и в благоприятной обстановке. Одно то, что ты затеял этот разговор перед полетом, уже говорит о том, что ты не готов. Настоящий командир знает, как опасна конфликтная ситуация в воздухе…

— Я не конфликтую, просто спрашиваю в плане работы над собой, — быстро перебил Иван.

Зайцев покачал головой:

— Ответственность и уважение, ничего сложного. Какой ты командир воздушного судна, если своим коечем командовать не можешь?

Иван оторопел:

— Не понял?

Лев Михайлович стал с преувеличенным вниманием раскладывать на столе карту погоды.

— Все ты понял, — пробурчал он, — женатый человек, а к Наташе клинья подбиваешь.

— Лев Михайлович, клянусь, ничего не было!

— Сегодня не было, а завтра будет, на грех мастера нет. И что? Что это будет, экипаж или публичный дом на крыльях? Ты тени такого допускать не имеешь права! Это табу должно быть, и не только потому, что вы сотрудники, но и потому, что ты взрослый мужик, а она двадцатилетняя девчонка, в голове у которой… — тут Лев Михайлович замялся, — …в общем, черт знает, что в голове у двадцатилетних девочек, но точно не мозги. Это вот я тебе прямо гарантирую.

Иван пожал плечами.

— И еще у меня одна новость для тебя, — злорадно добавил Зайцев, — когда ты будешь командиром, то на бортпроводниц заглядываться тебе будет строжайше запрещено, зато в оба глаза придется смотреть, чтобы этого не делали члены экипажа. Как к дочкам придется тебе к ним относиться. Я понимаю, что для военного человека женщина — это прежде всего трофей, но в гражданской жизни другие порядки. Здесь она друг, товарищ и брат.

— Вы говорите, будто я пришел в аэрофлот не из Советской армии, а прямиком из Золотой Орды. Знаменосец Аттилы будто прямо. Политрук Чингисхана.

Зайцев хмыкнул:

— И все же привыкай, что на гражданке иначе. У вас главное — это любой ценой выполнить боевую задачу, ну а мы без героизма перевозим людей из пункта А в пункт Б. Ты вот рискнул и катапультировался, а мы должны сделать так, чтобы такой необходимости не возникло ни при каких обстоятельствах.

Иван, кажется, сообразил, почему Лев Михайлович против него предубежден.

— Постойте, так вы считаете, что я струсил? При первых признаках опасности бросил самолет? Но это не так. Катапультирование — это крайняя мера спасения жизни, когда все другие средства уже исчерпаны, и никто за это летчика не осуждает.

— Да господь с тобой…

— Оно потому и называется крайней мерой, что шанс выжить весьма скромный. Там идет такая перегрузка, что вам в страшном сне не снилась. Это, знаете, надо еще решиться на аварийное покидание самолета и доверить свою жизнь какой-то тряпочке, поэтому никто не настраивает летчика бороться за машину до последнего, наоборот. Все-таки человек — это человек, а самолет — железо, пусть и очень дорогое.

— Ваня, остановись. — мягко, но требовательно произнес Зайцев. — Я не сомневаюсь, что ты поступил тогда правильно, проблема в другом. Ты пока не понял, что больше катапульты у тебя нет.

Иван только руками развел. Похоже, в глазах старика он какой-то воздушный хулиган, который, дорвавшись до власти, немедленно начнет крутить мертвые петли с пассажирами на борту. А хуже всего, что Трижды Зверь, как все недалекие люди, считает себя крайне мудрым и проницательным, и если уж что-то втемяшилось ему в голову, то никакими силами не переубедишь.

В принципе, деда понять тоже можно, ведь он не знает специфики военной службы и считает, что Иван безответственно отнесся к полету, может, не проверил техническое состояние машины, может, пренебрег погодой, может, увлекся, проявил лишнее удальство и в результате угробил дорогую машину, ради выпуска которой советский народ годами горбатился, недоедал и вообще отказывал себе во всем. А Иван Леонидов бестрепетно отправил ее в болото легким движением руки. Жаль, конечно, уникальную технику, но военный человек мирится с такими потерями, потому что война — это вообще потери и разрушение. Люди тратят кучу времени и денег ради того, чтобы поднять в воздух истребитель, единственная цель которого — уничтожить за одну секунду другой истребитель, созданный другими людьми ценой огромных трудов и лишений. Безумие, если вдуматься, но военная служба устроена так, что размышлять на ней некогда и опасно. День забит под завязку, лишь бы только у офицера не образовалось тихой минутки, во время которой к нему вдруг снизошло бы понимание, какому чудовищному занятию он посвящает свою жизнь.

Зайцев вдруг пристально и сурово посмотрел на него, Иван буркнул «виноват» и обратился к полетной документации, хотя очень хотелось сказать, что нельзя ломать людям карьеру из-за своих замшелых предубеждений и стереотипов. Слова эти просто просились на язык, но, к счастью, в штурманской комнате появились остальные члены экипажа.

Бортинженер Павел Степанович был увлеченным лыжником, и встречный ветер с морозом совершенно стерли приметы времени с его лица. Обладателю этой задубевшей физиономии можно было дать и тридцать, и восемьдесят лет, и только по тому, что Зайцев общался с ним чуть более по-дружески, чем с другими членами экипажа, Иван догадывался, что истина ближе ко второй цифре. Штурман Гранкин только-только выпустился из института, а вдобавок был еще выше высокого Ивана, мелкий Зайцев рядом с ним смотрелся сущим гномом, поэтому молодой специалист вынужден был вести себя особенно скромно и услужливо, и личные качества его оставались пока загадкой.

Иван привычно заполнил лист с информацией о полете. Немного поспорили насчет количества топлива. Зайцев попросил накинуть лишнюю тонну, хотя в этом не было необходимости. Все в штатном режиме, никаких сюрпризов не предвидится. Правда, в Таллине ожидается дождь, но после того, как они покинут этот уютный город, а в конечном пункте маршрута погода звенит, так же как и на запасном аэродроме.

— Зачем? — пожал плечами Павел Степанович.

— Да вроде и незачем, — ответил ему Зайцев, — просто старая привычка, с Севера осталась. Там всегда надо иметь в виду, что запасной аэродром тоже закроют, а тебя погонят куда-то еще.

Вписали лишнюю тонну.

Закончив расчеты, Зайцев достал папиросы, чтобы как следует накуриться перед рейсом. По штурманской пополз горький и душный дымок, от которого Павел Степанович сразу начал демонстративно отмахиваться.

— Фу, Михалыч, гадость! Лучше бутылку водки выпей, чем кури.

— Тебе-то лучше.

— Правда, это ж смерть. Рак, давление, инфаркт!

— А водка прямо самый витамин.

— Тоже не панацея, конечно. Лучше не выбирать между двух зол, а избегать. Вот Иван Николаевич молодец, не курит и не пьет!

— И здоровеньким помрет, — улыбнулся Леонидов.

— Ну да. Я-то хоть выпью, так десяточку пробегу, а то и двадцатку дам, алкоголь-то весь и выйдет, а никотин куда ты денешь? Все в организме накапливается. Честно говоря, Михалыч, непонятно, как ты только медкомиссию проходишь, когда у тебя все сосуды забиты табаком?

Как только Зайцев брал в руки папиросу, бортинженер сразу заводил лекцию о вреде курения, но за время работы Ивана в экипаже ситуация не сдвинулась с мертвой точки. Лев Михайлович не пытался бросить, а Павел Степанович — понять, что проповедь его тщетна.

— В этот раз по самой кромке прошел, — Зайцев глубоко и со вкусом затянулся, — по лезвию бритвы, а на следующий год, наверное, уже не стану. Хватит. Уходить надо вовремя. А то будет как в анекдоте, когда старый пилот запрашивает разрешение на вылет, штурман говорит, ты что, какой взлетать, видимость сто метров, а пилот отвечает, так а я дальше и не вижу.

Иван со штурманом вежливо посмеялись бородатой шутке.

— Пора мне на заслуженный отдых, пора.

Зайцев сделал паузу, видимо, ожидая возражений, но их не последовало, тогда он выдохнул очередную порцию горького дыма и продолжал:

— Да, решено, вот только Ивана Николаевича до ума доведу, и все, на волю. Он пусть тут вами командует, а я дачу дострою наконец.

Леонидов заставил себя улыбнуться. До ума доведу, надо же… Будто он желторотик неотесанный, салага, а не боевой офицер. Но именно потому, что он боевой офицер, он промолчит.

Апрель

В кабинетах горкома сидели те же люди, и если в соответствии с указаниями руководства мышление у них стало новое, то на обстановке это никак не отразилось.

В приемной оказалось несколько мужчин в костюмах, до странности похожих друг на друга, и Ирина со вздохом села в уголочке. Партийные руководители и хорошенькие девочки знают главный принцип: хочешь набить себе цену — заставляй ждать.

Жаль только, что сегодня она не одна, а с Павлом Михайловичем, поэтому неудобно доставать из сумки книжку, придется рассматривать копию картины Айвазовского «Девятый вал», висящую над столом секретарши. Вообще говоря, картина о могуществе стихии и покорности судьбе — странный выбор для коммунистического учреждения.

Председатель суда выпрямился, сцепил руки в замок, похоже, волновался, а Ирине даже думать не хотелось, что ждет ее за массивными дубовыми дверями.

Если честно, то вообще ни о чем не хотелось думать. Вдруг остро и явственно вспомнилось, как Кирилл обнимал ее в лесу, и по телу разлилось приятное тепло. Заниматься любовью на природе глупо, но в тот раз им было удивительно, космически хорошо вместе. И сейчас хотелось домой, печь пирог для мужа и детей, обнимать их и любить, а не тратить время на пустопорожние разговоры с сильными мира сего.

А ведь можно просидеть в очереди и до глубокого вечера, черт его знает, какие тут порядки. Коммунисты бдят о счастье трудового народа неусыпно, в том числе и после окончания рабочего дня. Кирилл заберет Володю из яселек, в этом на него можно положиться, но завтра ему в первую смену, вставать в пять утра, и хорошо бы лечь пораньше, а не нянчить ребенка, пока жена порхает по высоким кабинетам! Черт возьми, у нее муж работает как вол, чтобы семья ни в чем не нуждалась, так редкие минуты отдыха имеет право тратить на свой диплом, который у него есть шанс защитить в этом году. Призрачный, но есть. Ирина вздохнула. У нее самой-то все в порядке, высшее образование, умеренно успешная карьера, интересная и ответственная работа. Чем из этого набора она поступилась ради семейной жизни? То-то и оно, что ничем, а вот Кирилл... До женитьбы это был рабочий высочайшей квалификации, перспективный студент филфака и талантливый поэт-песенник (хотя у них в рок-клубе это называется иначе). Теперь, по сути, остался только рабочий, вкалывающий на износ, остальные ипостаси растаяли, утекли по безжалостной реке времени. И как бы Ирина тут ни при чем, со своими друзьями-музыкантами он не тусуется якобы потому, что повзрослел, стихи писать как бы надоело, а высшее образование вроде тоже сделалось ни к чему, ибо зачем идти в школу на девяносто рублей, когда кузнецом поднимаешь по пятьсот и больше?

Официально это его собственный свободный выбор, а по сути что? Если бы он женился не на женщине с ребенком, а на молодой девочке, которой не надо стремительно рожать, потому что сроки поджимают? Сейчас точно был бы с дипломом, а в своей рокерской тусовке считался бы не одним из, а отцом-основателем на уровне если не Маркса, то Энгельса уж точно.

Кирилл многим пожертвовал ради семьи, и позор, что она этого раньше не замечала. Считала, что настрадалась достаточно и поэтому заслужила счастье, но Кирилл вообще-то не виноват в ее разводе. И к тому, что она путалась с женатым мужиком и попивала, тоже он не причастен. А расплачивается…

Ирина вздохнула, но странным образом хорошее настроение не пропало от этой грустной мысли. Всегда лучше, когда видишь ситуацию так, как есть на самом деле, а не через кривое стекло самолюбования и жалости к себе. Сразу проявляются пути выхода из кризиса. Например, можно в эти выходные уехать с детьми на дачу, а Кирилла оставить, пусть дописывает диплом в тишине и покое. А если он вместо этого устроит дикую пьянку с Зейдой и Женей Горьковым, то тоже ничего.

Тут секретарша неожиданно пригласила их войти, и Ирина вскочила, не веря своей удаче.

Она уже бывала в этом кабинете несколько лет назад, когда судила секретаря комсомольской организации, и с тех пор хозяин стал еще больше похож на красную звезду кругленьким торсом и короткими толстенькими конечностями. Некоторые друзья Ирины, недолюбливавшие советский строй, утверждали, что в целях спасения страны всех партийных бюрократов необходимо вешать на фонарях. Так вот если бы им удалось претворить в жизнь свои кровожадные замыслы, то конкретно с этим бюрократом у них все равно бы ничего не вышло. Человек с шеей, заметно превосходящей по диаметру голову, неминуемо выскользнет из петли.

— О, проходите, проходите, — радушно улыбаясь, чиновник выкатился из-за стола, пожал руку Павлу Михайловичу, а Ирину галантно взял под локоток и повел к кожаному диванчику, стоящему возле окна. Рука у него была теплая и приятная, — давненько мы с вами не виделись, Ирина Андреевна.

— Да, давно, — кивнула Ирина, с некоторым опозданием вспомнив, что тогда ее просили вынести обвинительный приговор, а она поступила наоборот, и сейчас, возможно, настало время расплатиться за своеволие.

— Надеюсь, я тогда вам помог.

— Да, спасибо. — Ирина села и поправила юбку так, чтобы закрывала коленки.

— Ну что вы, это наша работа, — хозяин пододвинул кресло так, чтобы сесть напротив, а Павлу Михайловичу предложил место рядом с Ириной, — рад, что сумел убедить вас, что истинный комсомолец не может быть преступником, и мы избежали чудовищной судебной ошибки.

Кажется, Ирине не удалось скрыть охватившего ее ужаса, ведь она четко помнила, как этот человек требовал от нее обвинительного приговора. Она снова разгладила юбку.

— Ах, Ирина Андреевна, смотрю я на вас и удивляюсь, почему вы еще не на партийной работе? Студентка, комсомолка, спортсменка, наконец, просто красавица, и никакого роста… — он засмеялся. — А, Павел Михайлович? Почему зажимаете таких сотрудников? Активнее надо выдвигать достойных людей, нам нужны сейчас новые энергичные кадры! Впрочем, прошу прощения, это не к вам вопрос, а к руководителю вашей партийной организации. Как так? Сама образцовый работник, муж — ударник коммунистического труда, и не охвачена общественной нагрузкой!

— Просто у меня маленькие дети, — зачем-то стала оправдываться Ирина.

— И в этом вы пример для советских женщин, — восхитился партиец, — которые, к счастью, имеют возможность совмещать воспитание потомства с активной трудовой и общественной жизнью!

«Да что ты говоришь!» — про себя ухмыльнулась Ирина, которую стало наконец восхищать столь вольное обхождение с реальностью.

Партиец вдруг вскочил, подбежал к селектору и потребовал у секретарши кофе. Видимо, они были достаточно важны, чтобы их угостить, но еще не доросли выбирать напиток себе по вкусу.

— Что ж, давайте к делу. — Хозяин снова сел и энергично ударил себя пухлым кулачком по коленке. — Вопрос непростой, Павел Михайлович…

— Да, с правовой точки зрения тут весьма тонкая грань, — подал голос председатель суда.

— Дорогие мои, у каждого из нас своя специальность и, соответственно, точка зрения. Правовая, медицинская, инженерная, и так далее. Но все мы, все до единого граждане нашей великой страны, прежде всего должны соблюдать интересы государства. Они на первом месте всегда и при любых обстоятельствах.

Ирина с Павлом Михайловичем синхронно кивнули.

— Ну вот именно. И мы, коммунисты, передовая сила нашего общества, обязаны понимать и блюсти государственные интересы, как никто другой.

Тут вошла секретарша и поставила на журнальный столик поднос с тремя крохотными чашками. Аромат, поднимавшийся от них, несколько сгладил тошноту от словоблудия хозяина кабинета.

Взяв чашку, Ирина с наслаждением вдохнула и сделала глоток. Бесподобно.

— Дорогая Ирина Андреевна, сейчас родина доверила вам отстаивать свою безопасность, и вы, как коммунистка, обязаны оправдать это доверие. Сегодня на чаше весов не судьба двух людей, а кое-что неизмеримо большее. И я прямо говорю вам — вы не имеете права на ошибку.

Ирина поставила чашку на поднос и потупилась под взглядом партийца, сделавшимся вдруг холодным и пронизывающим.

— Ирина Андреевна очень добросовестный судья и сама не дает себе такого права, — пришел на выручку Павел Михайлович.

— И нам это известно, иначе мы не облекли бы ее такой ответственностью. — Хозяин кабинета снова улыбался, как на свидании. — Мы не поручаем людям то, что им не по силам.

«Прямо как Господь Бог», — усмехнулась про себя Ирина и снова взялась за кофе. Когда еще придется отведать такого чуда…

— Но плохие бы мы были коммунисты, если бы, дав товарищу трудное задание, оставили его без помощи и поддержки, верно?

— Конечно, — кивнул Павел Михайлович, — не беспокойтесь, я буду всецело содействовать…

— Не сомневаюсь в этом, но и партийная организация не останется в стороне. Да, Ирочка? Вы уж простите, но я к вам по-стариковски… Вы ж мне в дочери годитесь. Так вот, Ирочка, скажу прямо, в данном случае государственные интересы требуют, чтобы вы вынесли обвинительный приговор. Речь идет об укреплении международного престижа нашей страны и, больше того, о ее обороноспособности. Вам это понятно?

Оставалось только кивнуть.

— Вот и хорошо, Ирочка, вот и славно. Я знаю, что у вас доброе сердце, поэтому спешу обрадовать, что мы не настаиваем на суровом приговоре. Если вдруг у вас не возникнет внутреннего убеждения, то вы можете дать даже условно или как там у вас называется, когда нет лишения свободы. Но признать их виновными строго обязательно, от этого, Ирина Андреевна, зависит благополучие наших граждан. Вам понятно?

И снова оставалось только кивнуть. Хозяин кабинета встал, Ирина с Павлом Михайловичем тоже вскочили и направились к двери, но тут партиец окликнул Ирину и протянул ей белый прямоугольничек:

— Вот моя визитка, пожалуйста, если будут вопросы… Всегда помогу принять верное решение, ну и, кроме того, все мы люди, все мы человеки, так что если какие-нибудь бытовые мелочи помешают сосредоточиться на процессе, тоже звоните. Решим в секунду.

— Фууу... — выдохнула Ирина, когда они вышли на лестничную клетку, — как под гипнозом побывала.

— Да, без этого дара какой партработник, — улыбнулся Павел Михайлович.

— Зато кофе восхитительный.

— А давайте-ка я вас еще разок им угощу, пока мы тут. Не каждый день удается приобщиться к номенклатурным благам высшего уровня, так надо пользоваться.

Председатель суда уверенно провел Ирину по широким коридорам в небольшой уютный зальчик со столиками, накрытыми уютными скатерками в красно-белую клетку.

Не успели они устроиться возле окна, как к ним подошла симпатичная официантка в кружевной наколке. Удивившись такой скорости обслуживания, Ирина испугалась, что их сейчас вышвырнут отсюда, как самозванцев, но девушка с улыбкой протянула меню.

Ирина смешалась. Она почти не бывала в заведениях рангом выше пирожковой и толком не знала, как себя вести. Кто должен первым брать в руки меню и заказывать? Должна она сообщить, что выбрала, сразу официантке или сначала Павлу Михайловичу? И как рассчитываться? По идее, раз они с председателем не связаны романтическими отношениями, то он и платить за нее не должен, но вот интересно, на что он обидится — если она предложит разделить счет или если не предложит? И как делить, пополам или крохоборски высчитывать, кто что съел? И вообще, судя по блюдам, стоящим на соседних столах, здесь должно быть довольно дорого, а она сегодня разменяла единственную трешку, сдав полтинник на юбилей Табидзе. Мысли эти молнией пронеслись у Ирины в голове, и вдруг стало грустно, что, в сущности, она уже немолода и период красивой женской жизни с ресторанами и кавалерами для нее закончился, так и не начавшись. Невелика, конечно, потеря, но все-таки…

Павел Михайлович же чувствовал себя как рыба в воде. Он ласково спросил у официантки, чем она порекомендует ему угостить своего лучшего сотрудника, и, не глядя в меню, заказал две котлеты по-киевски, два салата из помидоров и — «разрешите, Ирочка, мне вас побаловать» — два бутерброда с черной икрой.

Ирина ужаснулась, какой удар это пиршество должно нанести кошельку председателя, но взглянула в меню и чуть не вскрикнула от удивления. Цены тут были точно такие же, как в рабочей столовой.

— Вот так, Ирочка, — засмеялся Павел Михайлович, когда официантка отошла, — даже не получится тут гусарским размахом произвести впечатление на хорошенькую женщину.

— Но икра… Все же это слишком.

— Ну хоть попробуете истинно русского деликатеса.

— А я ела, — Ирина улыбнулась приятному воспоминанию, — папа водил нас с сестрой в «Октябрьский» на выступление ансамбля Моисеева и в антракте купил нам по бутербродику. Как сейчас помню, кусочек булки, завиток масла, капля икры и долька лимона посередине. А вкус как-то не отложился в памяти. Впрочем, мы и не были гурманы. Папа любил всякое такое, знаете, ужасное, зельц, конфеты «Кавказские», селедочное масло. Одни раз, когда мы были маленькие, он нас накормил селедочным маслом и повез на троллейбусе к бабушке, которая жила на другом конце города. И то ли масло было просроченное, то ли детям просто нельзя его есть в таких количествах, но нам с сестрой поплохело ровно посреди дороги, нас высадили, и бедный папа оказался в незнакомой местности с двумя, извините за выражение, блюющими детьми.

Павел Михайлович сочувственно поцокал языком:

— И как ваш батюшка вышел из этого затруднительного положения?

— Представляете, помог совершенно незнакомый человек. Ехал себе мимо троллейбусной остановки на личном автомобиле, увидел, как дети надрываются над урной, и остановился.

— Да, времена меняются, — вздохнул председатель, — нынче девяносто девять из ста автомобилистов проедут мимо, и те же самые девяносто девять из ста растерянных отцов не сядут с детьми в машину к незнакомому человеку.

— И слава богу. Нам хоть поменьше работы будет.

Ирина улыбнулась. Память — коварная штука. Перед глазами совершенно ясно стояла бетонная урна с окурками, куда они с сестрой извергали селедочное масло, серебристая решетка радиатора, открытый папин портфель, который он поставил им с сестрой на колени, когда они сели в машину, со строгим указанием тошнить именно туда, а не на великолепные бархатные сиденья, сами сиденья восхитительного малинового цвета, а лицо человека, пришедшего на помощь, совершенно изгладилось из памяти. Вот так и делай добрые дела…

— Извините, что о таких вещах за столом, — спохватилась Ирина, — надеюсь, не испортила вам аппетита.

Павел Михайлович заметил, что в юности, работая следователем, столько всякого повидал, что теперь испортить ему аппетит практически нереально.

Официантка принесла икру в специальной посудке, похожей на очень маленькую чашку, соединенную с большим блюдцем, наполненным льдом. А когда она разложила приборы, Ирина поняла, что зря считала, будто умеет красиво и правильно есть. Многочисленные вилки и ножи представляли для нее настоящий ребус этикета.

— Не как в буфете «Октябрьского»? — ухмыльнулся Павел Михайлович.

Ирина покачала головой.

— А выступление-то вам понравилось?

— Думаю, что да, хотя мы сидели так далеко, что почти ничего не видели, но все равно поняли, какой это высочайший класс. Смешно, мы с сестрой потом подслушали, как папа говорил маме, что номер «Ночь на Лысой горе» настолько эротичный, что ему было неловко смотреть на сцену вместе с дочерьми, и долго сокрушались, как это мы увидели что-то интересное запретное и ничего не поняли.

От хороших воспоминаний Ирине стало весело, она залихватски намазала икру на булочку первым попавшимся ножиком и съела.

— Нет, это не селедочное масло, — сказала она, поймав выжидательный взгляд Павла Михайловича.

— А вы привыкайте, Ирина Андреевна, привыкайте. Возможно, скоро будете сюда частенько заглядывать.

— Да не дай бог!

Председатель выпрямился, давая понять, что шутки кончились:

— Ирина Андреевна, дорогая, как вы думаете, почему я именно вам поручаю это дело? Зная вашу принципиальность и порядочность, нагружаю именно вас, хотя мог бы расписать Долгачеву, который ради карьеры засудит родную мать и глазом не моргнет?

Ирина пожала плечами:

— Действительно… Не хочу хвастаться своей принципиальностью, но в коллективе есть более подходящие кандидатуры для осуществления телефонного права. Меня-то зачем каждый раз ломать?

— Я ведь не вечен, Ирочка.

— Павел Михайлович…

— Знаю, знаю, всех вас переживу, но не забывайте, кроме естественных причин я могу получить повышение.

— А…

— Тсс! Боюсь сглазить, а то чем похвалишься, без того и останешься. Ничего еще не решено.

— Молчу-молчу.

— Но если все получится, то я хотел бы видеть на своем месте именно вас, Ирина Андреевна.

Ирина сглотнула и схватила стакан с водой. После рождения Володи она оставила всякие амбиции и не думала, что слегка приоткрывшаяся перспектива вызовет в душе такое сильное волнение, сравнимое разве что с первым поцелуем. Даже руки задрожали, фу, противно.

Сделав несколько глотков, и с неудовольствием заметив, что губы оставили след помады на тонком стекле, Ирина приказала себе не обольщаться, не надеяться, но в то же время и не сдаваться заранее. Будет действовать по методу Карлсона: спокойствие, только спокойствие.

Павел Михайлович наблюдал за ней с тихой и мудрой улыбкой на устах.

— Да, Ирочка, именно вашу кандидатуру я рекомендовал для рассмотрения в вышестоящих инстанциях и поручаю вам это дело, чтобы вы продемонстрировали свое умение мыслить не только тактически, но и стратегически, видеть ситуацию в целом и под правильным углом, поскольку эти качества совершенно необходимы для руководителя высокого ранга.

— А приверженность интересам правосудия?

— О, тут вы себя зарекомендовали безупречно.

— А сейчас, значит, должна показать, что могу плясать под чужую дудочку…

Павел Михайлович протестующе поднял ладонь:

— Нет, Ира, прислушавшись к указанию руководства в этом процессе, вы продемонстрируете всего лишь то, что со своего нового высокого места будете видеть всю панораму, которая вам откроется, и принимать решения после комплексного анализа обстановки.

«Я не хочу этого места и не расстроюсь, когда ничего не получится», — прошептала про себя Ирина, а вслух произнесла:

— Когда указание спущено сверху, тратить силы на комплексный анализ уже лишнее и вообще вредно для психики.

— Ах, Ира, Ира… Все-таки вы еще совсем девочка… — Павел Михайлович вздохнул с некоторой театральностью. — Впрочем, с детским бесом бунтарства трудно расставаться, когда живешь в обществе, где привыкли все дихотомировать. Хорошие красные, плохие белые, добрые и щедрые коммунисты, злые и скупые капиталисты. Бороться — хорошо, пресмыкаться — плохо, ну и так далее. Но беда в том, что у всего есть не только положительный или отрицательный заряд, но и коэффициент. Не всегда легко понять, где добро, а где зло, а вдобавок жизнь течет, меняется, что хорошо сегодня, оборачивается катастрофой завтра, и ужас в том, что никогда это не предугадать. Идеальных решений не бывает, Ирина Андреевна, это вам скажет любой руководитель.

— Но есть какие-то основополагающие принципы…

— Да, конечно. Но так мало в нашей жизни такого, про которое можно сказать, как в фильме «Чужие письма»: «Нельзя, и все!» Принципы — вещь хорошая, мерило нравственности человека, но, к большому сожалению, нужно видеть не только мерку, но и то, что собираешься ею измерять. Самая лучшая рулетка покажет неверный результат в руках косого и безрукого строителя.

Ирина поморщилась:

— Извините, но это демагогия.

Официантка принесла им котлеты. Глядя на золотистый цилиндрик рядом с аккуратным холмиком картофельного пюре, на верхушке которого в ямке, как в кратере, блестела лужица растопленного масла, а по краям зеленела россыпь зеленого горошка, Ирина сообразила, что если все сложится удачно, то она будет питаться такой роскошью уже не как бедная родственница и чернавка, а на вполне законном основании. Не ко всем, но кое к каким номенклатурным благам доступ получит. Французские духи так точно будет покупать не у спекулянтов, а в спецмагазине по спеццене, а горошек и майонез дома будет не только в виде двух неприкосновенных банок в глубине холодильника, НЗ на Новый год и день рождения. Пожалуйста, хоть каждый день заходи в распределитель да бери… Всего-то надо показать свою преданность государственным интересам.

— Чтобы не быть голословным, — азартно заметил Павел Михайлович, проглотив кусок котлетки, — давайте вспомним хрестоматийный спор Жеглова и Шарапова про кошелек. Вроде бы нельзя подкидывать улики, верно?

Ирина кивнула.

— Кирпича отпустили, на следующий день он ворует новый кошелек, и семья погибает от голода. И сколько еще пострадает семей, прежде чем его поймают с поличным? Может, стоило чуть-чуть нарушить закон ради жизни честных граждан?

Ирина пожала плечами. Председатель продолжил:

— Ну вот, мы решили, что можно слегка смухлевать ради великой цели, подбросили злодею теперь уже не кошелек, а нож, чтобы изобличить его в убийстве, в котором он точно, сто процентов, по нашему мнению, виноват. Расстреляли бедолагу, а через год выяснилось, что он ни при чем. Кровь на наших руках, так, значит, нельзя превышать свои полномочия?

— Значит, нельзя.

Павел Михайлович покачал головой:

— Увы, Ира, нет тут готового ответа. Нет. Каждый раз приходится заново решать.

— В этом и состоит моя работа, — буркнула Ирина, страдая, что котлета оказалась умопомрачительно вкусной, и сама она такую приготовить не в силах, как бы ни старалась.

— Даже заповеди те же возьмите. — Видно, Павел Михайлович много об этом думал и теперь рад был оказии высказаться. — Не убий, например, тут уж какие толкования могут быть?

— Со смягчающими и с отягчающими, а больше никакие.

— А если, например, изобретателя атомной бомбы? Пока он еще ничего не придумал, я имею в виду. Что гуманнее — задушить его в колыбельке или допустить Хиросиму и Нагасаки?

— Страшно вас слушать, честное слово, — Ирина улыбнулась

— Нет, правда, если бы, например, изобрели машину времени… Что достойнее, взять на себя грех детоубийства и спасти миллионы жизней или остаться чистеньким, но за счет гибели двух городов?

Ирину осенило:

— Вы фантастику, что ли, читаете? Братьев Стругацких?

— Почитываю, — потупился председатель.

— Тогда учтите, что, если бы из-за вас не изобрели атомную бомбу, давно бы уже началась третья мировая война, и народу погибло бы не меньше, чем от ядерного взрыва.

— Ну вот, Ирочка! Теперь я вижу, что вы меня понимаете! — просиял Павел Михайлович.

Погоняв горошек по тарелке, Ирина отложила мельхиоровую вилку с булавовидной узорчатой ручкой и длинными зубцами, такую красивую, что мучительно хотелось ее украсть, и заставила себя взглянуть в глаза председателю:

— Простите, я была так ошеломлена, что не поблагодарила вас за доверие. Надеюсь, что смогу оправдать и не приумножить, конечно, но хотя бы сохранить ваши достижения. Не уронить, так сказать… Черт, как фальшиво звучит, но, надеюсь, вы меня поняли.

— Конечно, дорогая моя, конечно. Вы будете прекрасным руководителем, даже лучшим, чем я, только помните, что человек никогда не может сделать идеально, зато хорошо — почти всегда.

Ирина смущенно потупилась, она не привыкла к искренним похвалам. И все же последний раз надо попытаться:

— А никому другому точно нельзя поручить это дело?

— Почему, можно. Только тогда наши с вами карьеры накроются медным тазом. Ну, кажется, теперь я вам аппетит испортил. Вы мне своими рассказами не смогли, а я… Эх, где мое воспитание, я ведь знал, что за едой даму надо развлекать легкой светской беседой, и только после кофе приступать к рабочим вопросам.

Председатель расплатился с внезапно материализовавшейся возле него официанткой, помог Ирине встать, и они не спеша направились в гардероб. Павел Михайлович повел ее в другую сторону, и Ирина решила, что он заблудился в коридорах власти, но, оказывается, он устремился к небольшому залу, где, скрытый от нескромных взглядов, располагался книжный киоск. Дрожа от вожделения, Ирина припала к прилавку, с ходу схватила «Винни-Пуха» и «Мы на острове Сальт-Крока», но вспомнила, что в кошельке два пятьдесят, и чуть не разрыдалась от досады. Правда, Павел Михайлович тут же ссудил ей пятерку, как книголюб книголюбу, и на улицу они вышли изрядно отягощенные буржуазной литературой.

— Ира, я знаю ваше недоверие к партийной болтовне, но в этот раз старый дурак дело говорил, — негромко произнес председатель, пока они не спеша шли к его автомобилю, — действительно речь идет о международном престиже Советского Союза.

— Не понимаю, как два разгильдяя могут угрожать репутации нашей могучей державы.

— А вот изучите дело повнимательнее, поймете. Враг вступает в город, пленных не щадя, оттого что в кузнице не было гвоздя. Известен вам такой стих?

Ирина кивнула. Так хорошо на улице… Небо высокое, синее и теплое, как бывает только в апреле, деревья покрыты легкой дымкой едва распустившейся листвы, но в воздухе сквозь выхлопные газы уже угадывается будущий аромат сирени…

— Слушайте, — спохватилась она, — а может, мы зря волнуемся? Дело вообще точно передадут в суд?

— Теперь уже точно. По секрету скажу вам, что Макаров хотел прекратить за отсутствием состава преступления.

— Правда?

— Да, Федор Константинович уперся и ни в какую. Если бы не он, дело давно бы уже у вас на столе лежало.

— Вот видите!

— Слушайте, Ира, как вы думаете, насколько важен обвинительный приговор, если Макарова перевели в Москву на должность, которой он давно добивался, лишь бы только дело оказалось в суде?

— Да, наверное, просто совпало, — предположила Ирина. — За строптивость у нас обычно снимают, а не поощряют.

— Ну, Макаров — это не мы с вами, он волк матерый, с таким драться страшновато, — засмеялся Павел Михайлович, — правда, интересный парень, все ему на пользу идет, просто удивительно. Вы его не забывайте и, кстати, ему о себе тоже не давайте забыть. Когда вступите в должность, очень пригодится, что он вам обязан.

Ирина сказала, что учтет.

Когда они были шагах в пятидесяти от машины, Павел Михайлович вдруг остановился:

— А теперь, Ирина Андреевна, давайте отбросим демагогию и, как истинные марксисты, обратимся к реальности, данной нам в ощущениях. А она такова, что родине нужен этот приговор, и родина его добьется. — Он взял Ирину за локоть и заглянул в глаза: — Оправданием вы только дадите этим людям ложную надежду, а себя лишите всех шансов на блестящее будущее. Все. Больше ничего не получите. Этих гавриков пересудят, а вас в лучшем случае до пенсии оставят на нынешней должности, и то если очень повезет.

— Просто очень тяжело входить в процесс с готовым приговором, — попыталась объяснить Ирина. — Я, наоборот, стараюсь привести себя в состояние чистого листа, а тут…

Председатель вздохнул:

— Понимаю вас. Ладно, откровенность за откровенность. Лично я ставлю интересы государства выше интересов двух его отдельных граждан, это раз. По моему глубокому убеждению, они виновны, это два. Но я поручил это дело не Долгачеву, с которым, как вы правильно заметили, мне не пришлось бы разводить душеспасительных бесед, ибо он тут же в холуйском рвении впаял бы им на всю катушку, глазом не моргнув. Нет, я поручил его вам, потому что знаю, что вы будете судить максимально справедливо даже в таких несправедливых условиях. Помните, что у вас всегда есть возможность дать ниже нижнего. И вообще, Ирочка, самое плохое дело надо поручать самому хорошему человеку, вот вам еще одно мое важное наставление на будущее.

Ирина неохотно кивнула, досадуя, что удары судьбы так и не смогли выбить из нее остатки совести.

Они сели в машину. Откинувшись на мягкое сиденье, Ирина вдруг сообразила, что к осени это может быть уже ее служебный автомобиль. Немножко больше гибкости — и дело в шляпе.

— Знаете что, Ирина Андреевна? — вдруг воскликнул председатель с оживлением, показавшимся Ирине фальшивым. — Помнится, у вас накопилось несколько отгулов… Не хотите ли воспользоваться?

Ирина отказалась. Отгулы были ее аварийным запасом времени на случай внезапных семейных проблем.

— Нет, правда… Процесс в любом случае предстоит сложный, потребует от вас колоссального напряжения, а сами знаете, чтобы хорошо поработать, следует хорошо отдохнуть. Как раз перед майскими возьмите три дня, и выйдет целая неделя, почти каникулы.

Идея вдруг показалась заманчивой. В самом деле, погода стоит восхитительная, почему бы не вывезти детей на дачу? Дом готов, а на три дня она Егора в школе отпросит.

Сыновья подышат свежим воздухом, а она на природе спокойненько поразмыслит над открывшимися перспективами, почитает… Только что купленные книги манят со страшной силой, но придется изучать материалы по процессу.

Павел Михайлович прав, уклоняться нельзя. У нее, по крайней мере, хватит самообладания дать ниже нижнего, а не на всю катушку.

Только подойдя к дому, Ирина внезапно сообразила, что надо посоветоваться с мужем перед таким ответственным шагом, как переход на руководящую работу.

18 марта

Лев Михайлович славился на весь аэрофлот не только богатырским здоровьем, но и педантизмом. Руководство летной эксплуатации и прочие инструкции он знал наизусть и неукоснительно выполнял, никогда не перепоручая второму пилоту даже самой незначительной задачи, если она была прописана в его командирских обязанностях. Вот и сегодня он занял свое место в кабине только после того, как вместе с Иваном тщательно осмотрел самолет на предмет исправности. Иван задержался, чтобы попросить у Наташи воды, хотя пить ему совсем не хотелось. Просто улыбнуться, прикоснуться к руке, почувствовать юношеское замирание сердца. Всего лишь секунда, и ничего больше. Хотелось верить, что Наташа не понимает его чувств или хотя бы не придает им значения, но Иван знал, что это, скорее всего, не так. Иногда он позволял себе чуть-чуть помечтать, как бы у них сложилось, будь он свободен. Радостная жизнь с радостной девушкой, лето, легкий стук каблучков, качели, крепкие здоровые дети… Тряхнув головой, чтобы отогнать заманчивые видения, Иван вошел в кабину и занял опостылевшее правое кресло второго пилота.

Лев Михайлович провел краткую предполетную подготовку в кабине, в сотый раз повторив то, что экипажу было прекрасно известно, ведь маршрут летаный-перелетаный.

Зайцев сообщил, что пилотировать будет сам, но Иван и так уже понял, что из-за неприятного разговора в штурманской сегодня его дело правое — не мешать левому. И очень может быть, не только сегодня, вредный старикашка надолго произвел его в пассажиры, чтобы он постоял в углу и подумал над своим поведением.

«Ничего, потерплю, поскучаю час с небольшим, и домой», — подбодрил себя Иван, хотя дома тоже не ждало его ничего особенно хорошего.

Он будто занял не свой эшелон, жил чужую судьбу. Его настоящая жизнь была совсем другая, счастливая, солнечная и удачная, к ней он упорно шел, набирал высоту, но где-то дал закритический угол атаки и свалился в штопор.

Он всегда знал, что будет летчиком, и дело было даже не в желании и мечте, просто он таким родился, как рождаются мальчиками и девочками. Может, и хотелось бы стать кем-то другим, но никак.

Отец, бывший летчиком во время войны, всячески поддерживал его, помогал с алгеброй, геометрией и физикой — предметами, необходимыми для поступления в военное училище, в которых Иван соображал на четверку с минусом, а вернее сказать, на троечку. Зато по части физкультуры помогать не пришлось — Иван истово занимался легкой атлетикой, однажды даже взял серебро на первенстве города, и, наверное, мог бы добиться больших результатов, но тогда спорт занял бы всю его жизнь, как у одноклассника-фигуриста, который, бедняга, появлялся в школе от случая к случаю, а в эти редкие моменты, кажется, не вполне понимал, где находится и чего от него хотят. Зато стал олимпийским чемпионом.

К выпускному классу многие пересматривают свои жизненные ценности, соображают, что романтику на хлеб не намажешь, и выбирают прозаические, но денежные и спокойные профессии. Иван держался. Ежедневные пробежки чередовались с занятиями у репетиторов, и усердие дало свои плоды: Иван поступил в Харьковское высшее военное авиационное училище.

Честно говоря, поддерживали его только родители и лучший друг папы Станислав Петрович Горяинов. Остальные родственники и знакомые в один голос пели о жуткой дедовщине, казарме и муштре, которые ждут его в училище, о невыносимых нагрузках и голодном пайке, о дикостях жизни в гарнизоне, о тупости военных и еще о многом подобном, так что, кажется, без внимания не остался ни один стереотип. Иван, конечно, не верил, но предполагал, что будет нелегко, поэтому весь первый год в училище ему казалось, что его щадят по сравнению с остальными курсантами, дают более легкие задания, чем всем остальным. Даже точные науки сделались какими-то менее точными, потому что Иван вдруг стал их понимать.

Тогда он был счастлив, как, наверное, любой человек, когда приходит к выводу, что он на верном пути и хватит сил пройти этот путь до конца.

После первого курса Иван вернулся на каникулы домой, и отец сказал, что пора начать думать о женитьбе, то есть подыскивать подходящую девушку, которая станет надежной спутницей жизни и боевой подругой.

Иван пожал плечами. Намек отца был тонок, но прозрачен, он сразу уловил, какая девушка имеется в виду, и делать ее своей боевой подругой категорически не желал.

В школе в него были влюблены почти все девчонки из класса, и из параллельного, и из младших, наверное, тоже. Мама жаловалась на неисправность телефонной линии, мол, звонят, а в трубке тишина, но Иван знал, что не в линии тут дело. Комсорг Кирка Смирнова краснела и бледнела, требуя от него две копейки на уплату членских взносов, отличница Катя Гречкина из всего класса давала списать только ему, в общем, Иван как сыр в масле катался в фокусе женского внимания. Самому ему нравилась девчонка из параллельного, первая красавица школы Таня Сологубова. У нее были такие точеные икры, что глаз не оторвать, ну и все остальное тоже не подкачало. Густые волнистые волосы, пухлые губки и, главное, ясные глаза, сверкающие радостью, покорили Иваново сердце. Удивительно, как это так, десять лет ходит в школу какая-то Танька с бантиками, и наплевать на нее, но вдруг она распускает косу, и тебе свет без нее не мил. Ну как не мил… Нормальный свет, но с ней интереснее.

Где-то недельку Иван барражировал вокруг своего объекта, не из робости, а потому что влюбленному полагается страдать, но тут в школе устроили праздничный вечер по случаю Нового года. Иван пригласил Таню на медленный танец, и все сладилось.

Через несколько дней они уже занимались разными глупостями у Таньки дома. Сначала немножко, потом чуть побольше, а вскоре и на полную катушку. Он не был у нее первым. Хмурясь и морщась изо всех сил, чтобы выдавить из себя слезу, Таня призналась, что любила одного человека больше жизни, сразу после школы они собирались пожениться, но он погиб в автокатастрофе. Иван видел, что она сочиняет, но ему нравилось в Таньке даже это наивное вранье. Какая разница, было и было.

С ней было радостно и весело, Таня не страдала манией величия, как другие красавицы, Иван до сих пор вспоминал их встречи как лучшее, что у него когда-нибудь было с женщиной. Он опасался, что ближе к выпускным экзаменам Таня начнет окучивать его на предмет женитьбы, как минимум станет уговаривать остаться в Ленинграде, но Сологубова в очередной раз удивила, заявив, что разлука для любви как ветер для костра, сильную раздувает, а слабую гасит, поэтому сейчас они ничего друг другу не должны, а там будет видно. Услышав это, Иван прямо сам захотел остаться и променять мечту на женщину, но вовремя одумался.

Они переписывались, в редкие увольнительные Иван шел на почту и звонил Тане, и говорили они не о любви, а о всякой ерунде. Он хотел позвать ее на присягу как невесту, но у него денег на билет не было, а Таня с мамой считали каждую копейку. А главное, его родители на дух не переносили Таню, и очень сомнительно, что промолчали бы, увидев ее на присяге сына. Танька была «девочка из неполной семьи, мать, гм-гм, легкого поведения, кого она могла воспитать? Только такую же, гм-гм, сынок, да ты посмотри на нее, какой взгляд, мне уже все ясно. Нет, я ни за что не допущу, чтобы мы с ними породнились!».

В такие минуты Иван вспоминал, что не был у Тани первым, но досада эта быстро проходила, потому что он скучал по ней, а когда приехал на каникулы, то все стало неважным, лишь бы только поскорее обнять Таню.

Он проводил с Таней каждую свободную минуту, но так и не представил родителям и не сказал, где пропадает, ограничившись туманным «с друзьями».

В будние дни они падали с Таней в кровать, как только ее мама уходила на работу, а в выходные ездили куданибудь на природу, искали там укромный уголок.

В то же время на горизонте стал чаще маячить Станислав Петрович со своей дочкой Лизочкой. Если Иван считался поздним ребенком, то Лиза, будучи младше его на два года, смотрелась настоящей внучкой своих родителей. Семьи дружили крепко, часто обменивались визитами, и Иван всю жизнь страдал от необходимости играть с Лизой. С этой неуклюжей и слабосильной девчонкой нельзя было заняться ничем интересным, ни побегать, ни полазать по деревьям. Приходилось сидеть и разговаривать. Родители утверждали, будто Лиза необыкновенно умная и эрудированная для своих лет, ну а Ивану казалось, что она просто сумасшедшая. Бредит какими-то книжками, стихами, в общем, дура.

Мама Лизы Тамара Борисовна когда-то, наверное, была очень красива, но Лизе от нее не передалось ни точеного профиля, ни тонкой кости. Проще говоря, она была откровенно страшная, с фигурой, как мешок картошки, и с картофельным же носом. Иван иногда даже прикидывал на себя, каково это — жить такой уродиной, очень ужасно или привыкаешь?

В выпускном классе Иван стал увиливать от светских раутов, но отец быстро его разоблачил. Сказал, что нельзя игнорировать людей, которые любят тебя как родного сына, и Иван покорился. Станислав Петрович действительно относился к нему очень хорошо.

Слава богу, теперь их с Лизой уже не отправляли играть, они сидели за общим столом, как взрослые, но Иван все равно довольно быстро понял, что Лиза в него влюблена.

Существует миф, что мужчины грубые, примитивные и ненаблюдательные создания и до упора не понимают, что нравятся женщине, но это правда, только когда им очень не хочется этого понять. На самом деле ловят вибрации ничуть не хуже тонких и чувствительных женщин.

Ивану было несложно раз в две-три недели изобразить из себя туповатого и недалекого парня, но в глубине души немножко он стыдился, что заставляет Лизу страдать. А с другой стороны, не он, так другой, ведь ни один нормальный человек не ответит этой дуре взаимностью.

Между встречами Иван о ней забывал, а уехав в училище, совершенно выкинул из головы. Но вот прошел год, и Лиза опять нарисовалась на пороге, краснея и бледнея ничуть не хуже, чем раньше. И точно такая же страшная.

Что ж, он отбывал повинность и мчался к Таньке.

В этот раз они снова решили расстаться на год без обязательств и посмотреть, что будет. Единственной уступкой свободе стала Танина фотография, которую он теперь хранил у сердца. И часто доставал, смотрел, скучал. Иногда думал, что надо позвонить родителям и сказать, что Таня — его девушка, но все откладывал, потом решил, что о таких важных вещах надо сообщать лично, а не по телефону. А когда приехал в отпуск, то сначала не хотел омрачать радость встречи, а потом Таня сказала, что они все равно не поженятся, пока он не закончит училище, а она — университет, так незачем и родителей напрасно расстраивать. Сейчас она легкомысленная студентка, гордиться нечем, но если Иван представит ее солидной школьной учительницей, то начнется совсем другой разговор.

В этом году Лиза готовилась поступать, поэтому они, к счастью, почти не виделись. Лишь однажды поехали на дачу к Горяиновым. Папа вел свою машину, а Ивана Станислав Петрович попросил сесть за руль своей, потому что сам якобы не любил водить, но, кажется, просто хотел сделать приятное крестнику.

Иван немного волновался, потому что закончил автошколу в шестнадцать, и с тех пор порулить удавалось нечасто, но быстро все вспомнил и довез семейство без приключений.

Радио в машине не работало, и Станислав Петрович вдруг сказал: «Давайте споем» — и затянул грустную казачью песню, тут же сам себя оборвал, мол, хватит тоску наводить, давай, Лиза, что-то повеселее. Она негромко запела про крылатые качели, и у нее оказался такой чистый голос, что Иван не удержался, подхватил, сначала тоже тихо, а потом громче, и Лиза прибавила. Вдруг стало хорошо, не так, как с Таней, но все равно хорошо и спокойно, и верилось, что действительно впереди только небо, ветер и радость.

Он даже скорость прибавил чуть больше дозволенной, но Станислав Петрович предупреждающе кашлянул, и Иван снова пустил его «Волгу» бодрым пенсионерским галопом.

Бывает иногда, незначительные моменты запечатлеваются в памяти ярче, чем важные события. Почему Ивану запомнилось, как они, доехав до дачи, остановились возле ворот и Лиза вышла из машины их открыть? Сидя за рулем, он смотрел, как она возится с замком, и вдруг Тамара Борисовна с усмешкой заметила: «Само изящество». Что-то царапнуло Ивана по сердцу, то ли жалость, то ли сочувствие, он и сам не понял.

После этой поездки папа прямо заговорил с ним о женитьбе на Лизе. Хорошая девочка, родители наши лучшие друзья, мы давно как родственники, так пора и официально породниться. Это будет жена — настоящий крепкий тыл, а не то что какая-нибудь свиристелка, у которой на уме только зарплату мужа растранжирить да глазки построить его боевым товарищам. Девочка умная, порядочная, учится в медицинском институте, значит, найдет работу в любой дыре, куда его засунут служить. Дело не в деньгах, просто безделье — мать всех пороков. Иван отшутился, мол, Лиза еще маленькая для замужества, но папа вдруг плотно прикрыл дверь и понизил голос:

— А ты не зевай, ведь оглянуться не успеешь, такие ухажеры набегут…

Иван расхохотался.

— А ничего смешного, — оборвал отец, — при таком отце она в девках точно не засидится.

— Рад это слышать.

— Послушай, сын, — отец прошелся по комнате, заложив руки за спину, что у него всегда служило признаком серьезного настроя, — ты взрослый мужчина, так давай поговорим с тобой как мужик с мужиком.

— Давай.

Отец сел рядом с Иваном и похлопал его по коленке:

— Нелегко мне тебе это говорить, но правила жизни изменились. Где-то мы что-то просмотрели, проморгали… Как-то отделилась жизнь от наших принципов, как творог от сыворотки. В общем, сейчас одних личных качеств недостаточно.

— Мне пока хватает, — приосанился Иван.

— Ванечка, я вижу, как упорно ты стремишься к цели, но ведь из пункта А в пункт Б можно дойти пешком, а можно долететь на самолете. Так вот, Ванечка, Станислав Петрович — это твой самолет. Естественно, если ты станешь его зятем.

Иван пожал плечами. Авиация — искусство без дураков, если ты не умеешь летать, то в воздухе тебя никакой блат не спасет. И стратегическое мышление тоже тебе никто по блату в голову не вложит, умственные способности, как и триппер, по телефону не передаются. Нет, оборона страны слишком серьезное дело, ее доверяют самым достойным.

Отец заговорил о том, как после войны мечтал летать, но последствия тяжелого ранения не позволили ему подняться в воздух, и пришлось идти по партийной линии.

— Я честно работал на благо страны и людей, и теперь, оглядываясь назад, отчетливо вижу, что мне есть чем гордиться, но мечтал-то я о небе… — отец вздохнул, — но ничего, как поет Высоцкий, «я успеваю улыбнуться, я видел, кто придет за мной». Когда я думаю, что ты осуществишь мою мечту и станешь выдающимся летчиком, то понимаю, что жизнь в самом деле была прожита не зря. Я верю, что при жизни буду гордиться своим сыном и после моей смерти ты не бросишь тень на нашу славную фамилию.

Иван подумал, что женитьба по расчету — сомнительный повод для гордости, но решил не углубляться в демагогию, ведь, в сущности, отец дело говорил. Да, двигают достойных, но среди достойных при прочих равных выбирают зятя Станислава Петровича.

Не обошлось и без хрестоматийного «любовь не вздохи на скамейке». Отец сказал, что это не просто стих, а самая что ни на есть правда, которую, увы, пьяное от гормонов молодое существо знать не хочет. В юности человек жаждет красоты и восторгов, только годы идут, и все это рассеивается, как дым, оставляя после себя тягостное похмелье. Любовь — это не чувство, а труд, и много приходится сделать и вытерпеть, прежде чем стать счастливой парой, но оно того стоит. «И если уж мы с тобой говорим откровенно, сын, то в плане постели все женщины, в сущности, одинаковы, с ними тепло и мягко, а свет можно и не включать».

Иван поморщился. Да-да, спокойствие и надежность, но разве надо ради этого отказываться от первой любви, радостной и немного безумной? Глупости, чушь и даже — тсс! — разврат, но вдруг без этого и настоящей любви не получается? Вдруг эти эфемерные пустячки, испаряющиеся без следа с наступлением зрелости, являются фундаментом той солидной и основательной любви, к которой его призывают?

Иван точно знал, что хочет быть с красивой, веселой и энергичной Таней, а жениться на унылой Лизе совершенно не хочет. Абсолютно не желает, пусть бы у нее даже было десять таких отцов, как Станислав Петрович. Он будет жить честно и по любви, достойно, без всяких компромиссов. Не предаст свое сердце ради карьеры.

И в то же время Иван с ужасом понимал, что его тянет сделать именно то, чего не хочется. Выбрать трудный путь, что ли, смело шагнуть навстречу испытаниям, Иван и сам не понимал, откуда берутся эти мысли.

В октябре мама заболела и слегла. Ивану до самого конца не открыли истинного положения, наверное, боялись, что он сорвется, бросит учебу или запьет. «Все хорошо, хорошо, иду на поправку», — говорила мама по телефону, но когда он приехал на зимние каникулы, то едва успел проститься.

После похорон он был как в тумане, целыми днями сидел в комнате родителей, пытаясь понять, что теперь это комната отца и мама никогда сюда не вернется.

Однажды пришла Лиза, принесла какую-то еду. Иван, сидя в темноте на полу возле опустевшей маминой постели, слышал, как они с отцом шушукаются в коридоре, потом папа сказал: «Лиза, дочка, хоть ты поговори с ним, а то парень совсем расклеился».

Иван хотел закричать, что не надо с ним ни о чем разговаривать, но Лиза осторожно вошла и молча уселась рядом с ним. Побыла минут десять, поднялась и ушла, так и не сказав ни слова.

Потом они с отцом ели Лизины котлеты, и папа сказал, что Лиза ухаживала за мамой, как родная дочь, он даже не ожидал от девушки такого внимания и милосердия.

Вернувшись в училище, Иван немного отошел. Когда день расписан по минутам, печаль не утихает, но перестает терзать сердце. И чувство вины, крепко сдавившее его после похорон, здесь немного отпустило. Ведь мама не говорила о болезни и не звала приехать именно потому, что хотела гордиться сыном-летчиком, значит, ему надо усердно заниматься, чтобы оправдать мамины ожидания. Вот и все. Что толку сидеть и страдать, от этого точно ничего не изменится. О Тане он старался не думать. Таня — радость, веселье, а ему пока этого нельзя.

В марте он получил от отца длинное письмо, в котором тот сообщал, что Станислав Петрович с женой погибли в автокатастрофе. Встречный грузовик потерял управление, а шофер служебной машины не сумел отвернуть. Иван как-то не воспринял смерть близких друзей семьи, но когда пытался представить, каково теперь Лизе, ему делалось почти физически нехорошо. Он сам чуть с ума не сошел после смерти мамы, а она потеряла сразу обоих родителей и к тому же девушка.

В первую же увольнительную Иван отправился на переговорный пункт. Ноги не несли, он не знал, что скажет, и вообще нужен ли ей его звонок, и находил кучу доводов, чтоб его не делать, но все же за шкирку втащил себя в телефонную будку, надеясь, что девушки не окажется дома. Но Лиза взяла трубку после первого гудка, ровным голосом поблагодарила его за внимание, сказала, что держится и беспокоиться о ней не нужно. «Ну и слава богу», — подумал Иван, буркнул какую-то глупость, разъединился, с чувством выполненного долга нашарил в кармане новую пятнадцатикопеечную монетку и набрал Танькин номер.

Иван знал, что отец помогает осиротевшей девушке, а сам он, в свою очередь, ничего ей не обещал, и знаменитая фраза из «Маленького принца» к нему неприменима. Да, он в долгу у нее, что ухаживала за его мамой, и обязательно поможет ей, когда понадобится, но и все. Он не виноват, что Лиза влюбилась в него, ведь он никак ее не завлекал, наоборот, старался не смотреть в ее сторону! Да и вообще это дело прошлое, потеря матери и отца наверняка убила в ней все детские чувства. И перед ее покойными родителями у него тоже нет никаких обязательств, он никогда даже не намекал Станиславу Петровичу, что хотел бы жениться на его дочери, а если отцы между собой договаривались об этом браке, то он тут ни при чем. Совесть его чиста как снег. Рассудком он это понимал, а сердцем чувствовал себя примерно так, будто изнасиловал Лизу, обрюхатил и бросил.

Говорят, что любимый человек — это тот, с кем ты хочешь состариться. Естественно, Иван хотел состариться с бодрой и энергичной Танькой, а не сидеть возле Лизы, размышляя о бренности бытия и силе искусства. Это было ясно как день.

Приехав домой на каникулы, Иван твердо решил сделать Тане предложение, но в первую встречу промолчал, сам не зная почему. Промолчал и на следующий день, а на третьем свидании Таня со смехом призналась, что ее зовет замуж один серьезный человек. Дважды она уже отказывала, но он очень настойчив. Возможно, это была провокация, возможно, нет, просто Иван вдруг с ужасающей ясностью понял, что это неважно. Он как первый раз, будто во вспышке белого холодного света увидел Танькину комнату, обои в цветочек, трещину штукатурки на потолке, похожую на реку Нил, книжную полку со статуэтками и флакончиками духов, расставленными в строгом, известном одной лишь Тане порядке, и понял, что это чужое. И женщина, лежащая рядом с ним в кровати, тоже чужая, не плохая, не хорошая, а просто не его. Тогда он сказал «зовут — выходи», оделся и ушел.

Дойдя до метро, он из автомата позвонил Лизе, просто чтобы выразить свое почтение. Давно надо было это сделать, но Иван все откладывал. Незнакомый женский голос сказал ему, что Лиза здесь больше не живет, и понеслись короткие гудки.

«Неужели вышла замуж?» — подумал Иван с облегчением, но вечером отец рассказал, что после смерти родителей дела Лизы совсем расстроились. Незадолго до аварии Станислав Петрович закрутил какую-то мутную аферу, чтобы выбить для Лизы отдельную квартиру, в результате она оказалась прописана в общежитии своего мединститута, и, видимо, Горяинов на своем посту нажил больше врагов, чем друзей, потому что сироту грабили хоть и строго по закону, но с каким-то остервенением. Дача — служебная, квартира — тоже, а вы, девушка, где прописаны? В общежитии? Вот и следуйте туда. Хорошо хоть койку выделили, а то пришлось бы Лизе в машине ночевать, единственном наследстве родителей. Отец пытался защитить девушку, подключил все свои связи, но безуспешно.

Узнав об этом, Иван растерялся. Да, он ни в чем не виноват и ничего не должен, но сколько ни уговаривал себя, а в душе поселилось какое-то вязкое томительное чувство. Последний раз он испытывал подобное в шестом классе, когда отец водил его в музей Вооруженных сил. Тогда Иван увидел стенд с двумя фотографиями: на одной было изображено несколько мужчин, они стояли кругом и, казалось, дружески беседовали. Вокруг них простиралось пшеничное поле, солнце светило с ясного неба, колосья чуть пригибались, значит, дул небольшой ветерок. От снимка веяло миром и покоем, но, приглядевшись, можно было заметить, что мужчины одеты в немецкую форму, и только один — в брезентовый комбинезон. На втором снимке этот человек был один, крупным планом. Он стоял, глядя куда-то вдаль серьезно, но спокойно. Ветерок трепал его волосы, светлые, как пшеница, и по фотографии никак нельзя было понять, что она запечатлела последние минуты жизни этого человека и человек об этом знал. На стенде было написано, что это фотографии политрука, расстрелянного немцами в августе сорок первого. Имя его осталось неизвестным.

Иван знал, что такое была война для советского народа, но из музея тогда вышел как больной. Само его тело будто противилось тому, чтобы жить в мире, где возможны такие вещи. Где зло делается буднично и спокойно ясным летним днем, просто потому, что так положено.

Тогда он несколько дней ходил сам не свой, а потом как-то притерпелся, забыл, рана затянулась, и мир снова сделался хорошим, правильным и радостным местом.

Сейчас он снова увидел, что это не так, и, что еще хуже, понял, что зло не снаружи, а внутри человека, и в нем тоже оно есть, раз он не хочет выручить девушку из беды.

Следующим вечером Иван поехал в общежитие с тягостной мыслью, что хоть человек и сам делает свою судьбу, бросает ей вызов и преодолевает все препятствия, но есть высшие силы, которым приходится покоряться, несмотря на то что их, может быть, даже и не существует.

Пришлось долго ждать в грязноватом вестибюле, пока Лизу позовут. Иван заглядывался на хорошеньких студенток, и только обрадовался, что Лизы нет дома, а значит, не судьба, как она вышла к нему в синем платье в белый горошек и улыбнулась так, что Ивана проняло.

Они вышли на улицу, и не успели завернуть за угол, как Иван обнял ее и поцеловал, просто чтобы нельзя уже было передумать. Губы Лизы были нежные и неловкие.

Отец сказал: «Что ж, сын, это достойный поступок, я горжусь тобой», и все было решено. Свадьбу решили делать скромную, все же слишком мало времени прошло после смерти родителей. Регистрация в районном загсе, небольшой банкет у них дома да медовая неделька там же, благодаря тому что отец поехал погостить у фронтового приятеля на даче. Ивана такой сдержанный церемониал устраивал на сто процентов, но было немного неловко перед Лизой, которая, наверное, с детства мечтала о белом платье с фатой, цветах, «Волге» с обручальными кольцами на капоте и прочей дребедени. И можно было бы ей это устроить, во всяком случае, расписаться не в загсе, а во Дворце бракосочетаний. Да, там надо ждать три месяца, но у него есть обратный билет, а по военно-перевозочным документам обязаны зарегистрировать досрочно. И машину можно нанять, и всякое такое, но отец сказал, что не стоит размениваться на всякую мишуру. Они с мамой вообще расписались по дороге на работу, и ничего, жили душа в душу, а другие закатывают пиры на весь мир, едут в свадебное путешествие в Сочи, а через год разводятся.

У Лизы даже платье было не белое, а кремовое, чтобы потом носить по торжественным случаям.

Когда гости ушли, отец, прочувствованно благословив обоих, тоже отбыл к своему приятелю, они с Лизой остались одни, и только теперь Иван с пугающей ясностью понял, что ему предстоит. С Танькой секс был приятным и радостным занятием, веселой игрой, в которую оба играли на равных с одинаковым удовольствием. Сейчас его ждало что-то совершенно другое.

Он старался быть ласковым и пылким, но Лиза даже не разделась перед ним, так и осталась в ночной рубашке с оборочками. Она очень смущалась, он тоже робел, боялся ее потрогать в нужных местах, не сумел подготовить и от этого сделал, кажется, очень больно.

Потом он сидел в кухне и ждал, пока Лиза уберет следы своей невинности. Наверное, надо было как-то ее утешить, что-то сказать важное и хорошее, но на сердце было пусто, а фальшь она поймет. Он слышал шелест перестилаемых простыней, торопливые, какие-то виноватые шаги Лизы, шум воды в душе, и тосковал, будто сам потерял девственность. Он хотел вернуться в кровать и притвориться, будто уснул, но тут Лиза вышла из ванной, встала у него за спиной и положила руки ему на плечи. И случился один из редких моментов в человеческой жизни, когда по-настоящему понимаешь, что ты не один. Не сам по себе, не просто всплеск, а короткая нота вечной мелодии. Иван прижался щекой к Лизиной ладони, почувствовал твердую выпуклость новенького обручального кольца, понял, что сделал плохо, но правильно, и успокоился.

Лиза заикнулась о том, чтобы перевестись в Харьковский мединститут, но Иван не видел в этом смысла, ведь ему остался последний год, а там неизвестно, куда пошлют. На девяносто девять процентов туда, откуда до ближайшего института три дня на оленях. Так что какой смысл переводиться на год, а потом остаться одной в чужом городе? Пусть уж доучивается под крылышком отца, а он поскучает на казарменном положении, ничего, для военного человека это дело привычное.

Иван был рад, что исполнил свой долг и женился, но в то же время совсем не грустил по Лизе. Он звонил ей, с удовольствием читал ее письма, неожиданно остроумные и веселые, и даже отвечал на них, хотя в жизни не писал ничего длиннее новогодних открыток, но не скучал по ней так, как муж должен скучать по жене. Стыдно сказать, он Танькину фотографию не смог выбросить, вот как мало тосковал по Лизе.

Детей он теоретически хотел, но на практике всячески старался отодвинуть радостный момент отцовства, благо Таня вымуштровала его в этом плане на «отлично». Только после зимних каникул выяснилось, что в лучшем случае на троечку, потому что Лиза забеременела, несмотря на все его старания. Он удивился, как такое могло произойти, а потом вспомнил, что в день встречи с женой после пятимесячного воздержания действительно мало о чем думал.

Иван не обрадовался и не огорчился, просто стало ясно, что брак этот настоящий и нельзя будет после нескольких лет раздельной жизни безболезненно свести его на нет.

После училища он получил направление на Дальний Восток. Лизе осталось учиться три года, но когда подошло время декрета, она прилетела к нему как жена декабриста и, как истинная аристократка, оказалась не приспособлена к жизни в офицерской общаге. Она не умела готовить и стирать и трудно находила общий язык с другими женами. Иван не упрекал ее, но видел, что она тяготится сложным бытом, общей кухней, туалетом и душевой в конце коридора, стиркой по расписанию, комнатой, в которой две составленные вместе железные койки занимали почти все свободное место. Лиза тоже не жаловалась, как подобает жене военного, стойко переносила тяготы и лишения, но давалось ей это тяжелее, чем другим девчонкам, выскочившим замуж из сельских домов или густонаселенных коммуналок.

Стасик родился в срок, вроде бы все прошло без проблем и осложнений, Иван, как положено, проставился товарищам, втиснул в комнату детскую кроватку, для чего пришлось подарить соседям обеденный стол, и стал ждать, когда его накроет волна отцовской любви.

Только ничего в его душе не перевернулось, когда он взял на руки перевязанный голубой ленточкой кулек. Просто появился маленький человечек, о котором он должен заботиться, вот и все, и никакой эйфории.

Стасик много плакал по ночам, Иван не высыпался и последними словами клял себя за то, что злится на ни в чем не повинного ребенка. Ему говорили, что это газики и тут ничего не поделаешь, надо просто перетерпеть это сложное время, потом предстоит взять еще один рубеж под названием «зубки», ну а после с каждым днем будет становиться все радостнее и интереснее. Первые шаги, первое слово, а там оглянуться не успеют, как поведут сына в первый класс. Что ж, Иван терпел, и пока Лиза по ночам укачивала сына, он представлял себе радостные картины, как играет в футбол с повзрослевшим Стасиком, как учит плавать, как ведет его на аэродром и показывает, на каких папка летает мощных истребителях.

Только ничего этого не сбылось, в три месяца Стасик тяжело заболел пневмонией. Потребовалась госпитализация, и несколько дней врачи не ручались за его жизнь, потом вроде обошлось, Иван вздохнул с облегчением, но не успел сын выписаться из больницы, как у него началась кишечная инфекция, а следом снова простуда. Лиза осунулась, почернела, взгляд сделался тяжелым и настороженным. Она будто толкала время вперед, чтобы приблизить выздоровление сына, а в те редкие дни, когда он был в порядке, наоборот, пыталась затормозить, остановить часы, чтобы не наступал новый день с новой болезнью.

Ребенок хныкал, обессиленный температурой, а Иван не понимал, как может быть, что он сидит рядом, крепкий мужик, и ничего не в силах сделать для родного сына. Сколько ни качай на руках, ни обнимай, ни целуй, а здоровья своего не передашь и болезни на себя не примешь. Это казалось чудовищной несправедливостью.

Вскоре стало ясно, что если они не хотят погубить ребенка, то надо везти его домой, в Москву, к хорошим врачам и в нормальный климат.

Лиза уехала, а он остался служить. Можно было попросить перевод, и его рапорт наверняка удовлетворили бы, но участковая уверяла, что «к трем годам малыш перерастет, выправится», да и Лизе все равно надо закончить институт. Стоит ли бросать службу, которая ему нравится и где открываются очень хорошие перспективы, только чтобы не разлучаться на годик-другой?

Иван не скучал по семье. Лучше знать, что они благополучны вдали, чем страдают рядом с ним.

Правда, в Москве Стасик все равно болел, так что Лизе пришлось взять новую академку.

Так прошло два года. Стасик пошел без него, и первое слово сына Иван тоже не слышал, и не носил его на руках, и не обтирал водой с уксусом, когда температура поднималась слишком высоко, и, наверное, поэтому, приезжая в отпуск, каждый раз с трудом привыкал к мысли, что этот бледненький щуплый мальчик — его сын. Лиза, как все матери больных детей, совсем переселилась в ребенка. Все остальное было либо неважно, либо стыдно. Она совсем махнула на себя рукой, располнела, расползлась, а в постели следила только за тем, чтобы не забеременеть, потому что с таким здоровьем Стасика заводить второго ребенка невозможно.

По ночам Иван иногда просыпался, с тоской понимал, что жить в подвешенном состоянии неправильно и нельзя. Что ненормально, когда дед замещает отца, пока тот болтается на другой стороне планеты. В войну разлуки неизбежны, но в мирное время семья должна быть вместе. Думал, но ничего не делал, надеясь, что жизнь сама расставит все по своим местам. Так оно в конце концов и случилось.

Ивану пришлось катапультироваться из самолета. В результате он заработал компрессионный перелом двух последних грудных позвонков, то есть легко отделался, ведь катапультирование примерно так же безопасно для жизни, как русская рулетка. По обломкам самолета установили, что виной была техническая неисправность, а он проявил выдержку и мужество, но все равно небо для него закрылось. Ни один врач в здравом уме больше не пустит его за штурвал истребителя.

Пришлось месяц лежать в госпитале, где все лечение состояло в строгом постельном режиме и фанерном щите, подложенном под комковатый матрас. Болея впервые в жизни, Иван тосковал и стыдился своей немощи и надеялся только на то, что раз ему плохо, то, может, Стасику выйдет послабление по части болячек. Вдруг он остро и совершенно по-детски заскучал по Лизе, захотел, чтобы она прилетела, кормила его с ложечки и читала вслух свои любимые книжки. Но жена, конечно, не могла оставить ребенка, тем более что Иван наврал по телефону, будто у него нет серьезных повреждений.

Еще два месяца ушло на увольнение, и в июле он прилетел в Москву гражданским человеком.

Иван слегка растерялся от неожиданной свободы, но отец быстро привел его в чувство, отчеканив: «Соберись, Ваня! Я должен гордиться своим сыном, а не стыдиться его!»

При выписке врачи сказали, что после формирования костной мозоли он будет ничем не хуже здорового, главное — это создание мышечного корсета, поэтому Иван все лето плавал в любом пригодном для этого водоеме и делал упражнения на мышцы спины, а к осени без особых трудностей прошел медкомиссию и поехал в Ленинград переучиваться на гражданские самолеты. Снова жил отдельно от семьи, но приезжал домой на выходные.

Отучился год, и тут отец напряг все свои связи, чтобы его зачислили в авиаотряд Домодедово, а не отправили снова бог знает куда. Иван понимал, что так лучше для семьи, хотя бог знает где он давно бы стал командиром воздушного судна, а тут уже третий год летает вторым.

Странным образом, зажив вместе, как семья, они с Лизой еще больше отдалились друг от друга. Раньше хоть писали письма и разговаривали по телефону, а теперь и этого не стало. Спали вместе, да, и он был с женой каждую ночь, которую проводил дома, наверстывал долгое соломенное вдовство, но это был именно что секс, а не соитие с любимой женщиной. Тепло и мягко, а свет можно не включать.

Стасика, который, преодолев трехлетний рубеж, не перерос свои болезни, Иван очень жалел, но не любил так, как отец должен любить сына. Ребенок дичился его, а Иван робел и не знал, что сказать мальчику, который в шесть лет уже читает Дюма и Жюля Верна, но ни разу не гонял с пацанами в футбол и не лазал по деревьям. Если в других городах выпадало между рейсами свободное время, Иван первым делом несся в книжный магазин, вдруг выбросили что-то интересное для Стасика. Почему-то особенно много хороших книг продавалось в Кишиневе, например, там он купил сборник Даррелла, в который сын на целую неделю погрузился, как подводная лодка в океан.

Ивану нравилось, когда Стасик радуется, но в то же время он понимал, что расслабляет и разнеживает сына, тогда как для воспитания мужчины необходима твердость. Нельзя потакать ребенку, прощать ему оплошности, даже если у него не все в порядке со здоровьем. «Ты не добрый, а добренький, — выговаривал Ивану отец, — идешь на поводу у собственной сентиментальности, а в результате в атмосфере вседозволенности кто у нас вырастет? Инфантильный эгоист, чудовище!»

В сущности, дед заменил Стасику вечно отсутствующего папу, и Иван теперь мог претендовать разве что на роль старшего брата.

Отец говорил, что Стасик болеет оттого, что Лиза слишком с ним цацкается, изнежила ребенка, вот на него и садится любая болячка.

«Парня надо закалять, а не пичкать лекарствами!» — провозглашал отец, и Иван был с ним полностью согласен. Его самого отец в четыре года приучил обливаться ледяной водой, так что теперь не плеснуть на себя утром тазик холодной воды было все равно что не почистить зубы, и в результате он до сих пор не знал, что такое грипп и простуда.

«Я сделаю из тебя богатыря!» — обещал отец Стасику, но после двух дней осторожного обтирания холодным махровым полотенцем будущий богатырь обвесился соплями и три дня лежал с температурой под сорок.

Прогулки, спорт, все не шло на пользу. Даже во время безусловно безопасных оздоровительных занятий лечебной физкультурой в поликлинике под присмотром врача Стасик ухитрился подхватить мононуклеоз.

На этой почве между отцом и Лизой, прежде души не чаявшими друг в друге, возникла некоторая напряженность. Лиза просила его оставить Стасика в покое, а отец отвечал, рад бы, но ради ребенка ни за что этого не сделает. Он понимает, что она мать и волнуется, но мужик должен расти мужиком, а не кисейной барышней.

Зимой Стасик почти месяц не болел, и отец решил, что надо научить его кататься на коньках. Лизе затея эта явно пришлась не по вкусу, но сын загорелся идеей, он как раз читал книжку про голландских детей-конькобежцев. Иван был выходной, поэтому послушно завел «Волгу» тестя, единственное приданое жены, и повез семью на каток. Лиза не умела стоять на коньках, а Иван вдруг вспомнил детство и взял в прокате бегаши. С наслаждением сделал круг, разогнавшись возле хоккеистов и погасив скорость там, где плескалась малышня и где папа пытался научить кататься Стасика. Учеба эта состояла в том, что папа отпихивал ребенка от бортика и кричал: «Поймай движение, поймай! Главное — поймать движение, и ты поедешь!»

Стасик с обреченным видом отпускал бортик, откатывался и немедленно шлепался на пятую точку, папа с возгласом «экий ты неуклюжий!» поднимал его, и все начиналось снова. Иван заметил, что отец дает слишком расплывчатые инструкции, но папа сказал, что все нормально, тело должно подсказать, вот сам Иван сразу заскользил, как только его поставили на коньки.

Лиза сказала, что хватит, пора домой, и Иван расстроился, что сын уйдет с катка с горьким чувством поражения, но тут немолодая пара, степенно катившая под ручку, вдруг остановилась возле них.

— А ну-ка дай сюда, — женщина деловито сдернула шарф с шеи Ивана, прежде чем он успел что-то возразить, и продела его под мышки Стасику на манер постромков. — Так, теперь давай потихонечку шагай.

Сначала Стасик болтался на шарфе, как марионетка, но вскоре его движения сделались более осознанными, женщина стала потихоньку опускать руку.

— Так и на велосипеде легко научить, — заметил ее муж, тихонько катившийся рядом с Иваном, — только у меня уже нет сил за великом бежать, старость, что вы хотите.

Через полчаса шарф вернули владельцу — Стасик ехал сам, пусть неловко и неуклюже, но равновесие держать научился.

Всю неделю Стасик бредил катком, но в субботу у него начался кашель, а в воскресенье поднялась температура, и стало ясно, что никуда они не пойдут.

Стасик плакал, дед требовал от него утереть слезы и быть мужчиной, Лиза что-то ответила невпопад, и, как это часто бывает, нечаянная оговорка переросла в тяжелую ссору, когда все друг на друга страшно обижены, но никто не знает, из-за чего.

Отец никогда не скандалил. Сколько жил, Иван не помнил, чтобы папа вышел из себя, накричал на него или оскорбил дурным словом. Наоборот, когда Ивану случалось где-нибудь накуролесить, отец замолкал, лицо его леденело, и сын будто переставал для него существовать до тех пор, пока Иван не осознавал свою вину и не просил прощения. Становиться невидимкой бывало очень страшно, и Иван изо всех сил старался не разочаровывать отца, ну а если уж случалось, то как можно быстрее бежал извиняться и каяться, хоть порой и не чувствовал себя виноватым.

Ну он, понятно, был юный лоботряс, иначе не воспитаешь, но зачем подвергать Лизу пытке бойкотом, когда она и так измотана болезнями Стасика и своей из-за этого растянувшейся учебой (в прошлом году она с грехом пополам все же получила диплом, и теперь училась в ординатуре, где ее уже начали шпынять за бесконечные больничные)? Ивану казалось, что тут отец поступает слишком жестко, папа, в свою очередь, был недоволен, что Иван запустил совершенно воспитание ребенка, который уже вертит родителями как хочет и в грош никого не ставит. При этом Иван позволяет своей жене хамить человеку, который изо всех сил пытался заменить ей родного отца.

Немножко побегав между двух огней, Иван вдруг совершенно отчетливо понял, что он в этой семье лишний. Настолько лишний, что даже в ссоре не понимает, на чью сторону встать.

Плохой сын отцу, плохой отец сыну, да и, строго говоря, не муж своей жене, ну а как еще назвать, если она еле терпит твои ласки и радуется, когда ты уходишь в долгий рейс.

Жизнь повернула не туда, и хуже всего, что Иван никак не мог понять, где же он потерял ориентировку и сбился с курса. Когда ушел от Таньки, ослепленный первобытным ужасом самца перед браком? Когда жалость и непонятное чувство вины привели его к Лизе? Но больше всего Иван корил себя за то, что катапультировался, ведь был шанс дотянуть до реки и приводниться. Шанс небольшой, но реальный, и следовало им воспользоваться, сохранил бы и родине дорогую машину, и позвоночник любимому себе. Только Иван знал, что вода мягкая и приятная дома в тазике, а когда на нее падаешь на огромной скорости, то она просто разрывает самолет. Опыт приводнения у него был, но при хорошей погоде и на исправной машине, а тут он решил, что ситуация не позволяет. Короче говоря, струсил, поторопился, потерял хладнокровие, вот и результат.

В одну из особенно горьких минут он обнаружил, что ножки у бортпроводницы Наташи в точности как у Таньки. Ну а там уж присмотрелся.

На лицо Наташа была средненькая, ничего особенного, разве что улыбка хороша, зато фигурка — прелесть. Легкая, точеная, и двигалась Наташа, будто танцевала, стремительно и плавно. Аккуратист Лев Михайлович любил придраться к внешнему виду своего экипажа: то не пострижен, то ботинки не до зеркального блеска начищены, но и он при виде Наташи склонялся в немом восхищении, такая она была ладненькая, костюмчик без единой складочки, гладкая прическа, волосок к волоску, на белых перчатках — ни пятнышка.

Поговаривали, что жизнь у нее не слишком легкая, она старшая из троих детей в семье, где отец горький пьяница, но сама Наташа никогда не жаловалась, наоборот, излучала радость.

Иван ничего дурного не имел в виду, просто грелся в лучах обаяния молодой женщины, но однажды все изменилось. При сильном ветре переходя летное поле, он поймал соринку в глаз и не сумел проморгаться. Наташа усадила его на стул возле окна и уголком носового платка извлекла соринку, для чего ей пришлось довольно сильно прислониться к Ивану. Наверное, в реальности Наташа лишь слегка его коснулась, но Иван очень отчетливо ощутил тело молодой женщины.

От ее близости он почувствовал то же, что и старый пень, когда из него по весне начинают прорастать побеги (кажется, что-то подобное они учили в школе на уроке литературы про Андрея Болконского и дуб, хотя Иван не мог поручиться за точность своих воспоминаний).

На следующую ночь она приснилась ему, и с тех пор Иван изредка позволял себе размечтаться и представить будущее с Наташей. Красивая молодая жена родит ему здоровых ребятишек… Мечтал и знал, что ничего из этого не сбудется.

Хорошее это было чувство, наверное, то же самое он бы испытал в юности, если бы Танька тогда не ответила ему взаимностью.

Иногда приходила острая и болезненная мысль, что можно по-настоящему начать все заново, а не только в мечтах, но Иван знал золотое правило при потере ориентировки — пока не установил свое местоположение, не меняй курса.

* * *

— Любопытно, — засмеялся Павел Степанович, — только сейчас сообразил, что командир у нас Лев, а твоя фамилия Леонидов, что значит «подобный льву» или «сын льва». Символично?

— Очень, — буркнул Иван.

— Все, товарищи, хватит балагурить, занимаем исполнительный старт. Второй пилот готов?

— Готов. — Иван поставил ноги на педали.

* * *

Юра Окунев выходил в первый самостоятельный рейс и страшно волновался. Начальник отряда признал его годным к самостоятельной работе, но легко управлять судном, когда за спиной у тебя старший товарищ, в любую минуту готовый подсказать и поправить, и совсем другое дело, когда ты в рубке один.

Еще бы хоть месяцок поплавать стажером, ведь после зимы он наверняка забыл половину того, что усвоил в предыдущую навигацию…

Юра просился на борт к опытным капитанам, но начальник отряда был неумолим. «Ты теперь в штате, и никто за тебя твои вахты тянуть не будет», — отрезал он.

Капитаны говорили, что он слишком робкий, поэтому девушки его не любят; а за глаза наверняка называли «ссыклом» или еще похуже, однокурсники давно были уже старые морские волки, а Юра все лепился под крыло к старшим. Да, теорию он знает и на практике отработал, но вдруг нештатная ситуация? Без опыта он не сумеет среагировать и погубит технику или, того хуже, людей. Юра был уверен, что попадет на большое судно и впереди много лет работы под началом опытных речников, так что он успеет набраться опыта, но распределили сменным капитаном на буксир, и вот пожалуйста, ты царь и бог.

Проснувшись в шесть утра, Юра с ненавистью посмотрел в безоблачное небо. Радио тут же пообещало тепло до плюс пятнадцати, ясно и безветренно.

Тяжело вздохнув, Юра убрал звук. Он-то хотел услышать новости про цунами или надвигающийся смерч, и десятибалльный шторм тоже подошел бы, все что угодно, лишь бы не выходить в рейс. Юра снова выглянул в окно, за которым стремительно светлело, а ветки деревьев стояли неподвижно, будто нарисованные. Нет, милостей от природы сегодня ждать не приходилось, и он открыл холодильник.

Мама не прониклась важностью события, даже не встала приготовить сыну завтрак перед первым самостоятельным рейсом. Вчера вечером сказала только: «Конечно, ты справишься, сынок, ни секунды в этом не сомневаюсь», поцеловала его и ушла спать. Вот и все родительское напутствие.

Достав с полочки бутылку ацидофилина, Юра снял фиолетовую крышечку из фольги и хотел наполнить кружку, но густая белая масса не шла. Он как следует потряс бутылку, хлопнул по донышку, и ацидофилин, немного подумав, вдруг разом вылетел из бутылки, забрызгав стол и Юрино лицо.

День начинался с неудачи, но делать нечего, Юра убрал лужу, выпил то, что попало в кружку, закусил бубликом и поехал на работу.

Похоже, вид у него был бледный, потому что капитан Букреев, с которым Юра столкнулся на пороге конторы, получив приказ-задание, вдруг изо всех сил хлопнул его по плечу и приказал не дрейфить.

— Ты посмотри, погода шепчет, полный штиль, — Букреев широко обвел рукой горизонт с таким гордым видом, словно сам был творцом этой тихой и безмятежной красоты, — настоящий подарок судьбы, ведь такие дни выпадают раз-два за навигацию.

— Это да, — кисло согласился Юра.

— Ну-ка, что там у тебя? — Букреев быстро посмотрел в его бумаги: — Отвести плоты в Гавань и назад? Сказка, а не задание.

— Ну а вдруг?

— Вдруг бывает только сам знаешь что! Юра-Юра! Погода — идеал, фарватер — сказка, экипаж — мечта… Уж такие тепличные условия подобрали тебе для первого рейса, что лучше не бывает, а ты все недоволен. Не стыдно?

— А вдруг нештатная ситуация?

— Юра, угомонись. Все будет в абажуре.

— Откуда вы знаете?

— Да ты сам подумай, что с тобой случиться-то может? Нештатная ситуация вызывается чрезвычайными обстоятельствами, а сегодня неоткуда им взяться. Разве что вы всем экипажем нажретесь до потери пульса, да и то… — Букреев махнул рукой. — На такой тихой воде и мертвый благополучно доберется. В общем, Юра, не дрейфь, голова у тебя на месте, матчасть ты знаешь, все будет в порядке.

Юра отправился на буксир, слегка успокоенный. Может, и вправду все будет хорошо, ведь не зря природа расщедрилась на солнечный и безветренный день, которые так редки в Ленинграде? В его распоряжении новый буксир, а не какое-то ржавое корыто, и экипаж состоит из серьезных и надежных людей.

Матрос Михеич вообще легенда, успел еще юнгой повоевать, и Юре казалось диким, как это он, салага желторотая, будет приказывать столь заслуженному человеку, который в миллион раз лучше его знает, как управлять судном.

Моторист Петя вроде бы ровесник, но от этого не легче. Они одногодки, одинаковые парни, так с какой радости Петя должен подчиняться и уважать Юру? Субординация субординацией, диплом дипломом, но чем Юра может в реальности подкрепить свое превосходство? Тем, что знает навигацию? Хорошо, а Петька знает работу машинного отделения, и дальше что?

Вот не захотят Михеич и Петя сегодня работать, сядут с удочками на корме, и все. И что он тогда будет делать? На горло брать?

Впрочем, волновался Юра напрасно, команда встретила его вполне дружелюбно.

Поели пирожков от жены Михеича, которую тот называл «моя половина», и заняли рабочие места.

Слушая, как после его команды «мотор!» деловито и ровно застучали двигатели, Юра решил, что Букреев прав, все пройдет в штатном режиме, он спокойно выполнит задание и к семи вечера будет уже дома.

* * *

Просьбу Яна высшие силы удовлетворили лишь наполовину. Она действительно оказалась в соседнем с ним кресле, но не сама девушка, а ее бабушка. Колдунов немножко расстроился, а потом решил, что так тоже неплохо, главное, во время полета произвести на старушку хорошее впечатление, тогда она с удовольствием даст ему девушкин телефончик. В рамках этой стратегии Ян уступил ей место возле иллюминатора, хотя ему, впервые летевшему, очень хотелось посмотреть, как оно все происходит. Закинув вещи своей дамы на полочку, он удостоился благосклонной улыбки и понял, что дело идет на лад. В его же ряду через проход кресла занимали монашка и мальчик. Тот, ясное дело, сразу уселся у окошка и приклеился лицом к иллюминатору.

Низкорослая монашка не доставала до полки, и Ян протянул руку к ее сумке:

— Давайте помогу... — Тут он смешался, не зная, как обратиться к духовному лицу, и неловко закончил: — Товарищ.

— Спасибо, товарищ, — улыбнулась она, передав ему свою «Олимпиаду-80» и черную болоньевую куртку.

Ян сел. Стюардесса, не такая красивая, как внучка его соседки, но тоже очень ничего, объяснила правила безопасности, которые Ян слушал невнимательно, поэтому не сумел застегнуть ремень с первого раза. Старушка помогла ему с ловкостью, изобличающей опытную пассажирку.

Когда стюардесса раздала леденцы, Колдунов вкратце объяснил соседке, почему при взлете закладывает уши и как конфетки от этого помогают. Старушка ответила любезной улыбкой и быстро достала из сумочки голубенькую книжку «Нового мира». Ян намек понял и решил не форсировать события. Он откинулся на высокую спинку сиденья, вытянул ноги, насколько позволяло пространство, и стал ждать новых впечатлений, но самолет все не двигался, и внимание Яна невольно съехало на повседневные и не самые приятные мысли, на тот самый камешек в ботинке, который некогда вытряхивать на пути к цели.

Есть специальности, в которых путь до мастерства очень долог, ибо гениальность не заменяет в них практики и опыта, и хирургия относится к их числу. Следовательно, чем раньше начнешь и чем больше будешь заниматься, тем скорее станешь хорошим специалистом. Следуя этой максиме, Ян с первого курса стал ходить на дежурства, сначала в академию, а потом в городскую больницу, где у кафедры была клиническая база. Его рвение довольно быстро заметил доцент Князев, приблизил к себе, так что Ян буквально сделался его тенью. Ассистировал, писал истории и эпикризы, и к концу второго курса сделал свой первый аппендицит. Дальше пошло интереснее и веселее, Князев был человек не жадный, давал оперировать все, только работай. Он очень доходчиво умел объяснить, показать остроумный прием, вообще охотно делился секретами мастерства, при этом не обижался, если Ян ходил набираться опыта и к другим преподавателям. В общем, мечта, а не наставник.

Поглощенный работой, Ян очень нескоро заметил, что Князев щедр на операции, только если пациент — простой человек. Тогда он разрешал Яну оперировать даже такие сложные случаи, к которым Колдунов сам чувствовал, что не готов. Например, однажды Князев отправил его на тупую травму живота вместе с таким же неофитом, только не с третьего, а со второго курса, напутствовав, что, мол, пора тебе учиться принимать самостоятельные решения. Ян воспринял это как акт высочайшего доверия и не подумал, что Князеву просто лень подниматься с дивана из-за какого-то бича.

Тогда пришлось выполнить спленэктомию и ушить рану печени, и, успешно это проделав, Ян впервые почувствовал себя настоящим хирургом. А дальше понеслось — резекции желудка, тонкой кишки, толстой кишки, аппендэктомии, которые Ян к концу года бросил считать, и прочее и прочее… Но если поступал человек высокопоставленный, солидный или кто-то из членов его семьи, Князев сам принимался за дело, даже если там требовалось только подуть на больное место.

Яна, воспитанного в принципах равенства и братства, это немножко покоробило, но он быстро убедил себя, что иначе нельзя. Если большой начальник узнает, что его столь значимая для родины и партии жизнь доверена курсанту, то может и взбеситься, отчего пострадает вся кафедра. А лечить обычных людей Князев поручает Яну не потому, что ему на них плевать, нет, просто он доверяет своему ученику как самому себе.

Князев был идеальный наставник, но все же иногда Яну хотелось, чтобы он относился к простым пациентам чуть внимательнее. Потом это прошло.

Мастерство Яна крепло, и Князев решил проверить его на способность к научной работе. Ян сидел в архивах и библиотеках, научился создавать массивы данных и обрабатывать их, открыл наконец методичку по статистике, что согласно учебному плану должен был сделать два года назад, и неожиданно для себя самого увлекся. До этого он был уверен, что ничего интереснее, чем стоять у операционного стола, в жизни быть не может, а оказалось, что обобщать и анализировать данные тоже весьма увлекательно. Размышлять над всякими этическими нюансами стало некогда.

Этой осенью Колдунов на дежурстве делал обход послеоперационных больных и обнаружил, что у одного пациента наложена колостома, хотя, по мнению Яна, там имелись все показания для первичного анастомоза. Он еще раз пролистал историю, ответа не нашел и спросил у Князева, досадуя, что упустил какое-то важное обстоятельство или забыл противопоказание.

Доцент засмеялся, мол, состояние не позволяет.

— Как? — удивился Ян. — Он же по плану, обследованный, тяжелых сопутствующих заболеваний нет…

— Говорю же, состояние неудовлетворительное. Ну со-сто-я-ни-е, — произнес Князев по слогам и подмигнул.

Колдунов нахмурился, решив, что доцента веселит его глупость и недогадливость.

— Ладно, пойдем, — сжалился Князев, — все равно этот разговор с тобой давно назрел.

Он провел Яна к себе в кабинет, плотно прикрыл дверь, позвонил по местному в приемник предупредить, по какому номеру искать дежурного хирурга, и, улыбаясь, достал из шкафа бутылку такой красоты, какой Ян даже на картинке не видел. Тяжелые хрустальные рюмки с серебряным донышком глухо стукнули о столешницу, Князев налил в них до половины темной, как осенний вечер, жидкости, и запахло чем-то тонким и чужим.

— Виски требует другой посуды, ну да ладно, мы с тобой сан фасон. — Отсалютовав, Князев осушил свою рюмку. Ян чуть пригубил, помня, что впереди у него непростая ночь.

Доцент вопросительно приподнял бровь.

— У меня дежурство, мало ли что…

— Ах, Ян, как ты еще молод и невинен, — Князев утер воображаемую слезу. — Вот смотрю я на тебя и думаю: неужели двадцать лет назад я был точно таким же? Будто вчера, но разок моргнул, и вот я уже пожилой циничный дядечка, и знаешь что? Мне не жаль, потому что всему свое время.

Ян потупился, а Князев откинулся на спинку своего рабочего кресла, сладко потянулся и достал из ящика стола пачку «Мальборо». Этой диковинкой Колдунов угостился с удовольствием.

— Так вот ты прав, мой дорогой друг, медицинских противопоказаний там не было. — Князев подвинул Яну тяжелую пепельницу зеленого стекла.

— Тогда я не понимаю, вы же сами оперировали, — оторопел Ян. В принципе, при определении плана операции оценивается не только состояние больного, но и так называемая ручная умелость хирурга. Если врач не уверен в своих силах, то он имеет право выбрать вариант попроще, зато с гарантией, что у больного не разовьются осложнения. Но ведь Князев виртуоз, он накладывает анастомозы как мало кто. — Что же помешало?

— Вот такая бумажка. — Доцент достал откуда-то четвертной билет и помахал перед носом Яна. — Точнее, ее отсутствие в моем кармане.

— В смысле взятка?

— Я не должностное лицо, так что взятка не считается, — скороговоркой произнес Князев и спрятал деньги, — считается благодарность.

— Но ведь это неправильно… — Ян осекся.

— Понимаю тебя и не сержусь за благородное негодование. Только знаешь что, идеалы — это как аппендикс. Лучше удалить при первых признаках воспаления и в молодом возрасте, чем дожидаться перитонита. Вот смотри, двадцать пять рублей сумма, конечно, не маленькая, но и не запредельная. Дыру в семейном бюджете точно не пробьет.

— Ну да, верно.

— И тем не менее дядечка ее пожалел. Посчитал, что мой труд этого не стоит, ну и о'кей, насколько он меня оценил, настолько я ему и сделал. И даже больше. От рака я его избавил, а дальше с какой стати я должен за просто так стараться, время тратить, глаза ломать, потом еще волноваться, состоится анастомоз или нет?

— Но ведь мы всегда должны исходить из интересов больного, — промямлил Ян, — делать все возможное.

— Ах, ну конечно! Ян, ты такой хороший мальчик, что, ей-богу, даже жалко тебя портить. Но когда товарищ тонет в розовых соплях гуманизма, я обязан протянуть руку помощи, — Князев рассмеялся. — Янчик, дорогой, запомни раз и навсегда, что если ты сам о себе не позаботишься, то этого не сделает никто. Больше того, если человек не умеет заботиться о себе, у него не будет сил позаботиться ни о ком другом. Такова, мой друг, безжалостная реальность.

— Но все же мне кажется, что так неправильно... Медицина у нас бесплатная, и надо делать, как лучше для больного. Это наш долг, — буркнул Ян, чувствуя, как фальшиво и напыщенно звучат его слова.

Но Князев снова не обиделся:

— Янчик, существуют должностные обязанности, их и вправду следует выполнять неукоснительно, а милосердие и сострадание являются твоими сугубо личными качествами, которые ты волен проявлять по собственному желанию. Еще раз повторяю, от рака я его избавил, и избавил добросовестно. Не тяп-ляп, поверь, постарался в лучшем виде. Ну а реконструктивный этап — уж извини. Я ему все объяснил, он пожалел денег, а я, вот незадача, сегодня был не в милосердном настроении. Что ж, теперь пусть побегает годик с колостомой, потом поищет дурачка, который ему бесплатно восстановит. Найдет, его счастье. Кстати, если речь зашла о милосердии, то так для него будет даже лучше. Получится по передовой методике секонд-лук: сделают заодно ревизию, посмотрят, если вдруг увидят мелкие метастазики, то уберут. Сплошная польза. Ну что, убедил я тебя?

— Никак нет.

На лице Князева появилось выражение «случай трудный, но не безнадежный».

— Дорогой Ян, Гиппократ тобой гордится, в этом нет сомнений, но как насчет богини справедливости, каюсь, серый, не помню имени? Ведь своими идеями ты ее уже до инфаркта довел!

— Почему?

— Ну смотри, ты выдающийся хирург, да-да, не скромничай, уже выдающийся, а после ординатуры станешь вообще гений. Представь, ты оперируешь по три резекции кишки в неделю и условный Иванов столько же. Только ты делаешь красиво, в пределах здоровых тканей, единым блоком с лимфоузлами и накладываешь анастомоз, а Иванов жамкает кишку, отчего опухолевые клетки выстреливают в общий кровоток и радостно метастазируют, лимфодиссекцией вообще не занимается и завершает операцию колостомой, потому что знает, что все анастомозы у него разваливаются. Результаты разные, а зарплату получаете вы совершенно одинаково. Нравится такое?

— Но это дело руководителя — не допускать до стола таких Ивановых.

— Верно. Но других-то он где возьмет, если зарплату доктор получит в любом случае, а сверх нее ничего не дадут, как ни старайся? Не знаешь? Воооот! — Князев многозначительно поднял палец, как на лекции, когда хотел подчеркнуть что-то важное. — Таких идеалистов, как ты, мало, и хватает вас, прямо скажем, ненадолго. Обычно до женитьбы, максимум до прибавления семейства. Нет, Янчик, поверь старому человеку, одной духовной пищей долго не протянешь. Сейчас вот деятели искусств ополчились на принцип «ты мне — я тебе», из кожи вон лезут, стараются его опровергнуть, будто не знают, что это единственный принцип, который реально работает в нашем несовершенном мире. И гораздо лучше, мой милый, если ты это поймешь сейчас, а не в тридцать лет, когда все твои поезда уже уйдут.

Тут, к счастью, позвонили из приемника, и тягостный разговор прервался, но пищу для размышлений Ян против своей воли получил, и пришлось ее переваривать. Конечно, врач — особая профессия, можно сказать, призвание, он, как чекист, должен обладать горячим сердцем, холодной головой и обязательно чистыми руками. Черт возьми, он шел в профессию не заколачивать деньгу, не за длинным рублем, а с чистой мечтой помогать людям, делать все возможное, чтобы они были здоровы, недаром, равнодушный к художественной литературе, в школе до дыр зачитал книжку Лучосина про врачей «Человек должен жить». И нигде там не было сказано, что человек должен еще и платить за это.

Только как осуждать Князева, наставника, передавшего ему свой опыт, возившегося с ним, хотя это не входило в его обязанности и никак не оплачивалось? Он рисковал ради Яна, потому что когда курсант допускает ошибку, отвечает за нее преподаватель. Князев никогда не произносил пафосных речей, не поминал Гиппократа всуе, между тем много раз доказывал делами свою самоотверженность. Именно он прооперировал больного сифилисом, несмотря на серьезный риск заразиться, и в тюремную больницу ездил, когда заключенному требовалась сложная операция, хотя там его ничем не могли наградить, кроме стафилококка и туберкулезной палочки. И да, он скидывает простых больных на курсантов, но в тяжелых ситуациях никогда не увиливает, как, например, тот же начальник кафедры. Нет, Князев вовсе не такой шкурник, как хотел представить себя Яну.

Да и вообще, легко быть принципиальным и осуждать людей, когда ты молод, мало что знаешь о жизни и никогда не принимал ответственных решений.

Ближе к зиме Князев сообщил Яну, что кафедра готова его оставить. Ян заикнулся о воинском долге, мол, не хочет уклоняться и прятаться за спинами товарищей. Доцент посмотрел на него как на любимого сына-идиота и заметил, что Гиппократ в экстазе, но богиня справедливости окончательно впала в кому. Ян учился как проклятый, пока его сокурсники пьянствовали и развратничали, в профессиональном плане он на три головы их выше, а распределяться должен на равных, очень интересно! Ян поедет пропивать свои уникальные знания и умения в медицинский пункт полка, а его однокашник-дуболом, из всего курса академии вынесший только, что в норме паховый канал есть, а бедренного нет, отправится в госпиталь, где по мере сил будет увеличивать санитарные потери Советской армии.

И Ян поверил, что не только заслужил место на кафедре, но и принесет гораздо больше пользы людям, если останется. Он имеет право занять достойное место, ну а отсюда было уже недалеко и до вывода, что кто лучше работает, тот должен лучше получать. Князев говорил, что в нормальных обществах зарплата человека определяется его незаменимостью, ведь копать канаву может каждый, а хороший хирург — один на миллион. Все это были правильные речи, но Ян предпочел бы хорошо зарабатывать официальным путем, без вымогательства, которое претило ему.

Колдунов был не так наивен, как думал о нем Князев, и заметил, что после того, как он второй раз выразил свое отвращение к поборам, тема аспирантуры заглохла. Понятно почему. Хочешь играть — играй по правилам. Система благодарностей сформировалась на кафедре давно, как говорил Князев, не нами началось, не нами и кончится, честный человек нужен тут, как бельмо на глазу, тем более что один подвижник на кафедре уже имелся и не слишком вдохновлял на повторение своей судьбы.

Ассистент Понятовский был худым желчным дедом, больше похожим на лифтера, чем на кандидата медицинских наук, и Ян очень удивился, узнав, что он учился вместе с начальником кафедры, который выглядел лет на двадцать моложе. Понятовского давно оттеснили от стола в плановой операционной, и он на дежурствах пробавлялся, чем бог пошлет. Лекции читать ему тоже не полагалось по ассистентскому статусу, группы для занятий расписывали по минимуму, статьи дед писал только в соавторстве, в общем, классический неудачник и научный балласт.

Когда Ян Колдунов только пришел на кафедру и Князев еще не взял его под свое крыло, была возможность прилепиться к Понятовскому, но Яну по неопытности показалось, что дед оперирует слишком просто, не изящно, кроме того, он, спокойный и вежливый с бригадой, вдруг обложил Яна в три этажа, когда тот что-то спросил у него по ходу операции. Но Яну-то откуда было знать, что дед не любит, когда его отвлекают? В общем, юный интеллигент Колдунов обиделся, а кроме того, импозантный Князев внушал больше доверия, чем расхристанный Понятовский, и он попросился к доценту. Лишь много позже Ян сумел по достоинству оценить простую манеру старого доктора и понял, что это и есть истинная виртуозность. Никаких финтифлюшек, никаких лишних движений, Понятовский сам называл свою манеру «по-рабоче-крестьянски», однако ни разу ничего у него не нагноилось, не развалилось, и довольно часто его навещали пациенты, которых он оперировал по поводу рака двадцать и даже двадцать пять лет назад, поразительная выживаемость! А какой у него был сверхъестественный нюх на гнойники! Даже Князев в трудных случаях говорил: «Позови дедулю, если он не найдет, значит, ничего и нет».

Почему же такой одаренный человек пропал втуне? Ян долго был уверен, что причина стандартная — алкоголизм, но с течением времени стало ясно, что Понятовский равнодушен к спиртному. Не было у него и всепоглощающего хобби, как у доцента с кафедры терапии Гаккеля, который упоенно писал книжки, а медициной занимался по остаточному принципу.

Ян не особенно ломал голову над этой загадкой, но после разговора с Князевым задумался и пришел к неожиданному выводу. Понятовский не состоялся, потому что был классический «светя другим, сгораю сам». Князев рассказывал, что когда Понятовский служил на Севере, его жене, работавшей педиатром, благодарные пациенты вручили круг колбасы, и Понятовский так разгневался, что в пургу поперся эту колбасу возвращать, а на обратном пути чуть не замерз насмерть. С тех пор его взгляды на подношения не изменились, он даже бутылки от благодарных больных не принимал, что, конечно, было уже явным перебором по части благородства. Интересы больного являлись для него непреложным законом, ради них можно было поставить в дурацкое положение профессора на обходе, если он, по мнению Понятовского, ошибался в диагнозе или предлагал неверное лечение. Можно было остаться после работы ассистировать на сложной экстренной операции, по сути, сделать все самому, а на утренней конференции скромно промолчать, пока оператор рапортует о своих великих достижениях. Главное, пациент спасен, а остальное неважно.

Начальник кафедры был вполовину не такой хороший оператор и на девяносто процентов хуже как клиницист, а его докторская диссертация представляла собой набор общеизвестных фактов, перемешанных с бессмысленной статистикой по ионному составу желчи. Как преподаватель он был неплох, но, в сущности, лекции его представляли собой выразительный и артистичный пересказ учебника.

Тем не менее он считался светилом, под его именем издавались монографии и учебные пособия, попасть к нему на прием и тем более на операцию возможно было только по страшному блату, меж тем Понятовский мирно отправлялся в приемник и пользовал там алкашей, которые даже не подозревали, с каким прекрасным специалистом имеют дело.

Почему серость вознеслась, а талант остался невостребованным? Начальник кафедры был не блатной, он сам пробил себе дорогу. Немножко подольстился к прежнему профессору, чуть подольше задержался у постели высокопоставленного больного, тут промолчал, там уступил, где-то услужил научному руководителю, и вот он уже перспективный молодой кандидат наук, и звание внеочередное прилетело. И вот он в ближнем кругу, свой, в системе... С ним проще, потому что он такой же, как все, с такими же слабостями, а не психопат Понятовский, от сияния нимба которого глаза режет и от которого не знаешь что ждать.

Теперь Яну предстоял выбор: делать нормальную карьеру, становиться хирургом с именем или так всю жизнь и пробегать в сандалиях между приемником и комнатой дежурного врача.

Деньги и чины, конечно, тлен, главное — пациенты, но ведь начальник кафедры имеет гораздо больше возможностей помогать людям, чем простой врач. С научной работой тоже не все просто. Кандидатскую ты защитишь без проблем, ну а докторская уже потребует вложений, превосходящих твою зарплату, или очень лояльного отношения руководства, которое не заслужишь, если станешь мозолить людям глаза своей принципиальностью и честностью.

Ян понял, что жизнь есть жизнь, а человек есть человек, и ничего тут не поделаешь. Да, при коммунизме ситуация изменится, специалистов будут оценивать исключительно по их трудолюбию и мастерству, ну а покамест надо мириться с некоторыми пережитками прошлого. Например, с тем, что своя рубашка пока еще ближе к телу.

Князев правильно говорит, что он поступил в военно-медицинскую академию, а не в монастырь, и схиму тут принимать необязательно. Он женится, пойдут дети, заботиться о которых будет его обязанностью, и, конечно, ему захочется, чтобы они были сыты, хорошо одеты и жили в благоустроенной квартире, а не в коммуналке друг у друга на голове и с соседом-туберкулезником в придачу.

На зимних каникулах Ян поговорил об этом с родителями, и мама сказала, что сомнения делают ему честь, но, по большому счету, мужчина, который твердо стоит на ногах, хорошо делает свое дело, при этом блюдет свои интересы и обеспечивает семью, приносит обществу больше пользы, чем идеалист, с горящими глазами спасающий всех, кто подвернется под руку.

Папа признался, что сам берет конверты и ничуть по этому поводу не переживает, потому что взамен дарит людям здоровье, которое дороже любых денег, а потом засмеялся, мол, какая ирония, ведь если бы не эти конвертики, то Ян не поступил бы в академию и сейчас не задавался вопросом, можно брать деньги с больных или нет.

Стало ясно, что это не позорно и не стыдно, а неотъемлемый атрибут профессии вроде посещения морга. По первости Ян тосковал от вида мертвых тел, изучать на них методики операций казалось святотатством, но вскоре освоился и работал совершенно спокойно, будто это были муляжи, а не люди.

Так что и в ситуации столь сложного выбора все потихоньку образовалось. Папа тогда прокатился вместе с Яном до Ленинграда, наведался к Князеву, о чем-то переговорил, и доцент вернул Яну свое расположение. Вскоре Князев доверил ему присутствовать при разговоре с пациентом, что можно сделать как положено, а можно — хорошо, а через две недели Ян уже сам вел такой разговор. Было неловко и стыдно, но Ян знал, что привыкнет.

И привык. Ведь это необходимая цена успеха. А если иногда кольнет, так не страшно, это значит, что совесть еще жива. Он выбрал правильную дорогу, и не надо бояться, что после сегодняшнего визита к папиному товарищу с нее будет уже не свернуть.

* * *

Взяв по совету Павла Михайловича отгулы, Ирина провела чудесную неделю с детьми на даче. Поселок стоял пустой, друзья Егора остались в городе, поэтому бедному ребенку пришлось играть с младшим братом, а Ирина тем временем копалась в земле с удовольствием, удивлявшим ее саму. Засадив дежурную грядку зеленью и морковкой, она не успокоилась, а сходила в пристанционный магазинчик за цветочными семенами и разбила две клумбы по сторонам от крыльца, любовно выложив периметр камешками и осколками кирпича, подобранными на дороге. Эти шедевры ландшафтного искусства выглядели довольно хило, но сердце Ирины переполнялось гордостью, когда после обеда она садилась на ступеньки с кружкой кофе и созерцала плоды своих трудов. Володя спал, Егор читал купленные в горкоме книжки, а она так и сидела в покое и безмыслии. Материалы к предстоящему процессу лежали нетронутыми. Каждое утро Ирина подкрадывалась к стопке книг, открывала верхнюю, видела нагромождение формул и отскакивала, будто кошка, попробовавшая лапкой воду. Сразу находились срочные дела по дому, а потом она как бы забывала, а вечером голова уже не работает, лучше завтра с утра на свежий мозг. Но наступало утро и цикл повторялся.

Ирина утешала себя тем, что передача в суд — дело не быстрое. Пока напишется обвинительное заключение, пока ознакомят с делом подсудимых, пока то-се… Интересы государства, конечно, превыше всего, но родную волокиту никто еще не отменял. Дней десять у нее еще есть в запасе, а то и больше.

В общем-то, это далеко не первый случай в ее практике, когда начальство склоняет к вынесению нужного приговора. И с Кириллом так было, и с Еремеевым, и кинорежиссера прогрессивное человечество требовало оправдать… Да что там, однажды она сама оправдала виновную ради общественных интересов, безо всякого давления сверху. Всякое бывало, но раньше председатель суда и партийное руководство хотя бы делали вид, что убеждены в справедливости того решения, к которому ее вынуждают, и придавали своему давлению форму отеческого наставления. Сейчас они впервые отбросили всякий политес. Когда партия прикажет, «есть!» должен ответить не только комсомол, но и народный суд и все остальные, ибо КПСС — руководящая и направляющая сила.

С такой позицией страшно подумать, как проведено следствие. Теперь понятно, почему они за месяц управились, хотя обычно расследования катастроф тянутся годами. Тяп-ляп, формальная одна экспертиза, формальная другая, и готово. Следственный эксперимент — зачем? Очные ставки? Да господи, обвиняемые умные люди, давно сговорились между собой, смысл время тратить, расшатывать их показания? Когда судья свой человек, к чему стараться? Так, для солидности протоколов в дело напихаем, хотя с тем же успехом можно сложить бумажный самолетик и запустить судье на стол. Информации примерно столько же.

Интересно, сумеет ли она по ходу процесса сформировать у себя внутреннее убеждение о виновности подсудимых или придется накрутить формальностей вокруг пустоты? Хоть решение принято в самых верхах, но ясность бы не помешала, ведь в определении наказания ей предоставлена полная свобода. Пожалуйста, хоть пятнадцать суток дай или штраф по три рубля с носа, главное, официально подтверди, что виноваты люди, а не техника.

Новый перспективный ближнемагистральный самолет, востребованный как для перевозок пассажиров, так и в военных целях. Производство таких машин ставится на поток, а главное, заключаются крупные контракты с зарубежными партнерами на поставку этой модели.

И эти самые зарубежные партнеры могут насторожиться, когда узнают, что один из самолетов, которыми они хотели оснастить свой авиапарк, потратив на это дело кругленькую сумму в валюте, потерпел аварию из-за технической неисправности. А вдруг это не просто техник гайку недокрутил, а конструктивная ошибка? Могут тогда разорвать контракт и, того хуже, на уровне правительства обидеться, что Советский Союз пытается подсунуть им непроверенную и опасную технику.

Нет, во избежание международных конфликтов необходимо списать аварию на человеческий фактор. А конструкторское бюро, где проектировали этот самолет, в любом случае участвовало в расследовании, там десять раз проверят и перепроверят все расчеты, и если надо, внесут коррективы.

Две человеческих судьбы — цена очень большая, но не запредельная, когда речь идет о стабильности международной обстановки. Звучит ужасно, но это так. Можно ругать советскую власть, но что СССР — оплот мира, этого не отнимешь. Мы сохраняем мир на планете, и если подумать, какой ценой это дается, то две загубленные карьеры уже не кажутся каким-то ужасом. Ирина вспомнила, как в детстве до онемения боялась атомной бомбы. Иногда ночью просыпалась и представляла, что будет, если бомба прилетит прямо сейчас. Успеет она что-то понять или умрет сразу, и будет ли больно? Лет в семь Ирина впервые увидела ядерный взрыв в кинохронике и ходила под впечатлением целый месяц, а то и дольше. Да что там, даже сейчас передергивает от одного воспоминания.

Ирина довольно долго считала, что атомная и нейтронная бомба — это синонимы, но папа доходчиво объяснил ей разницу с помощью анекдота: «Вот я сел за стол, порезал колбаски, налил себе стаканчик, и тут бац! Нейтронная бомба! Все… Стакан стоит, а меня нет».

Папа думал повеселить дочку, но Ирина расплакалась так, что до вечера не могли ее успокоить.

В школе она рисовала антивоенные плакаты, мастерила поделки для ярмарок солидарности, писала письма пионерам из других стран, словом, вносила свой вклад в борьбу за мир, и это была единственная общественная работа, которая не казалась ей напрасной.

Ведь слова «лишь бы не было войны» — это не пустая банальность. Да, иногда этот лозунг используют неправедно, лицемерно, но слова не перестают быть верными от неверного употребления. Это правда, что надо делать все, идти на любые жертвы, лишь бы только сохранить мирное небо над головой.

И сейчас, кажется, жители Земли наконец начинают это понимать, торжествует политика разрядки, холодная война близится к завершению, и кажется, что мир во всем мире — не утопическая мечта.

Даст бог, Егору с Володей приведется жить в мире и безопасности и по ночам не будет у них сжиматься сердце от мыслей о ядерной угрозе.

Советский Союз налаживает отношения с США и с другими странами капиталистического блока, это огромный шаг вперед, но наивно думать, будто за рубежом все нас обожают и радуются сотрудничеству двух великих держав. Найдутся реакционные силы, готовые раздуть конфликт из любого, самого незначительного факта.

Нельзя давать им в руки оружие.

Ирина вдруг подумала, что жизнь налаживается по-настоящему. Светлое будущее перестало быть чем-то сказочным, вроде христианского рая. Нет, вот оно, на пороге. Гонка вооружений прекратится, освободившиеся средства пойдут на нужды народа, а новая внутренняя политика нового генсека приведет к их справедливому распределению. Не сразу, не завтра, но еще на ее веку жизнь сделается свободной и изобильной.

Благодаря антиалкогольной кампании нация протрезвеет, а когда отвалится паразит под названием КПСС с ее руководящей ролью, то пройдет и холуйство, и необходимость выносить «нужные» приговоры тоже отпадет за ненадобностью.

Эх… Ирина сделает все как надо, и не из шкурных карьерных интересов, а потому, что так необходимо для страны. Это ее долг. Только хорошо бы все-таки понять реальную степень вины несчастных жертвенных агнцев на алтарь мира во всем мире. Ведь можно дать им условно, а можно впаять и по трешке на нос с возмещением ущерба, если они действительно грубо нарушили технику безопасности.

Кирилл хотел приехать на дачу сразу после первомайской демонстрации, от участия в которой, будучи ударником труда, не имел права уклоняться, но Ирина посоветовала ему пропьянствовать Первомай в кругу друзей, как все нормальные люди. Она все-таки чувствовала себя немного виноватой за то, что ей предложили повышение, и хоть Кирилл отнесся к новости очень спокойно, Ирина хотела лишний раз подчеркнуть, что, даже заняв высокий пост, в семье она сталинизм разводить не собирается.

Договорились, что муж заберет Ирину и детей с дачи второго числа, ближе к вечеру.

В душе воцарилось удивительное спокойствие, ощущение, новое для Ирины. Всегда где-то в закоулках сознания скребли кошки беспричинной тревоги, и даже если все шло хорошо, Ирина находила о чем переживать. Например, о том, что все идет слишком хорошо, а значит, скоро будет плохо. И еще в сто раз хуже, если не поволноваться об этом заранее, авансом.

А здесь, на даче, это вдруг пропало, будто занозу вынули. Ирина жила сегодняшней минутой.

Утром второго мая, когда она мыла посуду после завтрака, в дверь вдруг постучался Степан Сергеевич, единственный обладатель телефона в дачном поселке.

— Не волнуйтесь, не волнуйтесь, все в порядке! — закричал он вместо приветствия. — Просто вашего мужа забирают на военные сборы. Он сказал, если будете перезванивать, то прямо сейчас.

Оставив Володю на попечении Егора, Ирина побежала следом за Степаном Сергеевичем к нему домой, благо он жил на этой же улице.

— А я как раз вспомнил, что ни разу не был на сборах после армии, — засмеялся Кирилл в трубке, — и вот пожалуйста, вызвали. Ты уж извини, что не приеду. Одна доберешься или Женю попросить, чтобы съездил за тобой?

— Нет-нет! — закричала Ирина. — Не беспокойся, мы спокойно доедем на электричке. А тебя надолго забирают?

— Понятия не имею. Но я сообщу, как только будет ясность.

— А почему в выходной?

— Да бог его знает, — засмеялся Кирилл. — Наверное, легче людей дома найти. Не волнуйся, Ирочка. Если что, мастер тебе передаст мою получку, я ему позвонил.

— Кирюш, ты об этом не переживай, главное, береги себя.

Кирилл фыркнул:

— Да что там со мной случиться-то может? Это же армия! Поели-поспали, в тетрадки записали. Самое страшное, потолстею. Ну все, Ирочка, мне пора. Целую тебя.

— И я тебя.

Поблагодарив хозяина, Ирина вернулась домой.

Что ж, дело житейское. Ее папе тоже периодически звонил из военкомата, как он говорил, металлический голос, и на следующий день отец, взяв кружку-ложку и смену белья, отправлялся на сборный пункт, а вечером возвращался домой.

Резервистов выкликают с большим запасом, учитывая, что половина не придет, отбирают сколько надо, а излишек отправляют по домам. Но папа был постарше и с плохим зрением, а Кирилл — кровь с молоком, такого молодца не отпустят. С тех пор как он отслужил срочную, техника шагнула вперед, наверное, ему пора пройти что-то вроде курсов повышения квалификации. Обычно, насколько Ирине было известно, такие сборы длятся месяц. Что ж, время летит быстро.

Вернувшись, она сообщила Егору, что теперь он главный мужчина в доме, пока отец на военных сборах, и стала укладывать вещи в сумки, чтобы успеть на дневную электричку, в которой народу всегда меньше, чем вечером.

Это ей страшно от мысли, чтобы спать в одной комнате с чужими людьми, вскакивать по свистку и бежать на зарядку, а для Кирилла сборы, наверное, что-то вроде смены в пионерском лагере. Пусть окунется в юность, а она тут справится. Конечно, придется каждый день сломя голову мчаться домой, чтобы забрать Володю из яселек, но что поделать… Будет планировать рабочий день так, чтобы не задерживаться, а если Кирилл не вернется до начала процесса над авиаторами, то попросит Гортензию Андреевну подстраховать. Старушка трепетно относится к воинскому долгу и с радостью выручит жену солдата.

В электричке народу действительно оказалось очень мало, Ирине удалось с комфортом сесть, и никто не тыкал ей под ноги корзинки и ящики с рассадой. Егор читал, Володя дремал у нее на руках, устав после перехода до станции, и Ирину тоже стало клонить в сон.

Она не слушала чужие разговоры, но сознание невольно отметило незнакомое слово «Чернобыль». Что это такое, рассеянно подумала Ирина и погрузилась в свои мысли.

О катастрофе она узнала только на следующее утро, придя на работу.

Страха не было. Ирина жалела погибших, до боли в сердце сочувствовала их близким, но истинных масштабов катастрофы она долго не понимала.

Коллеги обсуждали радиоактивные дожди, дозиметры, счетчики Гейгера, радиационный фон, повышенный на Петроградской стороне, Долгачев без конца рассказывал, что у его жены есть подруга-экскурсовод, которая как-то привела группу японцев на набережную, откуда они в страхе разбежались, потому что их портативные дозиметры зашкалили. Ирина решила, что он просто панику разводит, но многие коллеги всерьез собирались приобрести этот прибор, особенно после того, как пошли слухи, что радиоактивные осадки выпали и в Ленинградской области.

К концу недели из Киева прилетели Иванов с Табидзе, бывшие там на научно-практической конференции. Сказали, что в городе спокойно, паники нет, но жители очень злы на власти за то, что разрешили первомайскую демонстрацию, и вообще не объяснили ситуацию и не приказали людям оставаться дома, ведь стояла прекрасная погода, и дети дни напролет играли на улице, не подозревая, что подвергаются облучению.

Иванов с Табидзе тоже все праздники провели под открытым небом на даче у коллеги, но не грустили, ибо в аэропорту знающие люди их заверили, что полученная доза маленькая и на их мужской силе никак не отразится, а на остальное плевать.

Страшные слова «радиация», «лучевая болезнь», «радионуклиды» сначала шокировали, но быстро вошли в обиход и сделались привычны.

Ирина не боялась. Умом понимала, а сердцем пока не получалось осознать, что надежный и удобный мир, в котором она живет, в действительности очень хрупок и может исчезнуть от одного неосторожного движения.

Как-то Егор пришел из школы бледный и задумчивый и спросил, правда ли есть такое излучение, которое ты не чувствуешь, но потом быстро умираешь, и сердце Ирины сжалось. Неужели каждое поколение в детстве должно протравить душу страхом? В незапамятные времена это были голод, война, мор, а если все вдруг шло благополучно, детей пугали адскими муками. Родители Ирины до дрожи боялись вредителей и врагов народа, сама она — атомной бомбы, ее дети сейчас боятся радиации, а когда подрастут внуки, человечество изобретет еще что-нибудь смертоносное, и эта вечная эстафета ужаса никогда не прервется.

Она постаралась объяснить, что мир вообще место не слишком дружелюбное, но люди научились распознавать опасности и бороться с ними. Главное — сохранять присутствие духа и объективно оценивать обстановку. Любой опасности можно противостоять, если знаешь, как это делать, и видишь ситуацию, как она есть. Нужно помнить, что у страха глаза велики, и когда боишься котенка, то, убегая от него, угодишь в пасть льву. Ирина чувствовала, что не умеет найти подходящих слов, банальности «страшнее всего сам страх» и «чтобы победить, надо знать врага в лицо» Егор сто раз слышал в школе, и вообще о таких вещах с мальчиком должен говорить отец, поэтому она замолчала и просто крепко обняла сына.

18 марта

Вырулили на исполнительный старт. Лев Михайлович скомандовал «режим взлетный», бортинженер потянул ручку управления двигателями.

— Экипаж, взлетаем!

Самолет побежал по взлетной полосе.

— Скорость сто, — отсчитывал штурман, — сто шестьдесят… сто восемьдесят… Рубеж.

— Подъем. — Зайцев плавно взял штурвал на себя, и сквозь стекло кабины Иван увидел, как от самолета отделилась тень, прыгнула в сторону и исчезла. Ему всегда нравилось это мгновение.

Лев Михайлович скомандовал убрать шасси, Иван щелкнул переключателями.

Привычно загудел механизм, но не завершился характерным стуком. Так и есть. Индикатор носовой стойки продолжал гореть красным.

— Уборка механизации, — скомандовал Зайцев.

— Лев Михайлович, у нас передняя нога не убралась.

— Вижу. Бортинженер, будьте добры.

Павел Степанович, бормоча свое любимое «начинается утро в деревне» и преувеличенно кряхтя, опустился на колени и прильнул к смотровому окну в полу.

— Плохо дело, командир, — сказал он после долгой паузы. — Стойку заклинило на полдороге, и масло хлещет. Гидросистеме, похоже, каюк.

По лицу Зайцева пробежала тень, но, может быть, это Ивану просто показалось.

— Павел Степанович, поработаете с аварийной системой выпуска шасси?

Коротко кивнув, бортинженер начал открывать люк в полу, ведущий в отсек передней стойки.

Предприятие это было опасное и требовало большой физической силы, так что Иван подходил для него лучше, чем пожилой Павел Степанович, но сейчас не время было лезть со своей готовностью к подвигу.

— Так, ладно, пора на землю доложить. — Взглянув на часы, Зайцев заговорил в микрофон медленно и отчетливо, будто вел диктант в начальной школе: — Терплю бедствие, терплю бедствие, терплю бедствие. Аэрофлот три девять три, аэрофлот три девять три, аэрофлот три девять три.

— Аэрофлот три девять три, что у вас? — Тревога слышалась в голосе диспетчера даже сквозь помехи. В Таллине отлично знали, что Зайцев не станет зря паниковать.

— Заклинило переднюю ногу шасси. Время десять тридцать восемь, шесть километров от торца полосы. Пытаемся убрать вручную, готовим посадку.

— Понял вас. Докладывайте. Держите курс семьдесят восемь, высота двести.

— Курс семьдесят восемь, высота двести, — продублировал Лев Михайлович.

Иван посмотрел на приборную панель. Индикатор продолжал гореть.

— Ну что там у тебя, Степаныч? — спросил Зайцев, не оборачиваясь.

— Похоже, намертво заклинило. — Бортинженер на секунду высунулся и тут же нырнул обратно в отсек.

— Три девять три, что у вас?

— Без изменений.

— Три девять три, следуйте Пулково. Курс сто семь, занимайте эшелон четыре двести. — Теперь в голосе диспетчера Иван уловил облегчение, хотя, наверное, это ему просто показалось.

— Следую Пулково, курс сто семь, эшелон четыре двести.

Штурман Гранкин фыркнул:

— Вот жуки, погодой прикрылись и прогнали на запасной аэродром от греха подальше.

— Ладно тебе, — добродушно усмехнулся Зайцев, — сам видишь, тут ветер и дождь вот-вот польет, к тому же полоса короткая, а в Ленинграде по сводке благодать божья… Ну и посмотрим заодно культурную столицу, все равно нам так и так топливо вылетывать.

— В том числе и вашу лишнюю тонну, уважаемый Лев Михайлович, — пропыхтел Павел Степанович из своего укрытия.

Иван не успел даже удивиться наглости бортинженера, как Зайцев элегически заметил, что и вправду надо быть внимательнее к знакам судьбы. Всегда брал топлива с походом, никто не спорил, и ничего не происходило, а сегодня вдруг экипаж возразил, и нате пожалуйста.

Самолет вошел в густое серое облако. Иван усмехнулся. Верно поется, у природы нет плохой погоды, каждая погода благодать. Например, сегодня штормовое предупреждение позволило наземным службам аэропорта избежать возни с аварийной посадкой, а главное, разбирательств и наказаний, которые за ней обязательно последуют.

Павел Степанович, подтянувшись на руках, выбрался в кабину.

— Никак не идет.

Лев Михайлович вздохнул:

— Ну, как говорится, шо маемо, то маемо. Закрывай люк и занимай рабочее место, у тебя и тут дел полно, ведь на взлетном идем. Следи за двигателями.

Зайцев вызвал в кабину Наташу и, когда она вошла, сказал:

— Что ж, товарищи, давайте проведем небольшое производственное совещание. У нас на борту нештатная ситуация. Заклинило переднюю ногу шасси, в связи с чем нам предстоит совершить аварийную посадку в аэропорту Пулково. Погоду оттуда передали великолепную, ветер четыре метра, видимость восемь километров, нижний край не определен. Сотрудники Пулкова извещены, сейчас они готовят для нас полосу. Самолет у нас крепкий, новый, от жесткой посадки не развалится, а самое главное, что вы все отличные профессионалы и каждому из вас я доверяю как самому себе. Все пройдет благополучно.

Поймав взгляд Наташи, Иван улыбнулся, чтобы ее подбодрить. Она улыбнулась в ответ. На душе потеплело, и пришлось напомнить себе, что сейчас не время для романтики.

— Работаем в штатном режиме, — продолжал Лев Михайлович, — а самая трудная задача, как всегда, ложится на плечи бортпроводницы. Наташенька, предлагай пассажирам кофе, улыбайся, а сама смотри, чтобы все было готово для посадки в сложных условиях. Ручная кладь безопасно размещена, травмоопасные предметы убраны подальше от пассажиров. Ну, ты лучше меня знаешь. А главное, улыбайся и излучай радость и уверенность, как ты умеешь. Справишься, деточка?

— Конечно, Лев Михайлович.

— Я знаю, что могу на тебя положиться. Итак, товарищи, сохраняем спокойствие и действуем слаженно. Замечания, предложения? Нет? Тогда работаем.

— Может, пассажиров привязать? — спросил Иван. — Все-таки на взлетном идем.

— Ты прав, но, боюсь, люди устанут и не пристегнутся, когда это будет действительно необходимо.

Наташа вернулась в салон.

— Ну, ребятушки, с богом.

Иван посмотрел на Гранкина, тот спокойно выверял курс и вел переговоры со службой движения. По обветренной физиономии Павла Степановича трудно было что-то понять, но, кажется, он тоже не волновался, смотрел за двигателями. Всем нашлось занятие, один только Иван сидел сложа руки, но в аварийной ситуации главное — ничего не предпринимать без приказа командира.

— Лев Михайлович, из Таллина передают, что они нашли на полосе соединительный болт, — сказал Гранкин.

Лев Михайлович взмахнул бровями:

— Это многое объясняет, но нам уже вряд ли чем-нибудь поможет. Иван Николаевич, будь добр, выйди в салон, аккуратно погляди, не отвалилось ли от самолета чего-нибудь еще, а заодно проверь, как там Наташа справляется, и незаметно подбодри. Все-таки мы тут своим здоровым коллективом, а она с пассажирами одна.

Иван поднялся из кресла и отправился в салон.

Остановившись у двери кабины, он смотрел, как Наташа медленно идет по проходу, улыбаясь пассажирам, предлагает воду, а сама внимательно смотрит, хорошо ли их места оснащены для жесткой посадки. Иван медленно обвел глазами пассажиров. На первый взгляд все люди приличные, откровенно пьяных не заметно. Матерей с младенцами, слава богу, тоже нет. Теперь ему надо посмотреть на двигатели и консоли крыла, не вызывая у людей подозрений. Задача непростая, но, к счастью, возле нужного Ивану иллюминатора как раз сидел мальчик лет двенадцати. Иван с улыбкой наклонился к нему, спросил, нравится ли ему в самолете, позвал учиться на пилота, а сам тем временем поглядел в иллюминатор. С противоположной стороны сидели молодой военный и интеллигентная пожилая дама. Иван прикинул, какой бы повод заговорить с ними выглядел естественно, и не нашел ничего лучше, как спросить у дамы, новый ли у нее «Новый мир». Пилот-книголюб выглядел, конечно, глупо, но зато крыло он осмотреть успел.

Он прошел в камбуз, где Наташа как раз готовила пассажиру кофе. Увидев Ивана, она отставила поднос с чашкой. Иван осторожно погладил ее по плечу. Говорить ничего не решился, чтобы пассажиры случайно не услышали, только показал сложенные колечком большой и указательный пальцы, мол, все будет о’кей. Да и зачем говорить, Наташа не хуже его все понимает. Из-за заклинившей стойки шасси самолет придется сажать на брюхо. Маневр этот, конечно, опасный, но не смертельный. Главная угроза в том, что искры, образующиеся от трения самолета о бетон взлетно-посадочной полосы, могут воспламенить топливо, и тогда самолет вспыхнет как свечка и сгорит вместе с людьми. Чтобы этого точно не произошло, они сядут с пустыми баками и на аварийную грунтовую полосу, которую сейчас как раз готовят в Пулкове для их приема. Другие борты разворачивают на запасные аэродромы, в Пулково мчатся, гудя сиренами, пожарные машины и кареты «Скорой помощи», чтобы выстроиться в линию на ближайшем безопасном расстоянии от полосы. Руководитель полетов и диспетчеры работают с максимальной нагрузкой, сотни людей делают все возможное, лишь бы они сели благополучно. Бояться не нужно. И тут Иван поймал себя на мысли, что рад находиться в кресле второго пилота. Он не трус, но, черт побери, как хорошо, что жизнь Наташи сейчас находится в руках Зайцева, а не в его собственных…

— Я возьму для Льва Михайловича? — спросил он, протягивая руку к кофе. — А то он за всеми хлопотами так и не попил.

— Конечно. — Наташа бросила в фирменную пластмассовую чашку три кусочка сахара.

Иван вернулся в кабину.

— Все на месте, командир.

— А Наташа как?

— Отлично держится. Вот, просила вам передать.

— Спасибо. — Зайцев проглотил кофе одним глотком, как водку.

— Проходим Кикерино, — доложил штурман.

— Бортинженер, остаток топлива?

— Шесть с половиной тонн.

Зайцев нахмурился:

— Много. Я думал, больше спалим.

— Ну извините.

— Пора, наверное, объявить, что сядем в Ленинграде, — сказал Иван.

— Ну да, — поморщился Лев Михайлович, — пассажиры люди все культурные, опознают Эрмитаж с Петропавловкой, и кто знает, на какие мысли их это наведет.

Ян ожидал от полета более богатых ощущений, и был немного разочарован, что сразу после взлета перестаешь чувствовать скорость. Никакой романтики, просто сидишь в кресле, слушаешь ровный гул двигателей, и все. В автобусе и то интереснее.

Он осмотрелся. Соседка-старушка увлеченно читала «Новый мир», монашка тоже открыла какую-то маленькую книжицу в потрепанном темном переплете, наверное, молитвенник, а парнишка как приник к иллюминатору, так и сидел.

От скуки Ян поерзал в кресле, повертел в руках гигиенический пакет, прикидывая, выдержит ли он, если кто-то в самом деле воспользуется им по назначению, построил глазки стюардессе, которая ответила ему холодной и натянутой улыбкой. Ян расстроился. Он не имел в виду ничего такого, но привык, что девушки реагируют на его подкаты более радостно и живо.

Если бы он знал заранее, что летать в самолете так неинтересно, то взял бы книгу или журнал. А сейчас сиди как дурак, разговаривай со своей совестью… Впрочем, хорошее настроение вернулось к Яну довольно быстро. Все решено, и решено правильно, и нечего тут после драки кулаками махать.

Прикрыв глаза, Ян стал мысленно представлять себе предстоящую встречу с папиным товарищем, придумывать, что он скажет, как поздоровается, как будет отвечать на вопросы… Надо как следует подготовиться, чтобы не ударить в грязь лицом. Например, лучше неофициальное «добрый вечер» или, напротив, уставное «здравия желаю, товарищ генерал-майор»? Но ведь дома-то Григорий Семенович ходит без погон… Ну почти наверняка… Если вдруг его за эти дни повысили в звании, то Ян об этом не узнает, назовет великого полководца рангом ниже, и тогда все. Никакой коньяк не поможет. Кстати, о коньяке. Как говорилось в одном великом фильме, детям — мороженое, бабе — цветы. Не следует ли купить букет для генеральши? Ян нахмурился. Дело хорошее, но вдруг Григорий Семенович вдовец или в разводе, тогда получится неловко. Раз папа ничего по этому поводу не говорил, то не стоит проявлять инициативу, которая, как гласит армейская мудрость, бьет инициатора.

Стюардесса снова прошла по салону. Ян хотел попросить кофе, но постыдился своих барских замашек. В аэропорту попьет.

Тут включилась радиосвязь, и командир сообщил, что в связи с неблагоприятными метеоусловиями в Москве самолет совершит вынужденную посадку в аэропорту Пулково.

Вот тебе и на! От досады Ян чуть не выругался вслух. Это же надо, вдруг какой-то дождик перечеркнет все жизненные планы!

Он встал и подошел к стюардессе:

— А посадка надолго? У меня в Москве очень важная встреча, на которую нельзя опаздывать.

Она улыбнулась:

— Займите, пожалуйста, свое место. Сейчас я не могу дать вам достоверной информации.

Хмурясь, Ян сел. В душе кипела злость, то ли на аэрофлот с его дурацкими порядками, то ли на себя самого, то ли на папу, который не учел, что воздушное сообщение зависит от капризов погоды, то ли на эту самую погоду или даже на высшие силы, управляющие стихиями и решившие наслать шторм на столицу только ради того, чтобы лишить Яна Колдунова шанса на благополучную и интересную жизнь.

Да-да, он не приедет по не зависящим от него обстоятельствам, и папа сто раз извинится и объяснит своему товарищу, но это будет уже поздно. Генерал скажет, как султан из фильма про Аладдина: «Залез он или не залез, нас это уже не интересует. Если ему больше нравится целый горшок, чем полцарства, пусть лазает по горшкам».

Он нервничал еще больше оттого, что не знал, как полагается действовать в таких случаях. Экипаж с пассажирами пережидает непогоду и летит дальше? Или пассажиры ждут свободных мест на других рейсах? Или добираются до пункта назначения как хотят?

Только когда стюардесса подошла к нему, Ян обнаружил, что комкает в руках свой пакет с такой силой, что превратил его во что-то невразумительное.

— Я думаю, мы задержимся часа на полтора, — сказала девушка, — грозовой фронт быстро пройдет, и вы успеете на свою важную встречу.

Стюардесса улыбалась и внешне вела себя совершенно спокойно, но, когда она склонилась к нему, Ян почувствовал в ней сильнейшее напряжение. Было у него такое качество — угадывать состояние людей. Наверное, у девушки какая-то беда, а ей приходится изображать перед пассажирами радость и спокойствие. Держится из последних сил, а тут он со своими капризами.

Он потупился, как провинившийся ребенок. Нет, как они с отцом могли забыть, что самолет — не электричка, и выбрать столь ненадежный вид транспорта к самой важной встрече в его жизни! Вот уж правда, лучшее — враг хорошего. Поспал бы он в поезде, а утром привел себя в порядок в вокзальном туалете или в баню бы сходил. Раньше времени захотел приобщиться к шикарной жизни, получай теперь! Но, с другой стороны, не все потеряно. Час или два, как обещала стюардесса, у него в запасе есть, а то и три. И даже четыре. В конце концов, главное — доставить генералу коньяк и представиться, и чем короче будет его визит, тем лучше. Можно даже в квартиру не заходить. Он позвонит отцу из Пулкова, тот предупредит, что гость задерживается по не зависящим от него причинам… Все еще срастется, а трудности и препятствия для военного человека дело привычное.

И все равно обидно! А отвлечься нечем. Ян огляделся. Старушка увлеченно читала, то хмурясь, то улыбаясь, то поднимая брови — сочувствовала героям произведения, а монашка, убрав молитвенник, вдруг достала из сумки неожиданно яркое и пестрое вязание и принялась стремительно орудовать спицами. Парнишке рядом с ней, видимо, надоело созерцать облака, потому что он ерзал на сиденье, а когда встретился взглядом с Яном, показал ему язык. Колдунов в долгу не остался.

Мальчик засмеялся громко и так хорошо, что, кажется, все пассажиры переглянулись и улыбнулись друг другу.

— Снижайтесь высота пятьсот, курс сто тридцать пять, — прозвучало в наушниках.

Ивану показалось, что связь необычайно чистая, а голос диспетчера нарочито будничный.

— Аэрофлот три девять три, высота пятьсот, курс сто тридцать пять, — повторил Зайцев.

— Три девять три, готовы зайти на посадку?

— Аэрофлот три девять три, ответ отрицательный, — сказал Лев Михайлович. — Остаток топлива две четыреста.

— Три девять три, занимайте зону ожидания Ленинград три, следуйте высота пятьсот метров.

Продублировав указания диспетчера, Зайцев шумно вздохнул:

— Вот она, моя лишняя тонна… Что, бортинженер, сколько нам еще по коробочке гонять?

— Минимум четыре круга, командир.

— Что ж, будем культурно развиваться, — фыркнул Зайцев, — любоваться видами Северной столицы.

Иван выглянул. Город лежал внизу как на ладони, строгий и просторный, в сетке прямых, будто по линейке проложенных улиц и проспектов. Серая гладь Невы поблескивала на солнце, сверкали купола соборов, словом, дух захватывало от этой величественной красоты.

— С земли передали, что грунтовая полоса на ремонте. Придется садиться на бетон, и в свете новых обстоятельств дура эта, конечно, у нас болтается ни богу свечка, ни черту кочерга, — вздохнул Лев Михайлович. — Павел Степанович, если у тебя никаких более важных дел нет, может, попробуешь еще разок? Хоть куда-то ее сдвинь с мертвой точки.

— Разрешите мне, — вызвался Иван.

— Нет, Иван Николаевич, извини, если кто и может расклинить эту чертову ногу, то только наш бортинженер. А ты мне здесь нужен.

Павел Степанович нырнул в люк.

— Если установит ногу на замок выпущенного положения, считай, пронесло.

Иван кивнул. В сущности, любая посадка самолета — это падение, только с очень малой высоты. Можно упасть на шасси и покатиться или на брюхо и заскользить по полосе, а им предстоит падать на стальную конструкцию, которая при контакте с бетоном полосы поведет себя непредсказуемо. В идеале подломится, но совершенно не исключено, что выйдет в салон самолета и устроит там… мясорубку устроит, хоть думать об этом совершенно не хочется.

Раздался звон металла о металл.

— Алексей Васильевич, — обратился Зайцев к штурману, — я понимаю, что это в твои обязанности не входит, но не мог бы ты пройти в салон? Мы сейчас визуально летим…

— Но Лев Михайлович… — начал Гранкин.

— На второй круг заходим, так что дорогу уже знаем. Прошу тебя, пожалуйста, помоги Наташе. Если, не дай бог, начнется паника, она одна не сумеет утихомирить народ.

— Хорошо, Лев Михайлович.

Гранкин вышел, а Зайцев, не оборачиваясь, крикнул:

— Ну что там, Степаныч? Подается?

Бортинженер высунулся из люка:

— Ответ отрицательный. Говоря по-русски, Харитон, Ульяна, Иван краткий.

— Поднажмешь еще?

Павел Степанович молча нырнул обратно, и раздался стук металла о металл вперемежку с необходимыми в таких ситуациях словами.

— Иван Николаевич, когда начнем заходить на глиссаду, ты тоже отправишься в салон на подмогу ребятам. Я очень боюсь паники. Пассажиры начнут метаться по салону, нарушат центровку или просто покалечатся. Сам понимаешь, допустить этого нельзя.

Иван усмехнулся. Он понял — дело не в панике, просто Зайцев думает посадить самолет на основные стойки шасси: маневр, чуть более безопасный для пассажиров, зато почти стопроцентно смертельный для пилотов. При посадке самолет приземляется сначала на основные ноги, и Зайцев со своим колоссальным опытом сумеет чуть-чуть продлить время до того, как нос ударится о полосу и убьет его, тем самым слегка погасив скорость. А дальше останется положиться на судьбу, развалится самолет на куски или просто закрутится.

Никакой паники Лев Михайлович не боится, под ее предлогом он просто хочет удалить экипаж из кабины и спасти им жизнь. Что ж, можно сделать вид, будто не понял его планов, и отправляться на борьбу с воображаемой паникой. Интересно только, какой предлог Зайцев придумает для своего бортинженера.

— Хотите на основные ноги посадить? — спросил Иван, понизив голос.

Лев Михайлович усмехнулся:

— Догадался все-таки?

— Не бином Ньютона.

— Что думаешь?

— Явных преимуществ нет, но… — Иван замялся, не зная, как поделикатнее сказать человеку, что он этого маневра не переживет.

— Но-но… Просто на брюхо я сажал бы без вопросов, но у нас-то стойка торчит, и с размаху плюхнуться на нее вообще-то так себе идея.

— В любом случае я свое рабочее место не покину.

Зайцев улыбнулся:

— Не дури, Ваня. Ты молодой, вся жизнь впереди.

— Это неважно.

— Прекрати, пожалуйста! Папа пожил, стихи на музыку положил… Все нормально, бессмысленные жертвы никому не нужны. Как и лишний вес в кабине, между прочим.

Иван покачал головой:

— Ответ отрицательный.

— Ты что, негодяй, думаешь, я не сумею посадить самолет?

— Никак нет, Лев Михайлович. Просто подстрахую.

Зайцев фыркнул:

— От чего ты меня страховать собрался? Чтоб я в ад случайно не попал?

— Так точно. — Иван крепче взялся за штурвал.

Из люка по-прежнему слышались удары и брань Павла Степановича, судя по всему, дела у него шли не очень хорошо, механизм распора отказывался повиноваться.

Страха не было, только досада оттого, что придется умереть из-за какой-то ничтожной заевшей железки.

Подумалось, что Зайцев, наверное, страшно хочет покурить, но не считает возможным в таких сложных условиях передать управление второму пилоту хотя бы на десять минут. Что ж, на его месте Иван поступил бы так же.

Завершалась первая коробочка. Лев Михайлович потребовал показания топливомеров. Заглянув на стол бортинженера, Иван обнаружил, что в баках остается та самая командирская тонна и еще шестьсот килограммов. Слишком много для безопасной посадки, значит, придется заходить на второй круг, а судя по темпу расхода топлива, и на третий. Иван радовался отсрочке, но в то же время и хотел, чтобы все уже случилось.

— Высота пятьсот, курс семьдесят четыре, — продублировал Зайцев команду диспетчера и улыбнулся, — ничего, Ваня, пройдем ниже нижнего и сядем нежнее нежного.

— Так точно, Лев Михайлович.

— Слушай, — вдруг засмеялся командир, — а я как раз на днях читал внуку «Денискины рассказы», там парень угнал мопед и не знал, как остановиться. Нарезал круги по двору, а ребята ему кричали: «Езди, пока бензин не кончится». Мы сейчас в точно такой же ситуации.

— Да уж.

— Ты подумай, сплошные знаки судьбы. Рассказик этот, потом вы про лишнюю тонну вдруг спросили… В книге, кстати, все благополучно кончилось.

Иван кивнул, пытаясь вспомнить, читал ли он когда-нибудь вслух своему сыну. Когда он воссоединился с семьей, Стасик уже вовсю читал самостоятельно, а до этого… Нет, кажется, нет, а теперь уже и не придется…

Стюардесса объявила, что нужно пристегнуть ремни, привести спинки кресел в вертикальное положение, убрать столик и убедиться, что ручная кладь находится под спинкой впереди стоящего кресла.

Когда она подошла к ним проверить, все ли требования выполнены, Ян почувствовал, что девушка держится из последних сил. Наверное, у нее случилось что-то по-настоящему плохое. Он хотел помочь, но не знал как.

Стюардесса попросила у старушки убрать журнал, а монашку заставила сложить вязание в сумку.

Вслед за ней шел молодой высокий летчик, он проверял багажные полки. Набравшись храбрости, Ян спросил, есть ли у него шанс сегодня попасть в Москву до девяти вечера.

— Все будет зависеть от погодных условий, — отчеканил летчик.

Ян вздохнул. Надежда на блестящее будущее снова потускнела.

Монашка вдруг приказала своему соседу поменяться с ней местами.

— Ты на взлете в окошко посмотрел, а на посадке я посмотрю, мне кажется, это справедливо, — сказала она мягко.

Ян вознегодовал, с трудом представляя себе меру отчаяния, затопившего сейчас душу ребенка. Не дать парню посмотреть посадку, это же иезуитство настоящее! «Торквемада бы тобой гордился!» — прошипел он себе под нос.

Мальчик определенно пришел в ярость, но пересел, даже позволил монашке проверить его ремень безопасности и затянуть потуже. Поймав его сердитый взгляд, Ян сочувственно покачал головой, мол, да, дружище, согласен, наглость несусветная, но что поделать, мы мужчины, должны уступать.

В иллюминаторе светило такое ясное и спокойное солнце, что не верилось, что где-то сейчас идет гроза.

Наверное, единственная туча в северном полушарии специально против ветра полетела в Шереметьево, чтобы Ян не попал к генералу. Что поделаешь, такая судьба у него строптивая, вечно ставит какие-нибудь препятствия. Правда, до сих пор Ян их преодолевал, так что справится и сейчас. Впадать в отчаяние раньше времени точно не стоит.

Он прикрыл глаза и вдруг понял, что обстановка изменилась. Как-то иначе загудели двигатели, а разговоры в салоне стихли и повисла та самая тишина, которую можно резать ножом.

Ян поморщился, убеждая себя, что ему показалось, просто он слишком волнуется насчет встречи с Григорием Семеновичем, вот и мерещится всякая чушь. Он осмотрелся. Старушка, поймав его взгляд, любезно улыбнулась.

Все в порядке, и нечего поддаваться эмоциям.

За годы учебы в академии Ян понял, что обладает одним важным для врача качеством — он умеет чувствовать людей. Это было не самоуверенное «я тебя насквозь вижу», нет, просто он улавливал, что человек переживает, хорошо ему или не очень, доверяет он тебе или боится. Ян не был настолько самонадеян, чтобы слепо доверять своей интуиции, но вообще она редко подводила. И еще одно качество у него было — чутье на смерть. Он соображал, что больной нуждается в немедленной помощи, часто до того, как это становилось очевидно. Когда же при клиническом разборе его спрашивали, как он понял, что у пациента началось кровотечение из язвы желудка еще до первой рвоты кофейной гущей, Ян только руками разводил. Он действительно не знал, какой именно симптом привлек его внимание, просто будто кто-то отвесил ему пинка, когда он проходил мимо койки этого больного.

Сейчас это чутье противно шевельнулось, но Ян решил, что в небе оно работает неправильно.

Внезапно самолет тряхнуло, как на ухабе, и Ян вдруг понял, почему монашка поменялась местами с ребенком. Не хотела она смотреть в окно, просто во время аварийной посадки у тех, кто сидит в проходе, больше шансов выбраться из самолета живыми.

— Давайте поменяемся? — предложил он своей соседке.

Она отрицательно покачала головой:

— Нет, спасибо.

— На всякий…

Старушка улыбнулась и приложила палец к губам.

— Какой город все-таки, глядел бы не наглядел-ся, — протянул Зайцев.

Иван кивнул и посмотрел вниз. С такой малой высоты он только людей не различал, а автобусы и машины было видно отлично. Вот полетела зеленая стрела электрички, а вот не спеша огибает город длинная гусеница товарняка… Стоящие поодаль трубы ТЭЦ выпускают дым, густой и курчавый как овечья шерсть, и он плывет вверх спокойно и величаво. Безветрие, ясный день, который в Северной столице выпадает раз-два за год. Солнце, бьющее в глаза здесь, на земле ласково заглядывает в окна, зовет на улицу… Кипит жизнь и радость, а он через полчаса перестанет быть частью этой радости. Как произойдет этот переход от жизни к смерти? Успеет ли он что-то почувствовать?

— Как будет, так и будет, — оборвал он себя.

Вдруг самолет качнуло, и загорелась лампочка отказа левого двигателя.

— Степаныч, вылезай, — крикнул Зайцев, но бортинженер уже и без команды спешил к своему рабочему месту.

— Аэрофлот три девять три, отказ левого двигателя, прошу заход по прямой, — сказал Зайцев в микрофон.

— Три девять три, заход по прямой разрешаю.

— Ну, ребята… — закусив губу, Лев Михайлович повернул штурвал влево.

Бортинженер пытался завести двигатель, тот вышел на режим, но тут же заглох, и больше уже не реагировал.

— Ничего, ничего, на одном посадим.

Только Лев Михайлович успел это сказать, как самолет снова качнуло, и тишина ударила по ушам. Отказал второй двигатель.

Вот и все, понял Иван.

— Ну что, на речку? — сказал Зайцев буднично.

— На речку.

Промелькнуло воспоминание, обрывистый берег с нависающими корнями узловатой березы, узкая полоска песка, камыши у берега и длинные дощатые мостки, теплые от солнца, по которым так здорово было разбежаться и нырнуть рыбкой или солдатиком, стараясь войти в воду как можно тише, без брызг. Родители, Лиза в сарафанчике… Может быть, эта секунда и станет его раем, растянувшись в вечности?

Иван тряхнул головой. Для них все кончено, но расслабляться рано. Надо утопить самолет в Неве, чтобы избежать гибели жителей города.

— Вань, ты же приводнялся? — вдруг спросил Зайцев.

— Так точно.

— Бери управление, сажай. Главное, не суетись, сейчас все время — твое.

— Принял. Оповестите кабинный экипаж.

Иван убрал закрылки и чуть потянул штурвал на себя. Время распухло, растянулось, как будто из него надули воздушный шарик. Казалось, час прошел, прежде чем они стукнулись о поверхность реки, и стекла кабины с шумом захлестнуло водой. Он едва успел подумать, что ошибся по тангажу, и сейчас они уйдут на дно, как вода схлынула, и он увидел перед собой каменную опору. Она стремительно увеличивалась и неслась Ивану прямо в лицо, так что как под микроскопом был виден каждый камень высокой гранитной башни и переплетение чугунной арки.

— Мост, сука.

— Сука мост, — подтвердил Лев Михайлович.

— Эх, тормоза бы…

— Сгруппируемся, мужики.

Иван положил руки на приборную панель и пригнул голову, понимая, что это не спасет, когда они со всей дури вмажутся в каменную опору. Зато если Гранкин в салоне не растеряется и нормально организует эвакуацию, то пассажиры останутся живы.

Самолет падал. В иллюминаторе по-прежнему было безмятежное синее небо, но Ян чувствовал, как они быстро неслись к земле. Он сжался, ожидая удара, после которого мир исчезнет. Тьма и чернота, а из того, что он себе сегодня навоображал, ничего не сбудется. Он не поселится в доме с эркерами, и не станет профессором, и никогда не наденет накрахмаленный двубортный халат. Через несколько минут судебные медики будут искать его тело среди обломков, а он ничем не сможет им помочь.

Вчера они с отцом ходили в парикмахерскую к его любимому мастеру. Мартин Иванович побрил его опасной бритвой, отчего щеки сделались гладкими, как у ребенка, а потом постриг тщательно, волосок к волоску, и они вместе с папой долго восхищались, какой Ян красавец, а с идеальной стрижкой Мартина Ивановича вообще глаз от него не оторвать, и как жаль, что он уедет из Таллина в Ленинград, где таких мастеров нет, и там быстро обрастет.

«Теперь, похоже, не обрастет», — подумал Ян с какой-то непонятной веселостью. Встретившись взглядом с парнишкой, он увидел, что зрачки того расползаются, как чернильные пятна, и нашел в себе силы улыбнуться и подмигнуть. Мол, ничего страшного, так и надо. Мальчик попытался улыбнуться в ответ, но вышло не очень. Монашка взяла парнишку за руку, а Ян вдруг почувствовал на своей руке прикосновение сухой старческой ладони.

Стюардесса приказала сгруппироваться, и Ян послушно уткнулся лицом в скрещенные руки, понимая, что это простая формальность.

— Не волнуйся, — сказала старушка.

— А как вашу внучку зовут? — спросил Ян.

— Олечка.

— Дай бог ей… — Он замялся, не зная, что еще полагается сказать в таких случаях и можно ли помолиться, чтобы мама с папой пережили его смерть, и вообще все было хорошо у тех, кто остается.

Раздался сильный удар, Ян зажмурился, вонзил ногти в ладони, готовясь к боли, но прошла секунда, потом вторая, а потом стало ясно, что он жив.

* * *

Юра немного успокоился. Погода стояла отличная, полный штиль, движение по реке было довольно вялым, ведь навигация только-только началась, и в этом году необычайно рано, поэтому многие суда еще не вышли на линию. Не путались под ногами экскурсионные пароходики, не проносились гордо «метеоры», поднимая волну. Свободно и спокойно было на Неве. Плоты вели себя прилично, не собирались рассыпаться и затонуть, и команда не проявляла признаков того, что собирается поднять мятеж и вздернуть на рее своего незадачливого капитана.

Действительно, что может случиться в такой денек?

Когда прошли мимо нарядного красно-белого здания Двенадцати коллегий, Юра пригорюнился. Он год за годом штурмовал эту цитадель науки, но безуспешно. После школы подал на исторический, получил двойку и загремел в армию. Вернулся, снова подал, на этот раз недобрал баллов и пошел в речное училище, получил профессию, но история все равно манила. Если внимательно всматриваться в глубину веков, то стереотипы размываются, картинка становится все менее ясной и все более захватывающей, так что голова кружится.

После армии Юра подавал сразу на заочное отделение, но и там проваливался два года подряд. Скоро лето, и надо решить, подавать документы в этом году, тратить все свободное время на подготовку к экзаменам или смириться, что высшее образование ему не по зубам, и остаться простым любителем истории. Взять хоть его собственного дедушку. Человек нигде не учился, только в гимназии еще до революции, а знает столько, что любого профессора за пояс заткнет. По индуизму, пожалуйста, хоть завтра может лекции читать, и никто ничего не заподозрит. Хотя там, конечно, сам черт ногу сломит, мало того что куча богов, они все еще друг в друга перерождаются…

В принципе, работа у Юры интересная, зарплата будет побольше, чем у историка, так зачем суетиться? Книги и так можно читать. Девушки, конечно, больше любят, когда у парня высшее образование… Нет, не все, далеко не все, но с теми, которым все равно, ему самому скучно.

Эх, какой-то он неудалой уродился. Для капитана не хватает силы духа, а для историка — мозгов, и куда деваться, если нет поблизости Изумрудного города, сходить за смелостью и умом.

Или провернуть такую полукапитуляцию и подать в педагогический? Говорят, там парней берут охотно, а кто после армии, тех вообще с руками отрывают. Юра понимал, что образование там ничуть не хуже, но почему-то манил его именно университет. Он хотел не преподавать, а изучать предмет, сидеть в архивах, сопоставлять источники, участвовать в раскопках…

Он загадал, что если сегодняшний рейс пройдет успешно, без происшествий, то в этом году он отнесет документы в универ, а если нет, то смирится с педагогическим. Или вообще откажется от мечты, не он первый, не он последний.

Здание Двенадцати коллегий осталось далеко за кормой, а вместе с ним и мысли о будущем.

Подошел Михеич и, щурясь, задрал лицо к солнцу.

— Мартовский загар самый лучший, — наставительно заметил он, с хрустом потянулся, подмигнул Юре и негромко запел: — В Багдаде все спокойно, спокойно, спокойно…

— Тьфу-тьфу, — перебил Юра, а сам подумал, что и вправду все в порядке, полмаршрута прошли и ничего не случилось, так что и дальше пойдет без сучка и задоринки.

Он повел катер между опорами моста. Юре нравились такие моменты, под мостом будто крадешься по средневековому туннелю навстречу неизвестности. Волна гулко и таинственно плещет о гранитные плиты, а ты исчезаешь и появляешься снова, может быть, уже немножко другим. Юра улыбнулся и загляделся на каменный свод, где отражались солнечные зайчики от волн, и казалось, что по мосту течет особая тайная река света, видимая только морякам.

Под мостом звуки воспринимаются немного иначе, но гул, который вдруг уловило ухо Юры, был ни на что не похож.

— Что за звук, Михеич?

Матрос прислушался и пожал плечами.

— Пес его знает…

Выйдя из-под моста, они сразу увидели самолет, летящий, как показалось Юре, прямо над водой.

— Низко летит — к дождю, — хмыкнул Михеич, — кино, наверное, снимают.

— Наверное.

Юра рассеянно смотрел, как стальная птица приближается, делаясь все больше и больше, так что ему показалось, будто она задевает брюхом электрические провода на мосту Александра Невского. Почему-то сделалось страшно.

— Могли бы предупредить плавсостав, что будут съемки.

— Ой, кто мы такие…

Михеич не успел договорить. Самолет миновал мост, и только Юра решил, что сейчас он резко взмоет ввысь и исчезнет в небе, как нос, на котором он с удивительной ясностью разглядел голубой серп и молот, коснулся Невы, взметнув высокие водяные крылья. Несколько мгновений из-за столба воды ничего не было видно, а потом Юра увидел, что самолет стремительно скользит мимо них прямо к Большеохтинскому мосту.

Через несколько секунд их ощутимо качнуло на поднятой волне, бегущей к берегу.

Юра вцепился в штурвал, уперся ногами в палубу и стиснул зубы изо всех сил, хоть и понимал, что это никак не поможет самолету затормозить. Но вот скорость стала падать, и самолет остановился метрах в пятидесяти от опор моста.

— Во дают! — восхитился Михеич.

— Давайте подойдем.

— Зачем? Люди кино снимают.

Юра нахмурился. Да, это единственное разумное объяснение произошедшему, но управление речного транспорта должно было предупредить о таких масштабных и опасных съемках, и те бы запретили движение судов в этом районе. Ведь они едва разошлись, сто метров сюда, сто туда, и самолет сел бы прямо им на головы.

— Подойдем, — повторил он.

— Юр, да ты что, зачем? Люди знают, что делают, с какой стати мы встревать-то будем?

Действительно, если это съемки, то киношники над ними в лучшем случае посмеются, а скорее всего, обложат в три погибели, что лезут не в свое дело, а вдогонку напишут докладную начальству, что у них служат идиоты, которые не умеют оценить обстановку, суются не в свое дело и портят дорогостоящие уникальные дубли.

Юра сглотнул.

— Идем себе и идем, — сказал Михеич, — не наше дело.

— Александр Иванович, подойдем, — сказал Юра, не без труда вспомнив настоящее имя своего матроса, — отвяжите плоты и приготовьте спасательные средства.

— Да ну…

— Александр Иванович!

Тот пошел на корму, бормоча что-то на тему «молодые — борзые», а Юра, добавив ходу, за полминуты добрался до носа самолета, который мирно покачивался на спокойной воде и выглядел бы как «метеор», если бы не широко распластанные по реке крылья.

— Помощь нужна? — крикнул Юра в мегафон, как ему показалось, жалким голосом.

Стекло кабины бликовало на солнце, и он с трудом различал за ним человеческие лица. Несколько секунд ничего не происходило, и Юра испугался, что напрасно пожертвовал плотами, которые далеко не факт что получится догнать, и поставил себя в дурацкое положение. Он даже успел покраснеть от смущения, представив, как съемочная группа сейчас смеется над наивным дурачком, но тут раздался звон стекла. Летчик разбивал окно кабины красным цилиндром огнетушителя. Аккуратно высадив все осколки, он высунулся наружу. Седой дед с бровями, Юра и не думал, что такие древние люди могут летать.

— Не помешает, — сказал дед дружелюбно.

— Есть у вас, за что конец зацепить? — крикнул Михеич, появившийся возле Юры со стопкой спасательных жилетов в руках.

— За раму пойдет?

— Пойдет, ловите. — Бросив жилеты на палубу, Михеич метнул свернутый бухтой канат прямо в руку деду. Тот поймал, разбил второе стекло и привязал к металлической раме между окнами.

— Два раза обмотай, балда! — крикнул Михеич, с отвращением глядя, как неумело летчик вяжет узел.

Юра подтянул самолет к берегу, и дотолкал носом так, чтобы концом крыла пришвартовать к сходу с набережной. Там уже столпились люди, стояли у самой кромки воды.

Открылся люк над крылом, и появился сначала высокий парень в летной форме, а вслед за ним такая девушка, что у Юры захватило дух. Только неимоверным усилием воли он смог оторвать взгляд от ее точеных икр и сосредоточиться на спасательной операции.

Стюардесса с летчиком стали выводить пассажиров. Люди выходили по одному, жмурясь, будто из темноты, балансируя, проходили по крылу, а там их уже подхватывали люди на набережной. Михеич с Петей стояли в спасательных жилетах, в любую минуту готовые прыгнуть в воду, если кто-то соскользнет.

Юра удивился, как спокойно и буднично все себя ведут. Даже выходящие из самолета женщины не плакали.

Люди на набережной снимали с себя куртки, накидывали пассажирам на плечи, стюардесса неожиданно суровым басом кричала: «Товарищи пассажиры, не расходитесь! Держитесь экипажа!» — и нравилась Юре еще больше.

Наконец из люка вылез дед и еще один летчик, статный красавец, сильно похожий на Алена Делона. Юра вздохнул и понял, что просить телефончик у стюардессы в данной ситуации не только технически невозможно, но и бесполезно. Разве девушка рядом с таким великолепным мужиком взглянет на занюханного капитана буксира, метр в прыжке и пятьдесят кило веснушек?

— Все эвакуированы? — спросил Юра, когда они сошли на берег.

Красавец пересчитал пассажиров и крикнул, что да, все.

— Ну что, пошли плоты догонять? — спросил Михеич.

Юра вздохнул, начиная соображать, что перед ним сейчас замаячила реальная перспектива сесть в тюрьму за разбазаривание народного имущества, или как там это называется.

— Где их теперь искать?

— Ничего, капитан, Нева большая, но и плоты не иголка. Найдем.

«Найдем, — подумал Юра, выводя буксир на курс по течению. Михеич с биноклем перевесился через фальшборт и выглядел как классическая носовая фигура. — Интересно только, как все это теперь в судовой журнал записать, чтобы не выглядело приступом белой горячки. И еще непонятно, как быть с моим зароком? Ведь не скажешь, что без происшествий, но и что неуспешно, тоже не скажешь. Куда идти-то теперь, в универ или в пед?»

Он нахмурился, пытаясь разгадать ребус от судьбы, но тут перед мысленным взором предстала стюардесса и прогнала все тревоги. И потому, что красивая, и потому, что по сравнению с тем, что ей сегодня пришлось пережить, его проблемы — суета сует и ничего больше.

* * *

Ян вышел последним из пассажиров, сразу перед пилотами.

Как только стюардесса с летчиком открыли аварийный выход, Ян назвался врачом и предложил помощь. Вместе с еще одним молодым пассажиром, имени которого Ян так и не спросил, они помогали людям выйти на крыло, где летчик провожал их до набережной, а там уже их встречали подбежавшие ленинградцы.

Уже на берегу, когда какой-то могучий усатый дядечка накинул на него свое драповое пальто, в котором Ян почувствовал себя, будто в юрте, он сообразил, что сжимает в руке ручку своего дипломата. Не помнил о нем, а перед выходом машинально захватил, надо же… Вот что значит сила внушения, ведь папа, вручая коньяк, сугубо наставлял сына на дорожку: «Можешь проворонить все что угодно, только не это!»

Как-то отстраненно, будто не о себе самом, он отметил, что во время перехода по крылу набрал полные ботинки ледяной воды, но тут же перестал чувствовать холод. Подойдя к стюардессе, он повторил, что врач и готов оказать помощь, но тут с крыла на берег прыгнул пилот и, отмахиваясь от протянутых рук, зычно приказал пассажирам построиться так, как они сидели в самолете.

Ян послушно встал рядом со своей дамой.

— Каждый видит своего соседа по креслу? Поднимите руку, кто не видит? Проведем перекличку. Товарищи, не галдите, соблюдайте тишину! Итак, Борисенко!

— Тут.

Ян усмехнулся, увидев, как дрогнуло лицо летчика. Судя по выправке и голосу, он бывший военный, для которого отклик «тут» все равно что железом по стеклу.

— Товарищи пассажиры, сейчас мы с вами организованной колонной проследуем общественным транспортом в аэропорт, откуда вы сможете продолжить свой маршрут на ближайших рейсах.

Ян огляделся. Вот виднеется нарядное здание Смольного собора, высокое, легкое, будто девушки обнялись и тянутся к небу. От него до госпиталя рукой подать, а там по улице Салтыкова-Щедрина пробежаться до Литейного, через мост, и вот он уже дома.

Ведь общественным транспортом до Пулково добираться часа два, а там не факт, что найдутся места на ближайших самолетах. К чему суетиться, мерзнуть в мокрых ботинках, если всего сорок минут быстрого хода отделяют его от уютной койки и шерстяных носков? Ну и от винного магазина, само собой, надо же отпраздновать чудесное спасение, а падение самолета — не аргумент, чтобы папа простил выдержанный коньяк любимому сыну.

Но, наверное, нельзя нарушать отчетность летчикам, и пассажирам в дороге еще может потребоваться медицинская помощь. Даже почти наверняка, поправил себя Ян, чувствуя, как его под чужим пальто начинает колотить противной мелкой дрожью.

Завывая сиреной, подлетел желто-синий уазик.

Ян впервые в жизни видел на лицах милиционеров изумление и растерянность.

— Давайте я вас отвезу в аэропорт на автобусе, — предложил смуглый парень лет двадцати, — все равно у меня пассажиры разбежались. Пойдемте.

Стюардесса повела их к сиротливо стоящему на набережной желтому «Икарусу» и стала рассаживать в том же порядке, как они сидели в самолете. Шофер выставил на лобовом стекле табличку «В парк».

Маленький пожилой летчик тем временем объяснялся с милиционерами, что это была вынужденная посадка, а не акт вандализма или что похуже, и просил их как можно скорее сообщить в службу управления полетами Пулково.

— Нет, ну надо же, — фыркнул милиционер, — у нас дежурный решил, дети балуются или психи обострились, так, говорит, проверьте на всякий случай сигнал, а тут такое… Не волнуйтесь, товарищи, сейчас по рации передадим и до аэропорта вас с ветерком проводим. А ты, парень, — милиционер обратился к молодому человеку с фотоаппаратом в руках, — если хочешь сохранить кадры для истории, топай отсюда поскорее, сейчас наши коллеги подъедут, начнут у граждан пленки засвечивать.

Ян сел рядом со старушкой, как в самолете. Не спрашивая разрешения, взял ее за руку и посчитал пульс. Сильной тахикардии нет, уже хорошо.

Пожилой летчик прошел из конца в конец, пересчитывая пассажиров. Остановившись возле монашки, он подмигнул:

— Ну что, сестра, Господь нас спас?

— Если и Господь, то вашими руками.

— Вот еще кого надо поблагодарить, нашего помощника! — Старик наклонился к мальчишке: — Без тебя мы бы не справились, ты молодец!

— Я же ничего не делал... — потупился паренек.

Летчик фыркнул:

— Здрасьте! Ничего не делал! Ты не испугался, не поддался панике и выполнял свои обязанности! Чего еще-то? Ты вел себя как настоящий герой, вот подрастешь, приходи в отряд, нам такие крепкие парни нужны! — Он быстро отстегнул от кителя какой-то значок и вручил его мальчику.

Стюардесса подозвала Яна к сиденьям для инвалидов и пассажиров с детьми, где расположились пилоты, и объявила, что на борту врач.

— Товарищи, если у вас есть жалобы или вопросы, немедленно обращайтесь, — громко сказал Ян, глядя в глаза нахохлившимся пассажирам и понимая, что их спокойствие — штука обманчивая, сейчас им всем нехорошо и в ближайшее время будет только хуже. Какой бы ты ни был сильный и волевой, физиологию никто еще не отменял. Гормоны стресса обратно в надпочечники не засунешь, они должны отработать свою программу. И, в общем-то, для организма было бы полезнее, если бы они совершили марш-бросок до Пулкова, а не ехали в комфортабельном автобусе.

— Сейчас я попрошу вас разуться, — продолжал Ян, вспоминая, что вроде бы на курсе психологии, внимательно изучать которую он считал ниже своего хирургического достоинства, ему преподавали, что человека, перенесшего сильнейший шок, надо отвлекать простыми, понятными и полезными делами. — Снимите ботинки и носки и разотрите ступни вот этим.

С этими словами Ян достал из дипломата бутылку и протянул сидящим впереди пассажирам:

— Пожалуйста, растирайте и передайте по рядам, а потом укройте ноги куртками.

— Обалдел, медицина? — фыркнул жилистый летчик с обветренным лицом, чем-то похожий на Понятовского. — Растирать, ишь, придумал!

Пассажиры-мужчины засмеялись, стали цитировать фильм «Операция «Ы», но дисциплинированно передавали бутылку, отлив немного себе на ладони.

Монашка положила пятки ребенка себе на колени и терла их с такой силой, будто хотела разжечь костер.

Ян тоже снял ботинки с носками, закатал промокшие обшлага брюк и подумал, что в таком виде он генералу вряд ли понравится.

Конечно, от простуды это вряд ли спасет, тем более что в аэропорту придется снова надевать мокрую обувь, но резкий запах коньяка прояснит голову и хоть немного снимет нервное напряжение. Понюхать что-то необычное при стрессе даже полезнее, чем выпить рюмку.

Милиционеры на своем «уазике» ехали впереди с сиреной, так что до аэропорта добрались, как показалось Яну, минут за пять.

Сотрудники аэропорта встретили их буквально как правительственную делегацию, хотели отвести в зал ожидания, но почти все пассажиры бросились к ряду междугородних телефонов.

Ян тоже ринулся звонить родителям, и только монашка вместе с пожилой парой пошли в зал. Наверное, у них не было близких, которые за них волнуются.

Спокойнее было бы поговорить с папой, но он ушел на работу, и, услышав в трубке мамин голос, Ян замялся, не зная, как поделикатнее объяснить человеку, что ты жив и здоров, если он и так в этом уверен.

Как мог осторожно подбирая слова, Ян сказал, что пришлось сесть в Ленинграде из-за плохой погоды, но с ним все в порядке.

— Но ты же успеешь к генералу?

— Постараюсь, — заверил Ян, думая: «Ох, не о том ты сейчас волнуешься, мама!»

— Если вдруг начнется волокита, не высиживай! Купи билет на ближайший самолет!

— Хорошо, мама.

— Даже пусть самый дорогой, не жадничай, деньги я тебе вышлю.

— Ладно.

— За любую цену, сынок! Когда решается твоя судьба, не время экономить.

Повесив трубку, Ян с любопытством огляделся. Он шесть лет прожил в Ленинграде, а побывать в аэропорту так и не довелось. Только когда ездил на экскурсию в Пушкин, видел издали легкое здание аэровокзала, известное в народе как «пять стаканов», и все.

Что ж, не такая старинная красота, как на Витебском вокзале, но тоже очень впечатляюще.

Вверху огромного табло вылетов часы показывали без двадцати три, а рейсов на Москву было заявлено аж пять, и ближайший через сорок минут. Очень может быть, что на нем найдется местечко, ведь сотрудники аэропорта, встречая их, обещали как можно скорее отправить несчастных пассажиров в пункт назначения.

Купив в киоске сухие носки, Ян вошел в зал, где женщина средних лет и того сурового вида, какой бывает только у билетных кассиров, разложив по столу бумаги, распределяла пассажиров по свободным местам.

— Давайте пропустим доктора, — вдруг сказала монашка, — он торопится.

Люди, обступившие стол, вдруг расступились:

— Конечно, доктор, идите!

Ян смутился:

— Ну что вы, не надо.

— Вы же говорили, что у вас очень важная встреча, — монашка легонько подтолкнула его к столу, — а нам лишний час погоды не сделает.

— Нет-нет, дамы вперед… Ой, то есть извините, сестра.

— Ничего страшного. — Она засмеялась.

— Проходите, доктор, проходите, — Пассажиры улыбались ему. Среди них были разные люди, но каждый имел больше прав улететь вперед него, молодого здорового мужика. И каждый же был готов пропустить его просто потому, что он торопится и ему нужнее. А в углу зала лежит настоящая гора из курток и пальто, которые люди сняли с себя, чтобы согреть терпящих бедствие.

Ян сглотнул, чувствуя, что еще немного, и напряжение выйдет с недостойными мужчины слезами.

— Товарищи, не волнуйтесь, я все равно уже опоздал, — сказал он хрипло, отступая в угол зала, — спешить некуда.

Устроившись на последнем ряду кресел, Ян переодел носки, но это не очень помогло. Ботинки мало того что были мокрыми, ледяными и склизкими, как несвежие покойники, так еще и вид приобрели примерно такой же. Про брюки и говорить нечего. Идеальные мамины стрелки исчезли, а к тому же он еще умудрился в автобусе прислониться к мазуту или к чему-то подобному, и на штанине остался длинный черный след. Показываться в таком виде генералу может только мазохист или самоубийца.

Кто-то предложил обменяться телефонами. Ян немедленно записал координаты старушки и для конспирации той самой пожилой пары, которой было некому звонить. Хотел взять еще номер мальчика, но того сотрудники аэропорта уже увели в самолет, чтобы доставить матери до того, как та начнет волноваться по-настоящему. Сам Ян тоже оставил телефон вахты общежития, сказал суровой женщине-кассиру, что никуда не полетит, потому что уже дома, попрощался с товарищами по несчастью и направился к выходу.

Около телефонов было пусто, и Ян, встав под смешную пластиковую полусферу, бывшую здесь вместо полноценной будки и наводившую не на самые приличные ассоциации, бросил в прорезь автомата пятнадцатикопеечную монетку и набрал номер Григория Семеновича, который папа заставил его выучить наизусть и который, как ни странно, после всех потрясений не выветрился у него из головы.

Трубку взял сам генерал.

— Ян? Ну где ты, мы тебя уже ждем, — сказал он весело.

— Извините, пожалуйста, но у меня не получится сегодня к вам приехать.

— Что такое?

— Прилетел немножко не туда. — Ян понимал, что говорит, как пьяный, но ничего не мог с собой поделать, — на запасной аэродром.

— Не понял.

— Понимаете, вынужденная посадка… Метеоусловия, то-се.

— Ян, на улице прекрасная погода.

— Так точно, товарищ генерал. Ну вот случайно сели в Ленинграде, а самое страшное, коньяк пропал.

— И пропал он, похоже, внутри твоего организма.

— Нет, снаружи.

— Ну что ж, — процедил генерал после долгой паузы, — как хочешь. В конце концов, насильно в рай не тянут.

— Да, — засмеялся Ян, — теперь я это точно знаю.

* * *

Предаваться радости было рано, ибо процедура прежде всего. Как только они вошли в здание аэропорта, руководитель службы полетов направил экипаж к врачу, где у них не только проверили состояние, но и провели освидетельствование на алкоголь.

Наташу девочки-стюардессы забрали к себе, чтобы привести в порядок и отправить домой первым рейсом, а им, летному экипажу, придется задержаться.

Павел Степанович уже где-то выяснил, что ждут только представителя партийной организации, чтобы начать снимать стружку с проштрафившегося экипажа.

В том, что накажут, Иван не сомневался ни секунды. Не потому, что чувствовал свою вину, а просто порядок такой. Еще когда служил, твердо усвоил, что лучшее поощрение для офицера — это снятие ранее наложенного взыскания. А лучшая награда — когда тебя не наказали за то, в чем ты не виноват.

Руководитель полетов отвел их к себе в кабинет, поставил чайник, кто-то принес бутерброды, кто-то поделился обувью, словом, приняли их очень радушно и тепло, особенно если учесть, какие проблемы они создали этим людям своей аварийной посадкой. Что ж, Ленинград особый город…

— Отдохните немного, — сказал руководитель полетов, — попейте чайку, а потом спокойно рапорта напишем.

Зайцев подошел к приставному столику с телефонами:

— Я домой позвоню?

Руководитель полетов кивнул на плоский желтый аппарат с черным диском.

— Алло, любимая, — заговорил Лев Михайлович, повернувшись к ним спиной, — не волнуйся, у нас тут небольшая вынужденная посадка. Со мной все в порядке… Нет, сегодня, скорее всего, не приеду… Да, разбор, ты знаешь… А ты как? Давление?.. Ты полежи тогда сегодня, почитай… Главное, не волнуйся… Ну все, целую тебя.

Ивану стало неловко, будто он случайно оказался свидетелем чего-то очень личного, сокровенного.

Он тоже попросился позвонить. Трубку взял отец.

— Папа, позови Лизу, пожалуйста.

— Она в булочную пошла. А что случилось?

— У нас вынужденная посадка в Пулково. Все обошлось, но домой я сегодня не приеду.

— Вот как? Вынужденная посадка? — голос отца был полон иронии, но Иван не сразу сообразил, что он имеет в виду, и повторил, что сели в Ленинграде из-за погоды.

— Я вижу в окно, из-за какой погоды вы сели. Смотри, сын, у нас в семье сроду этой гадости не было!

— Чего не было, пап? Летных происшествий?

— Не остри!

— Да я правду говорю!

«Ну почти», — мысленно уточнил Иван.

— Сын, я не собираюсь ничего с тобой обсуждать и твоей жене скажу, как ты просишь, но ты учти, что я в семье не потерплю разврата!

Иван с досадой положил трубку.

Руководитель полетов уговаривал их пить чай и класть побольше сахару, чтобы восполнить энергию. Зайцев для приличия сделал пару глотков, но тут же достал свои папиросы. Хозяин кабинета поднес огоньку, Лев Михайлович прикурил и затянулся чуть не до самых пяток, и — о чудо! — когда помещение наполнилось горьким табачным духом, бортинженер не произнес ни слова против.

— Удивительные пассажиры нам сегодня достались, — задумчиво произнес Зайцев, — просто удивительные! Спокойствие и взаимовыручка перед лицом опасности, настоящие советские люди.

Руководитель полетов вышел под предлогом того, что раздобудет что-нибудь поесть, но Иван понял, что таким образом он дает экипажу возможность договориться перед тем, как аэрофлотские начальники разведут их по разным комнатам и начнут выпытывать подробности летного происшествия.

Иван приготовился выслушать версию командира, чтобы в дальнейшем повторять ее во всех инстанциях, но Зайцев сказал, что нет ничего лучше правды, тем более что в данном случае им стыдиться нечего, они действовали строго по инструкции, а если сговорятся и заранее согласуют, что говорить, то это как раз и будет выглядеть как ложь. Дальше он посадил их со штурманом заполнять полетные документы, которые Иван опрометчиво захватил из кабины, за что теперь клял себя последними словами. Нет бы сообразить, что самолет в ближайшие часы утонет и якобы забытые в суматохе эвакуации бумаги невозможно будет прочитать! Это в судовой журнал записи вносятся карандашом, чтобы не размыло при контакте с водой, а в самолете такая предосторожность не предусмотрена. А когда документ нечитабелен, поди докажи, что он не был заполнен идеально. Эх, раз в жизни выпал шанс, а он не воспользовался…

Часть вторая

Май

После Дня Победы дело пилотов наконец передали в суд, положив конец чаяниям Ирины, что обойдется, и она займет должность, не вступая в сделку с совестью.

Похоже, авиаторы действительно виновны, но суть не в этом, а в том, что она в принципе согласилась вынести нужный приговор. Важно, что она готова прогибаться под ситуацию, а не кто какую технику безопасности нарушил.

На душе скребли кошки, и чем ближе к первому заседанию, тем чаще Ирина задавалась вопросом: а допустимо ли, собственно, хорошему человеку делать плохие вещи только потому, что он хороший? Не становится ли он от этого хуже плохого, умножая свой грех на грех гордыни? Но не та ли это цена, которую не жаль заплатить ради общественного блага? Ведь ради светлого будущего, наверное, стоит отдать не только жизнь, но и душу?

Все это было сложно, муторно, непонятно и, кажется, не имело ответа.

Кирилл звонил всего один раз, и они едва слышали друг друга сквозь треск и помехи. Ей с трудом удалось разобрать, что у мужа все в порядке, он пока не знает точной даты, когда вернется, но скорее всего, в конце мая.

Ирина думала, что Володя еще мал, чтобы заметить отсутствие отца, но он явно скучал по Кириллу. Тосковал и Егор, хотя всеми силами старался не подавать виду и соответствовать роли временного главы семьи. Он предложил сам забирать Володю из яслей, и Ирина колебалась. Старший сын — человек ответственный, но способен ли он уследить за двухлетним ребенком?

Отсутствие Кирилла выявило тот печальный факт, что дети, в сущности, брошены матерью и предоставлены сами себе. Володя целыми днями в яслях, Егор после школы сидит дома один, если не идет в музыкалку. Она не проверяет у него уроков, не ведет долгих разговоров по душам… Приходит после работы усталая, так что сын, наверное, просто боится подступиться со своими детскими проблемами, а выходные съедает домашняя работа.

А разве ситуация изменится в лучшую сторону, когда она станет председателем суда? Что-то сомнительно! Придется без шуток все силы отдавать работе, плюс добавится подковерная дрызготня, которая требует кучу времени и нервов. Дети окажутся полностью на попечении Кирилла, который прекрасный отец, но неизвестно, захочет ли становиться еще и прекрасной матерью.

С другой стороны, оглянуться не успеешь, как Егор с Володей вырастут и превратятся сначала в независимых подростков, готовых общаться с кем угодно, кроме родителей, а потом во взрослых людей со своей судьбой. И тут как раз номенклатурная мамаша очень не помешает! Председатель городского суда — это хороший вуз для детей, отличное трудоустройство, да что говорить…

И вообще правильно сказал горкомовский начальник, советская женщина может все. Девяносто процентов матерей совмещают воспитание потомства с каторжной работой, и ничего, не жалуются. У нее хоть повышение по службе, а у многих муж-алкаш, из-за которого приходится пахать в две смены, чтобы прокормить ребятишек.

Хорошо, сейчас она откажется, перейдет на полставки, а дальше что? Будет тыкать этой своей жертвой в нос детям при каждом удобном случае? Вот, я ради тебя от такой карьеры отказалась, а ты какую-то лахудру в дом привел! Ты понимаешь, что, если бы не ты, я бы сейчас заседала в Верховном суде? Мать для тебя жизнью пожертвовала, а ты не можешь окна помыть!

Ирина вздрогнула от такой ужасной перспективы и почти убедила себя, что главное — ввязаться в драку. Благодаря Кириллу и Гортензии Андреевне у нее теперь есть то, чего она до тридцати лет совсем не знала, — поддержка близких людей. С другой стороны, они помогут, вопросов нет, но можно ли злоупотреблять? Вот, пожалуйста, зеркало в ванной замызгано, а ей и горя мало! Очень хорошо, она председатель суда, а муж с детьми сидит голодный в помойке, по недоразумению считающейся отдельной квартирой!

Оторвав от рулона клочок туалетной бумаги, Ирина быстро протерла зеркало.

Для удобства открыв зеркальный шкафчик, она вдруг увидела нетронутую пачку ваты и как громом пораженная опустилась на край ванны. Кажется, новую работу придется совмещать с воспитанием не двоих, а троих детей!

— Да нет, не может быть, — сказала она себе и посчитала на пальцах. Потом еще раз.

Увы, оба раза вышло, что не может не быть. Вторую неделю она уже ушами хлопает.

Сонливость как рукой сняло. Конечно, это случилось на даче, когда они с Кириллом поехали на карьер за землей, и, черт побери, ситуация такая, что даже не хочется шутить про плодородность почвы!

Ах, женское счастье, женское счастье, как ты коварно! Никогда тебя нет, когда ты нужно, но только женщина встает на верный путь к успеху, ты кубарем кидаешься ей под ноги!

Ирина налила себе чайку и горестно вздохнула. Она ведь и Володей забеременела именно в тот момент, когда перед ней открылась широкая карьерная дорога. В партию специально вступила, чтобы избраться депутатом Верховного Совета, и вот пожалуйста! Жалеет ли она об упущенном шансе? Конечно, нет! Но иногда посещают разные мыслишки о том, чего она могла бы добиться на высокой должности…

Понятно, что если она решит оставить ребенка, то о должности придется забыть. Никто не назначит кормящую мать руководить всем правосудием Ленинграда.

Вместо новой интересной работы она с головой нырнет в семейную жизнь, а потом вернется на свою теперешнюю должность, где и просидит до пенсии. Между тем ей уже становится скучновато, искренний интерес вызывает далеко не каждое дело, а с годами, с опытом, таких дел будет становиться еще меньше.

Ирина вспомнила, как учительница химии пыталась привить им любовь к учебе. Ленинский лозунг «Учиться, учиться и учиться», начертанный где только возможно, в том числе и на подставке для книг, детей не убеждал, равно как и цитата, что коммунистом можно стать только тогда, когда обогатишь свою память знанием всех тех богатств, которые выработало человечество. Успеваемость в классе Ирины была очень плохая. Верховодили двоечники, то ли убежденные монархисты, то ли просто туповатые, но все ребята хотели быть такими же, как они, и стеснялись получать пятерки.

Тогда учительница химии рассказала ужасную историю. Оказывается, она тоже очень плохо училась в школе и ничуть не переживала по этому поводу, пока их класс не отправили на практику, где ее поставили к конвейеру, штампующему пластмассовые ведра. «И вот я представила, что буду делать одно движение всю жизнь, изо дня в день, изо дня в день, — сказала учительница, — ведро за ведром, и так до пенсии. Тут-то и поняла, что, если хочу заниматься чем-то интересным, надо учиться».

Что ж, Ирина вняла ее совету и выучилась, но дальнейшая ее трудовая жизнь будет не так уж сильно отличаться от работы на том конвейере. Дело за делом, ведро за ведром…

Или не все еще потеряно? Кирилла не будет до конца месяца, если все сделать быстро, он ничего и не узнает, а со временем и саму себя получится убедить, будто ничего не было.

Да, пожалуй, так и надо поступить, ведь это дело житейское. Все делают, чем она лучше?

Когда она рожала Володю, врач отнесся к ней очень хорошо, отчасти потому, что она едва не умерла, но главное — она оправдала его коллегу и наставницу.

Прощаясь, он дал ей свой домашний телефон с наказом звонить, как только что-то понадобится, ибо он у нее в долгу.

«Вот и пригодилось, — вздыхала Ирина, перебирая рассыпавшиеся листки записной книжки, — не хочется, конечно, дело-то было мутное, но отчаянные времена — отчаянные меры. Да он меня, скорее всего, и не вспомнит».

Но доктор сразу понял, кто она такая, и сказал, что с удовольствием посмотрит ее в обед.

Настроение немного улучшилось. Парень явно ушлый, за пятьдесят рублей сделает все в идеальном виде, с наркозом и даже без больничного. Она просто поспит немного, и все. И ничего не было, просто маленькое недоразумение.

Утром она отвела Володю в ясли, Егора проводила в школу до той точки маршрута, до которой он позволял, чтобы не позориться перед одноклассниками, и спокойно поехала на работу. На всякий случай в кошельке лежала заветная зеленая бумажка, и основная мысль, занимавшая Ирину, была о том, кого попросить смотреть за детьми ту ночь, которую она будет в больнице.

Не успела она попить чайку, как ее вызвал к себе Павел Михайлович и долго рассуждал, как было бы неплохо ей защитить диссертацию и войти в должность уже кандидатом наук. Диссертация находилась примерно на такой же стадии, как диплом Кирилла, то есть лежала в глубокой коме и признаков жизни не проявляла, но Ирина вдруг загорелась азартом Павла Михайловича. Ведь и вправду красная звезда из горкома обещал ей всемерную поддержку, а с таким покровителем можно протащить через ВАК любой мусор, буквально случайный набор букв и цифр, лишь бы там было положенное число страниц, источников литературы и таблиц. Надо пользоваться моментом, черт возьми!

На секунду она даже забыла, что беременна.

В обед Ирина ушла пораньше, предупредив председателя, что может задержаться, и поехала в консультационное отделение роддома, мечтая о прекрасном будущем, в котором она будет передвигаться не на трамвайчике, а в номенклатурной «Волге».

Придется сделать кое-что нехорошее, но путь не бывает без препятствий, просто надо уметь их преодолевать.

Позвонив с вахты по местному телефону в ординаторскую, как велел доктор, Ирина настроилась на долгое ожидание в вестибюле, но он вышел почти сразу, будто только ее и ждал. Это показалось хорошим знаком.

Доктор вел ее по извилистому темному коридору, потом по крутой лестнице с узорчатыми чугунными перилами, и весело говорил, что медицинская общественность страшно зауважала Ирину Андреевну еще с тех пор, как она оправдала акушера-гинеколога Тиходольскую[1], ну а теперь, после доктора Ордынцева[2], вообще готова на руках носить.

— Таких судей, кроме вас, нет! — патетически воскликнул он.

---

[1] Прочитать об этом можно в романе М. Вороновой «Идеальная жена». М., Эксмо, 2020.

[2] О деле доктора Ордынцева — в романе М. Вороновой «Когда убьют — тогда и приходите». М., Эксмо, 2020.

— Вы мне льстите…

— Нет-нет, я такого не помню, чтобы врача оправдали.

— Вы еще очень молоды.

— Старые тоже не помнят. Ну, пришли.

После осмотра врач подтвердил беременность. Сказал, что надо будет сдать анализ, но это чистая формальность.

Ирина покачала головой, думая, как поделикатнее начать о прерывании, но тут в кабинет заглянула какая-то голова в медицинской шапочке, и доктор, извинившись, вышел, оставив ее одну.

Раскрыв кошелек, Ирина достала заветную пятидесятирублевку, чтобы сразу ее незаметно положить. С опозданием сообразила, что в таких делах необходим конверт. Не позаботилась вовремя, а сейчас где его возьмешь?

Какая-то она совсем стала безалаберная, благодушная… Действительно, вдруг сообразила Ирина, никогда в жизни у нее не было такого безмятежного настроения! Будто подменили ее, в самом деле! Принимает вещи такими, как есть, не тревожится понапрасну… Она довольна миром и собой, даже страшная катастрофа на атомной станции не смогла вывести ее из равновесия. Раньше бы она тряслась как осиновый лист, представляя себе радиоактивные дожди и каждую секунду ожидая взрыва на Ленинградской атомной станции, а сейчас что? Она скорбит о жертвах этой страшной трагедии, сочувствует пострадавшим, понимает, что теперь придется соблюдать новые меры безопасности, но страха нет. Да, жизнь такая штука, что случиться в ней может самое страшное, но глупо бояться того, что еще не произошло.

Вот такая она теперь. Уж не из-за беременности ли? Ведь других признаков нет, ее не тошнит, голова не болит, наоборот, она чувствует себя бодрой и здоровой, как в двадцать лет.

Этот ребенок подарил ей радость жизни, а она собирается его убить…

Ирина вздрогнула.

Вернулся доктор, сел за стол и доброжелательно посмотрел на нее:

— Ирина Андреевна, обещаю вам отдельную палату и лучшего анестезиолога.

— Подождите, я еще не решила.

— Что ж, думайте, — он улыбнулся, — надо показаться терапевту, но на данный момент прямых противопоказаний я не вижу.

— А что, у меня была эклампсия?

— Плохо, конечно, но если мы будем внимательно следить за вашим состоянием… Под «мы», Ирина Андреевна, я имею в виду все мы, то есть в том числе и вы. Своевременно встаньте на учет в женской консультации, регулярно сдавайте анализы, следите за питанием, ну там поменьше соли, баланс жидкости, то-се, много гуляйте, при первых тревожных симптомах ложитесь на сохранение, и, думаю, беременность пройдет благополучно. Ближе к родам подумаем о целесообразности планового кесарева сечения, ну это уже частный вопрос…

— То есть категорически не возражаете?

Врач фыркнул:

— Даже когда мы категорически возражаем, кто нас слушает? Ваше право решать судьбу этого плода, а наша задача в любом случае сохранить вам здоровье.

Ирина захлопнула сумочку.

— А можно я еще подумаю?

— Господи, ну конечно, время еще позволяет. Подумайте, посоветуйтесь с супругом, а когда примете окончательное решение, позвоните мне.

Ирина поднялась.

— С супругом я пока не могу посоветоваться, — улыбнулась она, — он как раз уехал на военные сборы, так что придется самой решать. Ну, доктор, спасибо, до свидания.

Она взялась за ручку двери, но врач вдруг воскликнул: «Стойте, стойте!» — и выскочил из-за стола.

Ирина удивленно обернулась.

— Когда вашего мужа забрали? — резко спросил доктор.

— На майские.

— И где он?

Она пожала плечами.

Врач зачем-то выглянул в коридор, притворил поплотнее дверь и усадил ее рядом с собой на кушетку, обтянутую желтой медицинской клеенкой.

— Ирина Андреевна, он там, — тихо сказал доктор, — и сейчас у нас с вами пойдет совсем другой разговор.

— Да где? — Она уже поняла, но не хотела верить.

— Он в Чернобыле.

— Вы ошибаетесь, — голос прозвучал хрипло, — откуда вы можете знать?

— Дай бог, Ирина Андреевна, дай бог! И дай бог, все обойдется, он вернется к вам здоровым и живым.

— Я уверена, что так и будет.

— Конечно! Только сейчас ответственная ситуация, и нам с вами ненадолго придется стать реалистами и принять, что мы не знаем, как будет. Я всей душой надеюсь, что он останется жив и здоров, но мой долг врача предупредить вас о возможных последствиях.

— Но он мне звонил несколько дней назад... — Ирина чувствовала, как сердце противно и мелко колотится где-то в горле.

Погладив ее по плечу, врач встал, открыл стеклянный шкафчик, дверца которого противно задребезжала, и подал ей мензурку с противной на вид зеленоватой жидкостью.

— Пейте.

— Что это?

— Микстура Кватера, пейте, не бойтесь.

Ирина выпила.

— Положение очень серьезное, — продолжал врач, — я понимаю, что вы любите вашего мужа, и этого ребенка тоже любите, это естественно. Но готовы ли вы одна поднимать троих детей? Подумайте об этом.

Она крутила мензурку в пальцах, разглядывая градуировку на толстом стекле.

— И это еще не самое страшное. — Врач снова опустился рядом с ней на кушетку и заговорил очень тихо: — Есть большая вероятность, что он вернется глубоким инвалидом, а вы не сможете его даже обнять без того, чтобы не причинить вред вашему будущему ребенку. Беременной вам нельзя будет за ним ухаживать, понимаете? Иначе вы подвергнете плод радиационному излучению и многократно увеличите риск образования пороков развития и других болезней ребенка. А потом, даже если беременность пройдет благополучно и вы родите здорового малыша, как вы будете разрываться между детьми, больным мужем и работой? Поймите правильно, Ирина Андреевна, я бы слова не сказал, жди вы первого ребенка, но у вас уже есть двое маленьких детей, о которых вы обязаны заботиться.

— Вы правы. Но ведь есть шанс, что он вернется оттуда без последствий? Не может же наше государство посылать людей на верную смерть!

Врач пожал плечами:

— Без серьезных последствий может быть... Техника безопасности, конечно, соблюдается, насколько это возможно при катастрофе такого масштаба. Доктора борются за жизнь ликвидаторов, мы вот костный мозг сдаем. Делается все возможное, это правда, но врачи не боги. Смотря какая доза, какой организм... Одно только могу сказать совершенно точно — если он вернется здоровым, заводить детей ему будет категорически нельзя.

— Но это скорее аргумент, чтобы оставить...

— Вот именно. Я хочу нарисовать перед вами полную картину, чтобы вы могли принять лучшее решение, поэтому, Ирина Андреевна, простите, что я так с вами сурово, без обиняков, но ситуация требует ясности.

Доктор засунул ей в сумку пузатую бутылку с вощеной бумажкой на горлышке с указанием выпивать по тридцать граммов утром и вечером. И сказал:

— Ночь сегодня поспите, а завтра на холодную голову взвесьте все «за» и «против», поговорите с родными, и сообщите мне о своем решении, как будете готовы.

Выйдя от врача на подкашивающихся ногах, Ирина поняла, что не сможет вернуться на работу. Из автомата позвонила председателю, наврала что-то про высокое давление, получила добро отдыхать до завтра без больничного листа и поехала домой.

Будто во сне сходила в универсам, даже поучаствовала в драке за сосиски, забрала Володю из садика, а войдя в квартиру и переодев сына в домашнее, сразу принялась готовить обед на завтра.

Больше всего хотелось лечь лицом к стене, но Ирина боялась, что если она позволит себе это, то накроет такая черная волна, из-под которой она уже не выберется.

Пришел Егор, немного позже контрольного времени и чуть более расхристанный, чем полагается приличному мальчику, и от его искренней радости, что мама дома, у Ирины немного отлегло.

Она сварила борщ и хотела сделать ленивые голубцы, но взялась за настоящие, чтобы работой хоть немного унять тоску и тревогу.

Вилок на листья разделялся с трудом, но все равно она справилась слишком быстро.

К счастью, в кресле громоздилась целая груда неглаженого белья, и Ирина схватилась на утюг, вспоминая, в каком безмятежном настроении гладила на даче, купаясь в счастье и не думая, как мало его осталось.

Она мучительно жалела, что так буднично разговаривала с Кириллом по телефону, когда он уходил и когда звонил ей последний раз. Ни разу не сказала, как любит его и как скучает, ведь ей хотелось своей безмятежностью показать, что она прекрасно справляется сама и ему не надо волноваться о ней и о детях, а он, наверное, в этом и так не сомневался и просто хотел услышать, что она любит его и ждет.

Вернется ли он домой?

Кирилл не такой человек, чтобы прятаться за чужими спинами, он пойдет на самый опасный участок.

Правда, он не только смел, но умен и осторожен и не станет пренебрегать мерами безопасности. Там за ними следят врачи, они не позволят человеку получить смертельную дозу облучения. Да, не позволят, если только это не будет необходимо для спасения неизмеримо большего количества людей. Кроме того, погибнуть можно и без всякой радиации, просто от несчастного случая, как происходит на любой стройке.

Ирина больно ущипнула себя за ухо, чтобы прогнать эти убийственные мысли.

Сейчас не та ситуация, когда можно повернуться лицом к стенке, страдать и тревожиться в наивной надежде, что если представишь самое страшное в воображении, то в реальности оно обойдет тебя стороной.

Придется не только молиться и ждать, но и принять решение, которое без преувеличения определит остаток ее жизни.

Ирина сложила пододеяльники аккуратной стопочкой и убрала в шкаф. Осталось погладить ее халат, школьные рубашки Егора и белую сорочку Кирилла.

Она разложила на доске воротничок и осторожно провела по нему утюгом. Кирилл надевал эту рубашку в самом конце апреля, когда они с детьми ездили в этнографический музей. Хороший тогда выдался денек… Ирина обновила костюмчик в стиле сафари, пошитый для нее Гортензией Андреевной по секретным вражеским выкройкам из журнала «Бурда моден», начесала волосы под Рафаэллу Кару, а там расхрабрилась и против обыкновения навела на глаза стрелки, а губы накрасила алой помадой. Решив, что выглядит броско и пошло, уже собралась смывать макияж, но тут Кирилл взглянул заинтересованно, отбросил свою любимую фланелевую ковбойку, которую держал в руках, и надел костюм с сорочкой, даже галстук повязал. И они пошли, красивая яркая пара, и в музее смотрительницы улыбались их детям и не разрешали уйти, пока все не посмотрят, а Ирина, вместо того чтобы любоваться экспонатами, украдкой поглядывала на Кирилла и восхищалась, как здорово белая рубашка подчеркивает его апрельский загар... Она не знала тогда, что в ней уже зародилась новая жизнь, а муж совсем скоро уйдет навстречу смертельной опасности.

Ирина расправила на доске рукав. Придется ли Кириллу снова надеть эту рубашку?

Вернется ли он домой? Узнает ли, что у него будет еще ребенок? Или не будет?

Нет, даже если он сумеет позвонить, по телефону она ему не сообщит. Ему сейчас трудно и тяжело, нельзя возлагать на него еще и эту ношу.

Придется решать самой...

Если бы было с кем посоветоваться... Может быть, с мамой? Нет, пожалуй, это средство она прибережет до следующего раза, когда захочет услышать, какая она дрянь. Ирина лет с девяти знала, что обращаться к матери со своими бедами глупо и опасно. Помощи, поддержки и участия она ни разу не видела, зато получала самое исчерпывающее объяснение, какие именно гнусные черты ее гнусной натуры привели к таким ужасающим событиям. В общем, все равно все приходилось расхлебывать самой, только добавлялась еще обязательная истерика с рыданиями «мамочка, прости, я больше так никогда не буду!». Кроме того, происшествие сохранялось в маминой памяти под рубрикой «вопиющий случай» и периодически всплывало в разговоре, чтобы усилить впечатление от следующего вопиющего случая или просто к чему-нибудь принудить дочь.

Ирина очень быстро поняла, что если с ней происходит что-то способное поколебать в маминых глазах образ пай-девочки и отличницы, нужно это что-то утаить от родителей любой ценой.

Сейчас как раз такой случай. Мама вообще болезненно воспринимает, что дочь счастлива с мужем как женщина. Одно время цеплялась, что Ирина одевается не по возрасту, не девочка ведь уже, потом вдруг резко сменила курс, заявив, что дочь плохо выглядит, подурнела: «Не забывай, ты старше мужа, должна следить за собой. Мужчины, знаешь ли, падки на молоденьких».

И сейчас будет из той же серии. Сначала развопится на тему страшной греховности аборта, операции, достойной только проституток, но вскоре смекнет, что если дочь останется одна с тремя детьми, то придется или помогать, или выставить себя перед родней не в самом лучшем свете, и пластинка резко поменяется. Начнется лекция о том, что надо быть ответственной и думать в первую очередь о детях, как их поднять на ноги и воспитать, бесконтрольно размножаются только животные, поэтому, Ирина, немедленно делай аборт. Но не забывай пункт один, что его делают исключительно проститутки, каковой ты, безусловно, являешься. И тебе придется совершить очень много хороших дел, чтобы заслужить мое прощение.

Мама — человек твердых принципов. Очень твердых и очень, как бы это выразиться, взаимоисключающих, что ли… Принципы для нее что-то вроде набора ножей или хирургических инструментов, среди которых она выбирает подходящий, чтобы приставить к горлу человека и заставить его делать так, как ей нужно.

Тяжело вздохнув, Ирина решила, что, пожалуй, обойдется без маминых, безусловно, разумных и высокоморальных аргументов и примет решение без ножа у горла.

Поговорить с сестрой? Но они всю жизнь враждовали, всегда одна была хорошая девочка, а другая дрянь неблагодарная, которую хорошая девочка должна была всячески порицать и шпынять. Потом роли менялись, и бывшая дрянь, естественно, возвращала обиды с процентами. Кажется, за все детство был только один эпизод, когда они что-то делали дружно, — это когда блевали в папин портфель. Так и жили, пока не вышли замуж. Когда разъехались, то несколько лет вообще не вспоминали друг о друге, встречаясь только на семейных праздниках без всякой радости, как чужие. Несколько лет назад стали сближаться, робко, по чуть-чуть, но до стадии откровенности и взаимовыручки еще очень и очень далеко.

В принципе, мать есть мать, самый родной человек, можно и стерпеть от нее науку жизни, но главная опасность в том, что, если Ирина избавится от ребенка, позже мама найдет способ донести эту информацию до Кирилла. Обязательно расскажет, сто процентов, тут, что называется, к бабке не ходи. Как бы мимоходом ляпнет, как бы в приступе беспокойства о дочкином здоровье, и упрекать ее, что не сохранила тайну, будет бесполезно. Мама очень натурально похлопает глазами: «Ой, прости, я случайно, а что такого, он твой муж, имеет право знать такие вещи», а потом и огрызнется: «Я не просила тебя впутывать меня в вашу половую жизнь!» Главное, дело будет сделано, брак дочери разрушен.

Нет, разговор с родственниками исключается.

Лучше всего поделиться с Гортензией Андреевной, старушка точно не подведет, но она старая дева, с ней просто неловко обсуждать такие вещи. А главное, она человек героический и коммунистический, в ее глазах аборт, наверное, хоть и не смертный грех, но все равно дело стыдное, потому что советская женщина должна выдерживать все выпавшие на ее долю испытания. После войны вдовы одни поднимали ребятишек, и посмотрите, каких прекрасных людей вырастили! А сейчас что, ни войны, ни разрухи, благополучие кругом, а вы, Ирочка, боитесь произвести дитя на свет!

Догладив белье, Ирина вспомнила про микстуру.

Достала из сумочки пузатую бутылку, на этикетке которой очень по-старомодному было выведено чернилами латинское название, подкинула в ладони и убрала в холодильник, решив выпить в крайнем случае, если уж совсем не сможет уснуть.

Тут раздался телефонный звонок. Ирине показалось, что гудки частые, значит, межгород, и она стремглав понеслась в прихожую. Решение молчать о беременности было забыто, но на проводе оказался всего лишь прокурор Макаров, и от разочарования она даже не удивилась, что Федор Константинович на ночь глядя попросился зайти.

Самым разумным представлялось объяснение, что новоиспеченному папаше нужны детские вещи, и Ирина протянула руку к ящику, в котором хранила ползунки с распашонками, но тут же отдернула, будто ручка ящика была раскалена. Нет, она пока не готова признать, что младенческое приданое больше не понадобится ей самой.

Однако Макаров, появившийся на ее пороге минут через десять после звонка, заговорил совсем о другом:

— Я заезжал днем к вам на службу, но, увы, не застал, поэтому позволил себе дерзость скомпрометировать вас вечерним визитом.

— Ничего, — улыбнулась Ирина.

Федор Константинович за руку поздоровался с Егором, подмигнул сидящему у Ирины на руках Володе, отчего у младшего сына сделалось удивительно суровое лицо, несмотря на все протесты хозяйки, снял ботинки и прошел на кухню.

— А где ваш доминирующий самец? — спросил Макаров, садясь на табуретку и доставая маленькую бутылку коньяка. — Я думал, мы с ним по пять капель за мою легкую дорогу…

Ирина сглотнула.

— Он на военных сборах, — сказала она внезапно севшим голосом.

Коротко кивнув, Макаров заговорил с Егором о том, нравится ли ему музыкальная школа, или он ходит туда из-под палки по злой воле родителей.

Ирина глядела на прокурора во все глаза — за все время их общения она вряд ли упоминала о том, что Егор ходит в музыкалку, больше одного раза.

— Ну что вы смотрите? — улыбнулся Макаров, когда Егор забрал Володю и увел в комнату. — У меня очень хорошая память, поэтому порой я и правда способен произвести обманчивое впечатление внимательного и участливого человека.

— Я поняла, Федор Константинович.

Макаров легонько коснулся ее руки.

— Он вернется, Ира.

Она промолчала.

— Я могу вам это сказать практически точно, — продолжал Макаров, понизив голос. — Работа идет организованно, с соблюдением мер радиационной безопасности и под контролем врачей. Тех, кто получил дозу, отправляют домой или в госпиталь.

— Но ведь лечения от этого нет…

— Ну как нет, Ира! Если мы с вами чего-то не знаем, это не значит, что этого нет. Скажите, чем я могу вам помочь?

— Так чем…

— Прошу, обращайтесь ко мне безо всякого стеснения. Московский мой номер у вас есть?

Она покачала головой. Макаров похлопал себя по карманам, с досадой сообщил, что, старый дурак, не взял новые визитки, достал ручку и огляделся, на чем бы записать.

Ирина стиснула зубы, но слезы все равно полились.

— Ах, Ирина Андреевна, ну что вы! Все будет хорошо. Вот смотрите, я возле телефона прямо на обоях запишу, можно? Повыше абстрактной наскальной фрески авторства Владимира Кирилловича.

Она всхлипнула и кивнула.

— Вот прямой рабочий, а под ним домашний. Звоните без промедления, и вот еще что... — Макаров вернулся в кухню и заговорил совсем тихо: — Я уверен, что до этого не дойдет, но если вдруг Кирилл поступит в московский госпиталь, обещайте, что остановитесь у нас с Татьяной. Прямо с детьми приезжайте, если их будет не с кем оставить.

Ирина шмыгнула носом и вытерла лицо бумажной салфеткой.

— Вы нас совершенно не стесните, хотя, еще раз повторяю, до этого не должно дойти. Там работают серьезные врачи, вот, у моей любимицы Яны Михайловны тоже жениха забрали.

— Витя тоже там?

— Да, Ирина Андреевна. Я слышал, вы с ней приятельствуете?

— Ну, в общем, да.

— Позвоните, поддержите. Она совсем расклеилась, да и вам полегче будет.

Кивнув, Ирина достала из холодильника бутылку с микстурой и глотнула прямо из горлышка.

Федор Константинович улыбнулся:

— А, старый добрый Кватер, знаю-знаю, пока Татьяна была в интересном положении, я только и делал, что за ним в аптеку гонял. — Тут выражение его лица резко изменилось: — Господи, Ира, вы что?..

Она развела руками.

— Что ж, поздравляю.

— Но я...

— Ирина Андреевна, — резко прервал ее Макаров, — поскольку вы спасли мою жизнь и профессиональную репутацию, то можете полностью располагать мною. Обещаю, что сделаю все, что в моих силах, для всех ваших детей, сколько бы их у вас ни родилось. И это все, что я имею сказать по данному вопросу.

— Спасибо, Федор Константинович.

— Ну вот и хорошо. Обещание свое я даю с легким сердцем, поскольку уверен, что исполнять его мне не придется, — улыбнулся Макаров. — Кирилл скоро вернется и выпьет за мое здоровье эту скромную бутылочку, и я надеюсь, что летом вы к нам приедете всей семьей показать детям Москву. В общем, Ира, телефоны вот, жену я предупрежу, так что, если меня не будет дома и по служебному, а ситуация срочная, скажете ей, она все устроит.

Он уже надел ботинки, когда Ирина спохватилась:

— Федор Константинович, а вы же что-то хотели?

— А?

— Вы же пришли зачем-то…

Макаров с досадой хлопнул себя ладонью по лбу:

— Ах да! Да! Хотел поговорить о летчиках.

— Так пойдемте. Я вас хоть чаем напою.

Он остался стоять в дверях:

— Поздно уже. Детям пора в люлю, поэтому буду краток. Я всеми силами пытался не допустить это дело до суда, но, Ирина Андреевна, вы знаете, что альтруизм никогда не был моей сильной стороной, поэтому я не стал отказываться от должности ради того, чтобы лечь на рельсы под локомотив, хотя, по моему глубокому убеждению, судить там нечего. Этот эпизод вообще лежит вне правового поля и требует не уголовного расследования, а профессионального обсуждения коллегами-пилотами.

Ирина вздохнула:

— Ясно. И теперь вы будете убеждать меня вынести оправдательный приговор.

— Нет, до такой степени я еще не оскотинился, еще помню, что чести по доверенности не бывает. Наоборот, хочу вас предупредить, что не только вы, а все участники процесса знают, чем он закончится, и если летчики не признают вину, то только затем, чтобы спасти свою репутацию. На большее они не рассчитывают, Ирина Андреевна. Понимаете, будь это какой-нибудь древний аэроплан, то, может, до суда и вправду не дошло бы, но самолет-то новый, последняя разработка, и вдруг оказывается, что это не прорыв авиаконструкторской мысли, а разваливающееся на ходу ведро с болтами.

— Но ведь техническая неисправность не означает конструктивного дефекта.

— А вы попробуйте объяснить это нашим зарубежным партнерам. Вы сами стали бы покупать машину, зная, что накануне аналогичная модель на трассе внезапно развалилась на куски и только мастерство водителя позволило избежать человеческих жертв? Подумали бы, верно?

Ирина кивнула.

— А если бы узнали, что на такой же точно машине шофер сел пьяный за руль и разбился? — продолжал Макаров. — Купили бы без колебаний, потому что техника не виновата, если человек идиот. Таким образом, перед нами поставлена задача любой ценой доказать мировой общественности, что техника не виновата.

— Слушайте, но как же она не виновата, если все началось с заклинившего шасси! Просто пилоты растерялись в аварийной ситуации, запаниковали…

Макаров приложил палец к губам и энергично покачал толовой:

— Тсс, Ирина Андреевна! Если бы они запаниковали, то вам бы сейчас некого было судить. Разве что диспетчера, который пустил их напрямую через город, что привело к сотням человеческих жертв, не говоря уже о разрушениях. Чего-чего, а паники там точно не было. Инструкции, техника безопасности, все это, конечно, очень мило, но правда жизни в том, что из опасных ситуаций не бывает безопасных выходов, и заранее очень трудно сказать, какой из них просто опасный, а какой — смертельно. Пилоты выбрали такой путь и прошли его с выдержкой и достоинством, вот и все.

— Так что ж…

— Кроме правды есть политика. Международный престиж, добрососедские отношения, моральный климат в обществе — словом, всякие такие штуки. Открою вам тайну: оставался крохотный шанс, что дело развалится, даже после того, как я сдал пост, ибо мой заместитель тоже не хотел этого суда. Отправили бы наверх заключение, что авария произошла из-за ошибки пилотов, но в их действиях не обнаружено состава преступления. Передали бы несчастных мужиков на поруки коллектива, там у молодого вырезали бы талон, старого отправили на пенсию, да и все. И на тормозах. Но после Чернобыля такой выход стал немыслим. Представьте, советские граждане еще не отошли от шока, как узнают, что их еще и возят на ненадежных самолетах. Это что за правительство, которое допускает взрывы атомных реакторов, авиакатастрофы, столкновения поездов, зададут они вопрос, и что мы сможем ответить? Только одно — виноват стрелочник. Поэтому, Ирина Андреевна, приготовьтесь к тому, что вас заставят сделать процесс закрытым, ну а после приговора журналисты уж постараются живописать пилотов сказочными разгильдяями, а об этом несчастном шасси даже не заикнутся.

— То есть люди летели себе спокойно на совершенно исправном самолете в Москву и вдруг решили, что-то культурки вдохнуть захотелось, а дай-ка мы сядем на Неве, так давно в Эрмитаже не были, что аж скулы сводит. Так что ли?

— Примерно.

— Но это ведь бред!

— О, Ирина Андреевна, при грамотных пропорциях демагогии, черной риторики и ханжества можно приготовить такое забористое блюдо, что народ проглотит и пальчики оближет! Короче, что я хотел сказать. Не корите себя. Пусть совесть вас не тревожит, потому что силе, которая на нас всех давит, невозможно сопротивляться. Если помните, я тоже начал свое восхождение к вершинам юриспруденции с подлога. Это было подло и грязно, но я до сих пор не убежден, что поступил тогда неверно. Больше скажу, если бы в тот день я знал то, что знаю сейчас, знал, какую страшную цену мне придется заплатить, и если бы даже никто не предлагал мне повышение по службе за фальсификацию доказательств, еще не известно, какое бы я принял решение. В городе назревали волнения, формировались стихийные бригады защитников порядка, угрожавшие самосудом, зафиксировано несколько случаев избиений якобы подозрительных граждан… В общем, выбор был небогат — стравить пар или дать котлу взорваться.

Ирина вздохнула:

— Но взрыв все равно произошел. Извините, Федор Константинович.

По лицу его пробежала тень, быстро сменившаяся грустной улыбкой:

— Дело прошлое, Ира. Ошибся я тогда или нет, это мне на том свете теперь уже только черти растолкуют. Слушайте, с этими сталинскими соколами я и так переживал, что не сдержал оборону, а теперь вообще, — он досадливо махнул рукой, — получилось, спрятался за спину дамы в интересном положении. Фу, нехорошо!

— Ничего страшного, — быстро сказала Ирина.

— Короче говоря, пришел я к вам затем, чтобы напомнить, что для принятия верного решения надо видеть обстановку максимально близко к реальности. То, что правильно в сказочном царстве всеобщей справедливости, не годится в настоящей жизни, увы…

После этой иезуитской речи Макаров ушел, а Ирина бросилась укладывать Володю, которому следовало видеть уже десятый сон.

События последних суток так вымотали ее, что размышлять о предстоящем процессе и связанной с ним этической дилеммой совсем не осталось сил. По ходу дела разберется, сейчас на повестке дня более насущные проблемы.

Володя угомонился мгновенно, он вообще спал очень хорошо, а Егор все равно будет читать, пока книга не выпадет из рук, не под лампой, так с фонариком под одеялом, и бесполезно с ним по этому поводу скандалить. Ирина быстро приняла душ и легла, готовясь к бессонной и тревожной ночи, однако, хоть сон и вправду не шел, на сердце было спокойно. Неужели Макаров так повлиял? Просто сказал, что готов помочь, и вот ей уже легче. Уже она чувствует, что не одна.

Тут Ирина вспомнила о Яне и резко села в постели. Бедная девушка, ей ведь тоже в семье не с кем поделиться своей тревогой!

Возлюбленная Виктора Зейды Яна официально считалась членом дружеской компании, была принята в доме, гостила вместе с Витей на даче, но близкими подругами они с Ириной так и не стали, хотя нравились друг другу. Наверное, загвоздка заключалась в том, что Яна была молодым специалистом, а Ирина считалась уже опытным судьей и авторитетным сотрудником. Яна немного при ней робела, называла на «вы» и смотрела снизу вверх, отчего Ирина чувствовала на своих плечах вес каждой секунды из тех семи лет, что она дольше Яны жила на белом свете. Если с Витей, Женей Горьковым и его женой Лидой она была на равных, то присутствие в компании Яны сразу придавало Ирине какой-то родительский статус. Будто она не жена, а мама или старшая сестра, которую ребята из вежливости пригласили посидеть в своем кругу.

Яна не откровенничала, но от Зейды Ирина знала, что отношения у них складываются очень непросто. То есть между собой они прекрасно ладили, но вот родители Яны категорически не желали видеть Витю своим зятем. И, в общем, трудно было их за это винить, ибо Зейда являл собой воплощенный кошмар ленинградского родителя-интеллигента. Хохол, военный и без городской прописки, трудно представить себе что-то хуже. Витя клялся, что никоим образом не претендует на прописку, но тщетно. Родители Яны придерживались американского юридического принципа «все, что вы скажете, может и будет использовано против вас», и виртуозно выворачивали любые слова Зейды наизнанку. Например, Витя говорил, что прописка не нужна ему не просто так, а с дальним прицелом. офицерам без жилья оное предоставляется Министерством Обороны, а у кого прописка, тот в пролете. Казалось бы, убедительное доказательство, что жених не имеет меркантильного интереса. А вот не тут-то было! Родители Яны представили Витины слова так, что он только и думает, где бы урвать кусок побольше, им руководит голый расчет, поэтому будь уверена, Яночка, он с тобой, только пока ему это выгодно.

У Яны недоставало сил ни выйти замуж наперекор родительской воле, ни порвать с неугодным женихом, поэтому бедная девушка жила как на пороховой бочке. Дома бушевали скандалы, а Витя терпеливо ждал, но Яна понимала, что терпение мужчины не безгранично. За годы службы он привык к кочевой жизни, но подходит возраст, когда хочется семью, детей, уюта, в конце концов, борща, и этот прекрасный комплект ему может предоставить не одна только Яна Подгорная.

...Взглянув на будильник, Ирина накинула на ночнушку шаль и нехотя побрела к телефону.

— Ой, Ира, как я рада! — на секунду показалось, что Яна всхлипнула. На заднем плане послышался недовольный женский голос, видимо, мама выговаривает за поздние звонки, хотя еще целых пять минут до десяти вечера, контрольного часа.

Ирина пригласила Яну завтра приехать в гости, и по тому, с какой радостью та согласилась, стало ясно, что бедной девочке в самом деле не с кем разделить свои печали и тревоги.

«Вот ты балда, — ругала себя Ирина, ложась, — все я да я, ах, не хочу быть в компании самой старой бабой! Но ты ведь и есть самая старая, и это, черт возьми, не так уж и плохо! Ты могла бы помогать этой юной дурочке, поддерживать в нелегкой освободительной борьбе, а ты хотела быть такой же свиристелкой, как она, и почему-то на нее сердилась, что это невозможно! Бери пример с Гортензии Андреевны! Старушка никогда не ведет себя на равных, всегда ее жизненный опыт к твоим услугам, хотя наверняка ей тоже хочется побыть такой же молодой, как ты».

Яна приехала около семи, с вафельным тортиком и сеточкой апельсинов для детей.

В полумраке коридора она показалась Ирине вполне обычной, но когда вошли в кухню, у Ирины сердце сжалось, так девушка осунулась и подурнела.

Оказалось, что Яна тоже ждет ребенка и тоже не знает, что делать.

— Думаю, вы просто поженитесь, когда Витя вернется, и все, — улыбнулась Ирина, пытаясь нарезать тортик так, чтобы не сломать хрупкий шоколадный слой, — и у вас родится прекрасный малыш.

— А если не вернется? Ах, Ирина Андреевна, если бы мы были уже женаты, я бы ни секунды не сомневалась! Но как я рожу внебрачного ребенка? Папа с мамой этого не перенесут!

Ирина тихонько погладила Яну по плечу. Девушка заплакала, крупные тяжелые слезы падали в чашку, как капли летнего ливня в пожарную бочку на даче. Так плачут только дети и совсем молодые люди, не знавшие еще настоящего горя.

Ирина отвела Яну к себе, уложила на кровать, закутала пледом и села рядышком. О своих бедах сегодня придется забыть, ну да ничего. Яне труднее, чем ей, потому что если Витя не вернется, то Яне предстоит судьба матери-одиночки, до сих пор считающаяся в нашем обществе позорной. С другой стороны, сейчас в ее животике находится последний шанс Вити на продолжение рода. Чем рискнуть, унизительной жизнью или бездетным браком? Непросто найти верное решение…

Яна всхлипывала в подушку совсем по-детски, Ирина гладила ее по вздрагивающему плечику и думала, как жаль, что сама она уже разучилась так рыдать. Ее удел — скупые и едкие слезы зрелости, не приносящие облегчения.

— Как же поступить, Ирина Андреевна?

— Не знаю, Яночка. Этот выбор вы должны сделать сами.

Сердце сжалось от жалости к этой девочке, ведь Ирина понимала, как тяжело решать, когда над тобой довлеет страх, чудовищно искажающий картину реальности.

Очень трудно, когда ужас перед родителями застилает глаза, и, кажется, готов на все, лишь бы избежать их гнева.

Чуть-чуть поколебавшись, Ирина предложила Яне несколько дней пожить у нее. Вместе им будет веселее, а главное, в спокойной обстановке Яна вернее поймет, как правильно поступить.

* * *

Иван вернулся домой только вечером в понедельник.

Переночевали в профилактории, где на них смотрели со странной смесью восхищения и ужаса, как на воскресших мертвецов, с утра хотели лететь на ближайших рейсах, но оказалось, что у руководства авиаотряда осталось еще много вопросов к экипажу.

Повторяя начальнику авиаотряда подробности происшествия, Иван понял, насколько прав был Лев Михайлович, когда приказал говорить правду. Если бы они вчера сговорились, придумали стройную версию, то сегодня он вряд ли сумел бы ее повторить без расхождения со вчерашними показаниями, а так спокойно рассказал, как было, и не позволил сбить себя с толку каверзными вопросами.

Кажется, искренность экипажа произвела хорошее впечатление, потому что их накормили обедом в столовой для начальства и посадили в самолет, как королей.

Не успели приземлиться, как попали в клещи к собственному начальству, где пришлось повторить все по третьему разу.

Иван ожидал феерического разноса, но после соблюдения формальностей начальник авиаотряда сказал, что гордится ими, и пожал руки так сердечно, что Иван едва не прослезился. Начальник предупредил, что их отстранят от полетов на неопределенный срок, но это не должно тревожить и пугать, ведь таковы правила. Как только расследование будет закончено, а врачи подтвердят, что пилоты готовы исполнять свои обязанности, они сразу вернутся в строй.

— А пока отдыхайте, ребята, занимайтесь семьей, — сказал начальник добродушно, — наверняка ведь у всех долгов накопилось по этой части... И вот еще что. По своему опыту знаю, что оно еще будет накрывать. Кажется, все позади, а оно нет-нет да и накатит. Поделать тут ничего особенно нельзя, но если знать, что это нормально, то и переживать легче.

Иван кивнул, а сам удивился тонкой душевной организации гражданского человека. Когда он катапультировался, ситуация была похлеще, чем сейчас, а ничего на него потом не накатывало и ничем не накрывало. И сейчас не будет.

То ли от воспоминания, то ли просто от усталости, но вдруг сильно заныла спина в месте сломанных позвонков, и Иван едва не поддался искушению взять такси до дома, но, сообразив, что из-за отстранения пару месяцев будет получать гораздо меньше обычного, поехал общественным транспортом.

Дома никто не вышел его встречать. Иван постоял в прихожей, прислушиваясь. Из кухни раздавалось шипение масла на сковороде, звон посуды, в Стасиковой комнате дед выговаривал внуку: «Опять ты лежишь, как старая барыня на вате», все как каждый день.

Аппетитно пахло жареным луком, на полке для обуви аккуратно стояли ботики сына, совсем крошечные рядом с его собственными кроссовками.

«Вот я и вернулся, — вздохнул Иван, — после ненастоящей смерти в ненастоящую жизнь».

Надеясь, что спецслужбы сработают добросовестно и слухи о необычной посадке в Ленинграде не докатятся до Москвы, Иван не стал ничего рассказывать родным. Лиза и так не спрашивала, а отцу он сдержанно доложил, что пришлось сесть в Пулково из-за технической неисправности, никто не пострадал, но формально это предпосылка к летному происшествию, и до конца разбирательств экипаж отстранили от полетов. Папа процедил: «Надеюсь, что твоей вины тут нет», а на лице его появилось привычное выражение брезгливости, как бывало всегда, если сын не оправдывал ожиданий. Это выражение до сих пор больно уязвляло Ивана, и он даже всерьез хотел не рассказывать про отстранение, чтобы его не видеть, просто не сумел придумать, где ночевать, когда он якобы в рейсе.

Зайцев сказал воспринимать отстранение как отпуск, но у Ивана пока не получалось.

Было очень странно оставаться дома одному, как неприкаянному. Он собирался, но понимал, что в аэропорту ему, конечно, всегда рады, но все заняты своей работой, и вид праздношатающегося пилота будет только раздражать людей. Тогда Иван просто ехал куда глаза глядят, выходил в незнакомом районе и гулял, чувствуя себя призраком.

Пробовал ставить себе цели, например, купить Стасику книгу, которую тот еще не читал, или прочесать мебельные, вдруг выкинут приличный диван, а то их с Лизой совсем расшатался.

Только это не очень помогало, безделье с каждым днем все сильнее пригибало его к земле, и вместо отдыха получалась тоска.

Он бы, наверное, совсем зачах, но тут позвонил Лев Михайлович с вопросом, не хочет ли Иван поработать на любимого командира.

Иван согласился, и на следующий день поехал к Зайцеву на дачу, где под руководством его супруги, суровой женщины, поразительно похожей на Чингисхана, весь день копал ямы под фундаментальный забор.

После трудов праведных попарились в баньке, выпили, и Ивану полегчало. Зайцев признался, что дал ему отменную характеристику официально, и неофициально тоже сказал, кому надо, так что после завершения расследования Ивана введут командиром, дело решенное. Поэтому сейчас надо не бездельем маяться, а читать умные книжки, в том числе и по психологии, чтобы подойти к новой должности уже во всеоружии.

— Техника — это, конечно, хорошо, — приговаривал Лев Михайлович, методично стегая Ивана вениками, — но летают-то на ней люди, к ним должно быть главное внимание. Вот ты посадил на воду, всех спас, герой-разгерой, верно?

— Да я просто…

— Верно, верно, не скромничай! Ты молодец! Но если бы я тебя не слушал? А? Не дал бы тебе выговориться, так и не знал бы, что ты имеешь опыт приводнения, и что тогда? Еще я мог экипаж так застращать, что мы бы и до Ленинграда не долетели.

— Лев Михайлович, что мы живы, это целиком ваша заслуга.

Укоризненно покачав головой, Зайцев плеснул еще водички на раскаленные камни и сел на полок.

— Балда ты, Ваня, балда, — сказал он горестно, — я же не свою доблесть хочу выпятить. Мне уж чего, пенсионеру старому, выпендриваться. Я к тому это говорю, чтобы ты понял — если у тебя больше силы, чем у других, то трать ее на поддержку, а не на давление.

На следующий день Иван отправился в библиотеку, расположенную на первом этаже соседнего жилого дома, где ему выдали армейский учебник по психологии образца пятидесятого года и брошюру «Психология старшеклассника». Это было все, чем районная библиотека располагала по данному вопросу, но Иван понадеялся, что военная мысль окажется простой, ясной и исчерпывающей и не потребует от него более глубокого изучения предмета.

Дома он сел за стол, приготовил тетрадь и ручку для конспекта, раскрыл учебник, но не успел осудить вульгарных материалистов, которые пытаются отождествить психику с материей, как позвонили из аэропорта, чтобы он приехал и дал показания.

— Чистая формальность, — успокоили Ивана, и он не сомневался, что это в самом деле так. Когда происходят крупные происшествия, органы следствия просто обязаны отреагировать, таков порядок.

Следователь оказался симпатичным человеком лет сорока или чуть больше, и Иван довольно приятно провел время, беседуя с ним.

Он повторил свой рапорт о происшествии, но более подробно, с пояснениями, необходимыми для несведущего человека.

Следователь слушал с азартом, будто смотрел интересный фильм, охал, округлял глаза в самых острых моментах, искренне восхищался мастерством и выдержкой пилотов, а в конце встречи, после того как Иван подписал протокол, заверил, что волноваться не о чем, после технической экспертизы самолета дело будет прекращено.

Услышав это обещание, Иван приободрился, и только по дороге домой сообразил, что радоваться-то особо нечему. Почему сразу не прекращено, если нет ошибки экипажа? А как же неисправный механизм стойки шасси? За это никому не надо отвечать? Не хочет ли приятный интеллигентный следователь доказать вину конструкторского бюро или авиастроительного предприятия? В крайнем случае выследить иностранного шпиона и вредителя, вкрутившего неисправный болт с целью диверсии? Почему дело никогда не продвигается дальше ошибки исполнителя? А самое грустное, что этот самый исполнитель, если его не наказали, счастлив как дитя, прыгает до небес от радости, что торпеда прошла мимо, и в голову не приходит потребовать удовлетворения за пережитый стресс. Если вдруг они всем экипажем во главе с Зайцевым пишут телегу в прокуратуру, требуя возобновить расследование и наказать людей, чьи действия чуть не привели к гибели пятидесяти человек, то это будет расценено в лучшем случае как коллективное психическое расстройство, вызванное пережитым стрессом. Вернее же всего, сработает железный принцип: высунулся — получи! Хочешь знать, кто виноват? Так ты сам и виноват! Понял? Вот и молчи в тряпочку…

Вечером Стасик расчихался, глаза заблестели, а градусник показал тридцать семь и шесть, температура не такая высокая, чтобы сильно тревожиться, но стало ясно, что в сад он завтра не пойдет.

Иван сказал, что останется с сыном, все равно ведь дома сидит. Лиза сначала приняла эту идею в штыки, ведь он не умеет ухаживать за больным ребенком, но подумала и согласилась, потому что из-за частых больничных перед ней всерьез маячила перспектива отчисления из ординатуры.

В сотый раз выслушав указание записать все, что скажет участковый врач, после чего немедленно позвонить Лизе на работу и получить дальнейшие инструкции, Иван закрыл за женой дверь и принялся названивать в поликлинику.

Вызвав врача, Иван прошелся по квартире влажной тряпкой, поставил по линеечке обувь в коридоре, зашел к спящему Стасику, по указу жены проверил, чтобы он не вздумал снять шерстяные носочки, подоткнул одеяло и сел за «Психологию», но взгляд скользил по буквам, а мозг, согласно учебнику, особая материя, никак не хотел складывать их в слова.

— Наверное, у меня в голове материя не особая. — Иван с треском захлопнул книжку, отчего на него пахнуло библиотечной пылью.

В кухне на широком подоконнике стояла пятилитровая банка с клюквой, витамины для Стасика. За зиму Лиза использовала почти все, но несколько десятков рубиновых ягод еще плавало у поверхности воды, и Иван решил сварить из них кисель.

Он, конечно, не баловал себя гастрономическими изысками, пока служил, и нежно любимый кисель варил себе в основном из готового концентрата, который был хорош еще и тем, что в минуту депрессии его можно было погрызть и вспомнить детство. Но из свежих ягод тоже мог приготовить, невелика наука.

Он выловил клюкву из банки, не забыв оставить немного «на развод», растолок в кастрюльке вместе с сахаром, залил водой и отправил на плиту.

Пока закипало, открыл шкафчик и уставился на ровный ряд красных в белый горошек жестяных коробок, пытаясь понять, в какой из них Лиза хранит крахмал.

Далеко ведь не факт, что в банке с соответствующей надписью.

Иван снял банку с полки и откинул крышку. Так, внутри белый порошок, но крахмал это, или мука, или сода, а может, вообще яд кураре — поди знай.

На всякий случай он заглянул в банку с надписью «Греча», увидел там фасоль и понял, что доверять этикеткам точно не следует.

Тут в кухне показался Стасик, одетый в колготки и фланелевую рубашку.

— Папа? — удивился он. — А мама где?

— Я за нее. А ты что встал? Беги в кроватку, я тебе принесу покушать.

Стасик покачал головой:

— Дедушка говорит, что настоящие мужчины днем в кровати не лежат.

Иван не нашелся что ответить и зажег газ под сковородкой, чтобы подогреть для ребенка сырники.

— Ты с чем будешь, со сметаной или с вареньем?

Выбрав сметану, Стасик сел на стул, а Иван сбегал в комнату, принес ему дополнительные шерстяные носки и кофту.

— Слушай, сын, ты не знаешь, где мама хранит крахмал? Хочу тебе кисель сварить.

— В шкафу.

— Я имею в виду, в какой банке?

— Где крахмал.

— Точно?

Сын пожал плечами.

— Ну вот смотри, — Иван показал Стасику открытую банку, — он — не он? Как понять?

— Если потереть между пальцев, крахмал заскрипит, — сообщил Стасик.

Иван послушно взял щепотку, покатал по ладони, но ничего не понял.

— Черт его знает, скрипит или нет. Как думаешь, сынуля?

— Можно еще капнуть йода.

— В смысле?

— Йод от крахмала становится синий, — сказал Стасик, — химическая реакция.

Иван чуть мимо стула не сел от изумления. В свои шесть лет он знал только, что йод больно щиплется, когда им мажут содранные коленки, а слова «химическая реакция» представлялись пустым сотрясением воздуха.

— Ну давай попробуем.

Он поставил перед сыном тарелку с сырниками, а сам побежал в ванную за йодом. Темный маленький пузырек нашелся быстро, в стеклянном шкафчике с аптечкой, зато пипетку пришлось поискать. Точнее, она была на месте, но резиновая часть совсем ссохлась, стала хрупкой, и Иван перерыл все лекарства, пока нашел новую резинку.

Ничего он не знает в своем доме, где у него что…

Иван насыпал немного предположительного крахмала на блюдечко, хотел открывать йод, но спохватился и поручил провести эксперимент Стасику как автору дерзкой гипотезы. Кажется, именно так принято в научных кругах.

Сын важно набрал в пипетку немного йода и капнул. Затаив дыхание, Иван смотрел, как йодная клякса стремительно синеет.

— Ох ни фига ж себе! — воскликнул он.

— Наука, — снисходительно заметил Стасик и вернулся к своим сырникам с самым невозмутимым видом, а Иван растворил нужную порцию крахмала в воде, влил его в процеженную клюкву и принялся стремительно размешивать, чтобы не было комочков.

Только он выключил газ, как позвонила жена.

— Ну что? — спросила она напористо. — Температура?

— Еще не мерили, но я лоб потрогал, кажется, невысокая. Мы только позавтракали, Лиза.

— Он хорошо покушал?

— Вроде нормально. Слушай, он оделся, ничего? Или уложить обратно в кровать?

Лиза задумалась.

— Смотри по ситуации, — сказала она наконец, — если высокой температуры нет, то пусть полежит под пледиком. Главное, чтобы не носился.

— Хорошо.

— Он плохо ест, когда болеет, ты не считай это, пожалуйста, капризами.

— В мыслях нет, — заверил Иван.

— Дай ему, что захочет, ладно?

— Не волнуйся, Лиза, я киселя сварил.

— Да?

— Ну да, вкусно и питательно.

Жена в трубке вздохнула:

— Ваня, Стасик ненавидит кисель, просто терпеть не может.

— Ладно, сам выпью, а ему чаю с лимоном дам.

После завтрака Стасик послушно поставил градусник, схватился за книжку и немедленно провалился в нее так глубоко, что не заметил, как отец вытащил термометр.

Набежало тридцать семь и четыре. Иван не знал, хорошо это или плохо, поэтому просто записал в блокнотик и стал ждать врача.

Принес Стасику чаю, хотел о чем-нибудь поговорить, но сын оторвался от чтения так неохотно, что Иван молча погладил его по голове и ретировался.

Сознавать свое бессилие было тяжело и тошно. Ничего он не может сделать для здоровья сына, а если делает, то только во вред. Взял, идиот, извел последние витамины на кисель…

Иван решил вечером, когда Лиза вернется с работы, сгонять на рынок и купить там всяких полезных фруктов для ребенка, а пока заняться было нечем.

Домашние дела Лиза все переделала, а психология не шла на ум, как Иван ни пытался усвоить чеканные армейские строки.

Участковая пришла поздно, во второй половине дня, когда отец уже вернулся с работы (последние годы он трудился на полставки).

Бесконечные Стасиковы болезни вынудили Лизу сблизиться с педиатром, и теперь они были настоящие подруги, поэтому Иван, следуя наказу жены, пригласил участковую выпить чаю и немножко передохнуть перед другими вызовами. Он с удовольствием дал бы ей лучше пять рублей в конвертике, но ритуал есть ритуал.

— Так вы говорите, ничего страшного? — спросил он, ставя на стол абрикосовое варенье, которое Лиза утром специально для этой цели перелила в хрустальную вазу на длинной тонкой ноге.

— Обычная простуда, — педиатр улыбнулась и подула на чай, — насморк, который, как вы знаете, лечишь, проходит за семь дней, а не лечишь — за неделю.

— Точно ничего страшного? Не пневмония?

— В легких чисто.

Иван вздохнул. Ему нравилась эта женщина средних лет с усталым, но милым и уютным лицом, какое бывает только у очень добрых людей, посвятивших себя важной и полезной работе. Труд участкового врача казался Ивану дикой каторгой, в сравнении с которой его собственная работа — не более чем воскресный день в парке аттракционов.

Однако получает он в три с половиной раза больше. Несправедливо. Иван нахмурился, прикидывая, обрадуется она или обидится, если он все-таки даст ей денег, но тут в кухню вошел отец.

Участковая приветствовала его как старого приятеля, гораздо теплее, чем Ивана.

— Ольга Васильевна, скажите, может быть, есть причина, почему Стасик так часто простужается? — спросил отец.

Она пожала плечами:

— Просто мальчик из категории ЧБД, что поделаешь.

— Что?

— Часто болеющие дети, — улыбнулась педиатр, — такой феномен. Сейчас тяжело, но со временем Стасик, что называется, перерастет и станет здоровее нас.

— Это не объяснение. Есть какой-то дефект, который вызывает все эти болезни, и, по-хорошему, надо выявить его и устранить, а не бить по хвостам!

Иван поморщился от слова «дефект» и заметил, что Ольга Васильевна знает свою работу.

— Меня интересует не компетентность Ольги Васильевны, а здоровье внука! — отчеканил отец. — Если вы сами не можете найти, направьте ребенка на обследование...

— Николай Иванович, года не прошло, как он лежал в педиатрическом институте.

— Важен результат.

— Так он и был. Лучшие профессора смотрели ребенка, провели самые современные исследования и, слава богу, не нашли ничего серьезного.

Отец хмыкнул, недоверчиво поджав губы.

Педиатр отодвинула почти нетронутую чашку:

— Ну хорошо, раз уж вы спросили... Скажите, пожалуйста, психологический климат у вас в семье какой?

— Отличный климат, — немедленно рапортовал отец, — оранжерейный немного для Стасика, но в целом прекрасный.

— Никто не обижает ребенка?

— Ну что вы! У нас крепкая здоровая семья!

— Да я вижу, Николай Иванович, — участковая улыбнулась, — так просто спросила. Видите ли, в своей практике мне порой приходится сталкиваться с подобным явлением. Ребенок не вылезает из болезней, карточка такая, что в регистратуру не помещается, то одно, то другое, и никто не знает, в чем причина. Но когда походишь в семью, присмотришься, то выясняется, что или мама истеричка, или папа тихий алкоголик, или родители люто друг друга ненавидят, или еще какая-нибудь психопатическая составляющая в быту.

— У нас нет ничего подобного, — отрезал отец.

— Вижу, вижу, просто вы спросили, а я говорю, что, когда в семье нездоровая психологическая обстановка, дети обязательно страдают. Которые послабее, ломаются, посильнее и поглупее — ожесточаются, а самые лучшие, самые светлые и самые духовно сильные дети уходят в болезнь. Они слишком умны, чтобы отрицать реальную картину мира, слишком сильны, чтобы уничтожить свою личность, так что в их распоряжении остается только одно — уничтожать свое физическое тело.

Отец вдруг выпрямился, как в строю.

— Что вы несете? — оборвал он Ольгу Васильевну. — Пришли в мой дом и на голубом глазу порете какую-то антинаучную ересь! Хотите прикрыть свою некомпетентность еще большим невежеством? Как не стыдно! Советский врач, коммунистка, и пытаетесь запудрить мне мозги какими-то оккультными науками!

— Папа, успокойся, пожалуйста! — зашипел Иван, — Ольга Васильевна просто поделилась своим наблюдением…

— Нет, сын! Она сознательно хочет нас перессорить! Нет, дорогая моя, я этого вам не спущу, будьте уверены! Я пойду к вашему руководству и в партийную организацию и поставлю вопрос, имеет ли право человек, проповедующий такие идеи, носить гордое звание советского врача!

— Папа, папа, перестань. — Иван пытался вытеснить отца из кухни, но тот намертво утвердился в дверном проеме. — Доктору еще по вызовам ходить, зачем ты ее накручиваешь… Ольга Васильевна, не волнуйтесь, он никуда не станет обращаться.

— А вот пойду, — набычился отец. — Не ради себя, так ради других семей.

— Папа!

— Что и требовалось доказать, — улыбнулась педиатр, вставая. — Николай Иванович, идите к главврачу, это ваше право, а на парторганизацию не тратьте время, я беспартийная.

— Оно и видно. — С этими словами отец развернулся и гордо удалился.

Участковый врач тоже вышла из кухни.

— Ольга Васильевна, извините, пожалуйста! — Иван подал ей плащ. — Никак не думал, что в нашем доме вы нарветесь на такой прием.

— Ой, Иван Николаевич, я вас умоляю, — доктор засмеялась, — Стулом в голову не бросили, и на том спасибо!

— Не волнуйтесь, я его угомоню, никуда он не станет обращаться.

— Да ради бога, первый раз, что ли… А про Стасика подумайте. У детей огромные компенсаторные возможности, но ни один механизм не работает вечно. Подрастет, начнет сопротивляться, вы надавите сильнее… — Ольга Васильевна вздохнула, — …потом еще сильнее, и в конце концов сломаете. Болеть ребенок перестанет, но дальше пойдет по жизни глубоким психическим инвалидом.

Отец долго не мог утихомириться, все ворчал себе под нос о безмозглом поколении, верящем во всяких йогов и Джун, и какой ужас ждет человечество, если это мракобесие спускать на тормозах. Оглянуться не успеем, как в каждой поликлинике будет сидеть филиппинский хилер вместо хирурга. А дальше что? Вот именно, пещерный век!

Иван рассеянно кивал, зная, что воркотня — хороший признак, папа выговорится, успокоится и жаловаться никуда не станет.

Сам он тоже не принял всерьез слов педиатра, ибо категорически не верил в энергетические поля, чакры, предчувствия и прочий подобный мусор. Есть ребенок, есть микроб, победит сильнейший, вот и все. Стасику не повезло, достался слабый иммунитет, и это никакими биополями не выправишь. Тем более что психологический климат в семье у них действительно отличный. Лиза — прекрасная мать, он со своими вечными отлучками не эталон отца, но и не самый плохой вариант. Мужчина должен прежде всего обеспечивать материальное благополучие семьи, чем он и занимается. Точнее, занимался до недавнего времени, но скоро опять будет. Зайцев говорит, что к полетам должны допустить недели через две. А в остальном… Он не скандалит, не срывает плохое настроение на жене и сыне, чего еще-то? Дед внука обожает, если надо, голову за него положит без малейших колебаний. Немножко строговат, но это только для пользы Стасика, иначе мужчину не воспитаешь. Ведь он перерастет свои болезни, выйдет в жизнь, а как в ней освоиться, если ты оранжерейный цветок? По-хорошему, Иван должен в ноги отцу кланяться, что тот взял на себя самые неприятные отцовские обязанности, а не рассуждать, какой он там климат создает.

По существу, Иван разделял негодование отца, просто не считал, что надо нападать на измученную женщину, если ее мнение не совпадает с твоим. Свое дело Ольга Васильевна знает туго, а факультативно имеет право пороть любую чушь. Главное, она помогает Стасику, а там пусть хоть в НЛО верит, на здоровье.

После ухода врача Иван понесся на рынок, размахивая сеточкой, и в голову ему полезли не самые приятные мысли.

Иван вспомнил собственное детство, темную и тягостную череду дней, в которые родители его не замечали. Поводом к бойкоту служили порой самые, на взгляд Ивана, незначительные мелочи: двойка по математике, недостаточно чисто убранная комната, разбитая тарелка или просто дерзкий, по мнению отца, ответ. Оправдания типа «я случайно» не принимались. Двойки и тарелки были результатом недопустимой расхлябанности и невнимательности, а ответы — целенаправленным оскорблением. Вынеся этот вердикт, отец замолкал, пока Иван не приходил с повинной. Мама явно не хотела участвовать в этих бойкотах, она по-партизански целовала его и обнимала, но официально поддерживала наказание.

Наверное, это была необходимая воспитательная мера, потому что если бы баловали, то из него не получилось бы ничего путного. Вырос бы изнеженный, капризный мужчинка, вечный мэнээс, и ничего больше. А так все-таки интересно пожил, послужил достойно, полетал на истребителе, а после травмы не пал духом, не спился, а освоил профессию гражданского пилота. Без отцовской закалки он бы этого не смог, но почему так ярко вспоминается сейчас это противное ощущение тоски и безысходности, преследовавшее его во время бойкотов?

Нет, он не заболевал, но в такие дни чувствовал себя немного неживым, чуть-чуть мертвым. Однажды он с очередной двойкой в портфеле брел домой, будто по колено в песке. Накануне в молочном прямо перед его носом кончился кефир, а отец решил, будто он заигрался и вообще не ходил в магазин, и, конечно, не мог стерпеть «наплевательское отношение», поэтому объявил бойкот, который, к огромному сожалению, не отменял ежедневного просмотра дневника, и Иван тащился еле-еле, предвкушая новую нотацию и наказание.

От тоски он не смотрел по сторонам и провалился в люк. Там оказалось совсем неглубоко, и трубы, на которые Иван приземлился, были обернуты чем-то мягким, так что он не ушибся. Пахло подвалом, но довольно терпимо, а дневной свет, проникавший через отверстие, освещал только небольшой пятачок, дальше все терялось в темноте, идти в которую казалось страшно. Иван для приличия покричал, а когда никто не пришел, сел на свой портфель и стал ждать смерти. Он знал, что задохнется, или съедят крысы, или тоннель затопит водой и он утонет, но все равно это было лучше, чем идти домой к отцу. Это было избавление. Просидел он так минут десять, показавшиеся ему, естественно, часами, потом пришли рабочие закрывать крышку, и один из них случайно глянул вниз и увидел Ивана. Вероятно, этот взгляд спас ему жизнь.

Мужики вытащили его, отряхнули, как умели, и он побрел на свою Голгофу. Один плюс в происшествии все-таки был: загаженное в канализации пальто затмило все остальные прегрешения, про дневник никто не вспомнил. Он попытался объяснить, что не виноват, что провалился случайно, но отец не стал слушать, ибо надо уметь отвечать за свои проступки. «Мне очень грустно видеть, сын, что ты готов лгать и фантазировать, лишь бы избежать наказания! Я думал, что научил тебя тому, что правда прежде всего, а ты, оказывается, трус и врунишка».

Иван так погрузился в воспоминания, что чуть не забыл, куда идет. Спохватился возле самых ворот рынка.

Он прошел вдоль ряда железных прилавков с навесами, огляделся и выбрал смуглого человека в белом фартуке, повязанном поверх черного ватника. Купил у него килограмм красных остроносых яблок, которые Стасик любил больше других, взял апельсинчиков и лимон для чая.

Развернулся, почти вышел с территории рынка, но сообразил, что раз сидит дома с ребенком, значит, ему и готовить. Следовательно, стоит прикупить приличных продуктов, чтобы максимально облегчить себе это дело.

В низком полутемном зале рынка на длинных мраморных столах были разложены куски свежей говядины. Иван не разбирался в тонкостях выбора мяса, и висящий на стене огромный плакат со схематическим изображением коровы ничем ему не помог, только напомнил фильм «Полосатый рейс». Иван засмеялся и попросил у полной тетечки с мощной кичкой на голове кусочек на суп, а на второе купил курицу. «Посыплю солью с перцем — и в духовку, — решил он, — а в суп капусты побольше накидаю, и отлично получится».

Прикупил заодно и кочанчик, жалея, что нельзя отовариваться так каждый день. Нет, в принципе, можно, но тогда все деньги будут уходить на еду, а ведь есть еще и другие статьи расхода. Вот и приходится Лизе стоять в очередях, выдумывать разные кулинарные хитрости, чтобы семья вкусно питалась. У отца, в принципе, есть льготы как у Героя Советского Союза, и как сотрудник райкома партии он тоже теоретически имеет доступ к дефициту, но папа не любит и стесняется этим пользоваться. Без очереди никуда не идет, даже в Эрмитаж, когда они прошлым летом возили Стасика посмотреть культурную столицу. Бесплатный билет да, а без очереди — нет. Иван как-то заикнулся, он и так не рвался лицезреть великое искусство, а еще полдня убить в очереди за билетами вообще казалось дикостью, вот он и стал подзуживать отца, мол, пошли, ты заслужил. Не ради себя, так ради внука. Лиза тогда вдруг огрызнулась: «Вот именно, Николай Иванович заслужил, а не ты, и только он имеет право решать, что делать со своими привилегиями. Так что стой и молчи». Иван и не думал, что его тихая жена способна дать такой суровый отпор.

Нет, папа у него отличный и воспитал сына правильно. Надо его благодарить, а не вспоминать старые обиды! Только он-то был парень здоровый и, что греха таить, туповатый, об его психику можно орехи колоть, а Стасик другой. Он в три раза умнее своего папаши, нервный, тонкий мальчик, наверное, гораздо тяжелее переживает дедовы воспитательные бойкоты.

Да, дед спуску не дает, несмотря ни на какие болезни. Правда, Лизу ему никак не удается перетянуть на свою сторону, и Иван тоже не поддерживает, потому что из-за работы и так видит сына три дня в неделю. Отец сердится, убеждает, что они всей семьей должны «искоренять недостатки» и «держаться единого курса», из-за этого у них с Лизой тоже бывают периоды дипломатической блокады, а Иван мечется между всеми, как какая-нибудь Швейцария.

Зимой Иван из-за погоды застрял в Таллине и наконец смог пробежаться там по магазинам. Купил Лизе сабо, о которых та давно мечтала, а Стасику урвал шикарную финскую куртку, голубую с красными полосками и с капюшоном, отороченным мехом, как у настоящих полярников. Сын пришел в восторг, торчал перед зеркалом, в мечтах, наверное, представляя себя покорителем Севера. И тут на беду Лиза решила, что это хороший повод помириться деду с внуком. То ли Стасик тогда мусор не вынес по первому свистку, то ли что-то еще столь же ужасающее совершил, но дед с ним не разговаривал.

Лиза сказала Стасику похвастаться деду новой курткой, сын явно не хотел, но пошел и в ответ получил презрительное «ты этого не стоишь».

Радость потухла мгновенно. Выйдя из дедовой комнаты, Стасик аккуратно повесил куртку в шкаф и ушел читать, не сказав ни слова.

Лиза побежала утешать сына, а Иван остался растерянный и пораженный. Он не думал, что отец может быть так жесток.

Потом, конечно, убедил себя, что это они с Лизой виноваты, не учли непреклонный нрав отца, но все равно осталось на душе что-то нехорошее. И у Стасика наверняка осталось.

…После ужина Иван решился.

— Можно? — Он заглянул в комнату к отцу.

Папа сидел в кресле и читал.

— Да, сын, заходи, — сказал он, откладывая книгу, — слушаю тебя.

— Пап, может быть, ты в соответствии с курсом попробуешь политику разрядки? Объявишь мораторий на ядерные испытания, всякое такое?

Отец взглянул на него поверх очков:

— Ты пьян?

— Я имею в виду, давай пока не трогать Стасика. Он же маленький...

— Что значит не трогать? Что за терминология, я, в конце концов, ему родной дед, а не мальчишка во дворе!

— Извини, слово не то подобрал. Просто давай будем к нему добрее, что-то простим лишний раз.

— Иван, попустительство и доброта разные вещи. Вы и так слишком много спускаете ему с рук, прикрываясь его болезненностью. Вырастите расхлябанного маменькиного сынка, барчука, ужаснетесь, а поздно будет.

Иван поморщился. Внезапно ему стало тошно от всех этих высоких эпитетов и цветистых выражений, которыми отец обильно уснащал речь, когда дело шло о воспитании детей. Бесконечные барчуки, кисейные барышни, оранжерейные цветки мелькали калейдоскопом, заслоняя суть.

— Я не говорю, что надо все позволять.

— А что ты тогда хочешь? Нет, все-таки надо сходить в парторганизацию детской поликлиники, пусть знают, какое вредительство творится у них под носом. Вместо того чтобы лечить детей, врач сеет раздор в семьях, распространяя мракобесие. Шутка ли?

Иван вгляделся в отца повнимательнее, надеясь, что он это не всерьез, но не заметил и следа улыбки.

— Просто давай без бойкота. Если что-то не так, скажи, объясни, как надо, и все.

— Ах, сын, разговоры дело пустое. Закрепить надо, а как? Мне вот отец ремнем ума вкладывал, а у меня духу не хватило тебя бить. Сейчас думаю, может быть, и зря. Может, не такая уж глупая пословица, что кто жалеет ремня, не жалеет ребенка.

— Да, и «бьет — значит любит», тоже перл народной мудрости, — буркнул Иван. Про то, как быстро отец постигал науку жизни через ремень, он слышал неоднократно.

— Лучше мы накажем, чем жизнь, — произнес отец с нажимом, — и ты меня, пожалуйста, не учи.

— Я просто прошу тебя быть к нему добрее. Ведь он страдает, Лиза огорчается, пап, неужели тебе самому приятно, когда разлад в семье?

Отец молча встал, снял очки для чтения и аккуратно убрал их в черный пластмассовый футляр. Тщательно протер замшевой тряпочкой стекла очков для дали и надел. Откашлялся:

— Иван, ты должен благодарить меня, что я выполняю твои отцовские обязанности, пока ты гуляешь и пьянствуешь неизвестно где.

— Я? — От удивления Иван сел на край отцовской кровати.

— Ну не я же. Ты наплевал на семью, развлекаешься со всякими бэ...

— С какими бэ, папа?

— Понимаю, что тебе не хочется так называть, но суть от этого не меняется. Женщина, которая путается с женатым мужчиной, — бэ и ничего больше.

Иван набрал уже воздуха, чтобы объяснить, но в душе вдруг появилось почти забытое чувство отчаяния и безысходности, будто внутри тебя черная дыра, которая сейчас тебя же и засосет. Так с ним в детстве бывало, когда он говорил правду, а отец отказывался верить.

— Ты лжешь про вынужденную посадку, чтобы провести ночь с чужой женщиной, шатаешься где-то, приходишь пьяный…

— Я был у Зайцева. Если хочешь, позвони ему и спроси.

— Вот еще унижаться! Естественно, он подтвердит.

Иван встал. В детстве он готов был о стену расшибиться, лишь бы только отец ему поверил, что-то доказывал, но всегда безрезультатно. Самое лучшее сейчас уйти, пока он не сорвался на крик.

— Ты ведешь себя недостойно, сын! Сначала сам возьми себя в руки, а потом уже мне давай советы по воспитанию.

Остатки самообладания ушли на то, чтобы не хлопнуть дверью. Иван стремительно переоделся в спортивный костюм и целый час бегал вокруг квартала, сжигая адреналин, который все выплескивался и выплескивался в кровь, когда он думал, что опять придется просить прощения непонятно за что.

На следующий день у Стасика с утра была уже нормальная температура. Лиза ушла на работу с легким сердцем, а Иван занялся готовкой. Ради такого удивительного зрелища, как папа на кухне, Стасик даже отложил свои книжки и стал помогать, не делом, так советом. Совместными усилиями они бодро сварили мясо в большой кастрюле с ромашкой на боку, ловко и тщательно сняли накипь, после чего убрали огонь.

Иван принялся резать капусту, а Стасик голосом Левитана читал теоретическую часть про супы в книге о вкусной и здоровой пище.

Всякие пряности Лиза хранила в таких же красных банках в горошек, но маленьких, и Иван все перерыл в поисках перца и лаврового листа. Горошек нашелся быстро, но для курицы ему нужен был молотый, который спрятался в банке с надписью «гвоздика».

Сняв с конфорки рассекатель, Иван опалил курицу в высоком огне, включил духовку и стал натирать птицу смесью перца и соли, а сыну поручил чистить чеснок. И для блюда надо, и для ребенка полезно, потому что в чесноке содержатся фитонциды.

«Ах, какой я молодец, все продумал», — радовался Иван, и тут зазвонил телефон. Он побежал отвечать, вытирая руки о женин фартук, в полной уверенности, что это Лиза требует очередную сводку о здоровье сына. Но в трубке раздался мужской голос:

— Алло, Иван Николаевич? Это следователь Марченко, помните?

— Добрый день.

— Вы мне нужны для производства следственных действий.

— Да, пожалуйста, — ответил Иван, и на душе у него сделалось очень неприятно.

— Надо будет подъехать к нам сюда, в Ленинград. Сможете? Если сложности с билетами, я дам телеграмму.

Иван засмеялся:

— Ну что вы, какие сложности, я же пилот. В любое время.

— Вот и хорошо. Завтра сумеете?

— Ой, нет, завтра не получится, — спохватился Иван, — дело в том, что я сейчас на больничном по уходу за ребенком.

— Да? — тон следователя вдруг резко похолодел. — Иван Николаевич, я хотел объяснить все при личной встрече, но раз вы пытаетесь прикрываться больничными листами, скажу сразу. Пришли результаты технической экспертизы, и они для вас не самые благоприятные.

— Вот как? Что же там такое может быть? — удивился Иван.

— Узнаете при встрече. Скажу только, что закрыть дело теперь не получится, и до бесконечности увиливать вы не сможете. Не думайте, что больничный там, госпитализация тут, и правосудию надоест за вами гоняться. Не надоест.

— Я правда с сыном сижу. Жену с работы не отпускают, ну а я пока все равно отстранен… Надеюсь, в понедельник нас выпишут, я тогда во вторник прилечу. Годится?

В трубке помолчали, потом откашлялись.

— Иван Николаевич, следствие всегда сталкивается с некоторыми сложностями, когда обвиняемые проживают в другом городе. Самый простой способ справиться с ними — это поместить обвиняемого в СИЗО, чтобы он всегда был под рукой для производства следственных действий. Но я, Иван Николаевич, не хочу создавать вам лишних проблем и надеюсь, что вы ответите мне тем же.

— Да конечно, я сам хочу побыстрее со всем этим разобраться, — заверил Иван, — но я же не знал, что понадоблюсь вам, вот и взял больничный.

Потеплевшим тоном следователь сказал, что ждет его во вторник, но если Иван не приедет, то последствия для него окажутся самые неблагоприятные.

Иван вернулся к своей курице, думая о том, что такое нехорошее могла показать экспертиза, проведенная в рекордно короткие сроки. Впрочем, чему удивляться, самолет же в этот раз не надо собирать по кусочкам. С другой стороны вода воздействует на технику не менее разрушительным образом, чем удар об землю.

Ему вдруг будто с размаху дали в солнечное сплетение. Перехватило дыхание, и голова пошла кругом от мысли, что одно неверное движение, и сейчас была бы не курица и веселое бульканье щей, а тьма. Одна секунда, один градус, пара километров туда-сюда — и все.

Иван опустился на табуретку. Откажи второй двигатель одновременно с первым, они до реки бы не дотянули, упали в городской черте, забрав с собой не только пассажиров, но еще сотни жизней.

— Папа, ты что? — Стасик заглянул ему в глаза.

Иван заставил себя улыбнуться:

— Все в порядке, просто задумался. Ну что, товарищ второй пилот, затянем газ?

— Затянем!

Наваждение прошло. Вероятно, это и было то самое «накатит», о котором предупреждал начальник авиаотряда, и оно совсем не понравилось Ивану. Что он, трус или девушка, что ли, поддаваться такой ерунде?

Он сел чистить картошку, Стасик тоже попросился, но Иван не дал. Дед приучал, чтобы «не рос белоручкой», только кончалось это обычно порезанными пальцами и диагнозом «неумеха».

Стасик, кажется, расстроился, и Иван вдруг подумал, что бедный ребенок живет в узком диапазоне между «белоручкой» и «неумехой», а суть ведь в том, что у них просто нет достаточно маленького ножа. Вот и вся премудрость.

Вспомнив, что у него где-то валялся перочинный ножик, Иван отправился на поиски и действительно обнаружил его в ящике письменного стола, где Лиза хранила квитанции за квартиру.

Лезвие туго, но открылось, Иван проверил, что само оно не сложится, на всякий случай обмотал стык изолентой и вручил сыну орудие труда.

Через несколько минут стало ясно, что у Стасика получается лучше, чем у отца, и кожуру он срезает гораздо тоньше, так что Иван тоже подтянулся.

Он хищно следил за движениями сына, готовый подстраховать, и думать о следователе было некогда, но когда кухня была прибрана, картошка ждала своего часа, суп томился на минимальном огне, а курица мирно запекалась в духовке, распространяя по квартире весьма аппетитный аромат, Иван ощутил, как в сердце ледяной лягушкой заползает нехорошее предчувствие.

Они всем экипажем ждали результаты экспертизы, но не со страхом, а с интересом. Что вывело из строя двигатели? Птицы? Возможно, и даже скорее всего, они ведь летели на предельно малой высоте, но иначе с неубранными шасси нельзя, так что вины экипажа нет, если птиц засосало в двигатель. Они же пшено и хлебные крошки по лопаткам не рассыпали, мол, цып-цып, давайте сюда.

Нет, экипаж состоял из здравомыслящих людей, поэтому сразу стал ждать наказания, но предполагалось, что все сведется к профилактическому беспредметному разносу типа «вы козлы!». При желании можно придраться к записи переговоров (это всегда можно), но за изучение самолета Иван был спокоен. То, что в стойку шасси вкрутили бракованный болт, стало ясно еще во время полета, но тут они точно ни при чем, потому что при предполетном осмотре никак не могли это выяснить.

Весь полет они работали по инструкции, согласовывая свои действия с землей, тут их не упрекнешь. Нет, совершенно непонятно, что именно неблагоприятное для них могла обнаружить экспертиза. Наверное, следователь просто запугивает, чтобы Иван бодрее предстал пред его ясные очи. А то если не застращать, то он и не приедет подписать бумаги, придется самому к нему тащиться, а не хочется.

Иван успокоился и не стал звонить Льву Михайловичу, чтобы лишний раз не дергать деда. Лучше все выяснит во вторник и тогда уж доложит по существу.

Бояться нечего, старые летчики рассказывали, как их гоняли к следователю и за гораздо менее эпические происшествия, кровь пили, нервы мотали, а потом ничего, обходилось. Такой уж порядок, хочешь летать — терпи.

Обычно Иван спал мирно, без приключений, а тут вдруг приснилось, что он снова в самолете и Лев Михайлович говорит, что они никуда еще не сели, а он просто на секунду задремал. Иван схватился за штурвал и понял, что тот не поддается, стоит мертво. Он обернулся к Павлу Степановичу, чтобы расклинил, но тот молча вышел из кабины. Вода вырастала стеной и неслась Ивану прямо в лицо.

Наверное, он вскрикнул во сне, потому что жена не спала, а внимательно смотрела на него, когда он сел в постели, еще не совсем понимая, где сон, где явь. Сердце билось как бешеное, на спине противно выступил холодный пот, зато во рту будто полно горячего песка.

Лиза молча потрогала его пульс, покачала головой, встала и принесла из кухни стакан воды. Иван выпил, стало немного легче.

— Корвалолу, может? — спросила Лиза.

Иван покачал головой:

— Я что, бабушка, по-твоему?

Лиза снова пожала плечами:

— Бабушка не бабушка, а хоть поспишь нормально.

Иван лег и демонстративно накрылся одеялом с головой, показать, что и без всяких лекарств уснет сейчас прекрасно.

Лиза тоже легла, отчего диван привычно и тоскливо скрипнул. Давно следовало его поменять, но ни у кого не хватало времени этим заниматься. Иван поворочался в своей ямке, но сон не шел.

Он вынырнул из-под одеяла и приподнялся на локте:

— Слушай, Лиза, а ты меня почему ни о чем не спрашиваешь?

— В смысле?

— Ну вот меня отстранили из-за аварийной посадки, неужели тебе не интересно?

— Интересно.

— Так что молчишь?

Она вздохнула:

— А что говорить? Захотел бы — сам рассказал.

— Ну я же муж твой все-таки. Могла бы и спросить.

Лиза повернулась к нему. В сумраке он едва различал ее лицо и не мог понять, хмурится она, или улыбается, или просто злится, что он не дает уснуть своими дурацкими вопросами.

— Ты хочешь узнать или поругаться?

— Узнать.

— Ладно, хорошо. Ты, наверное, знаешь, Ваня, как я была в тебя влюблена?

Он улыбнулся.

— Тогда я была уверена, что свято храню свою тайну, но теперь понимаю, что вряд ли у меня получилось это скрыть. Разве что ты совсем не обращал на меня внимания.

— Я обращал…

— Молчи. В общем, я мечтала о тебе, как только может мечтать юная девочка. Я помню каждую нашу встречу, каждое сказанное тобой слово. Это была сказка, восторг и отчаяние, потому что в глубине души я понимала, что никогда не смогу понравиться такому прекрасному парню, как ты.

— Ты мне нравилась.

— Да молчи уж! — Лиза засмеялась. — Тем более что мечтаний мне было, в общем-то, и достаточно. Потом папа заговорил о том, как бы нам хорошо было породниться, передо мной забрезжил луч надежды. Я думала, господи, только бы пожениться, а дальше моей любви хватит на двоих. Я покажу, какая я хорошая, буду лучшей во всем, и он меня полюбит. Так что, Ваня, я знала, что ты делаешь мне предложение из жалости, из чувства чести, из долга перед моими родителями, но никак не по любви, и это, к сожалению, меня не остановило. Я тогда еще не знала, что любовь нельзя заслужить. А если и можно, судьба, видишь, не дала нам это проверить. Я жила как будто во сне, когда, знаешь, бежишь к цели, а она от тебя все дальше и дальше. Никак нам с тобой не удавалось быть вместе. То учеба моя, то Стасик… Я даже не смогла за тобой ухаживать, когда ты болел, вот какая я жена.

— Но ты же заботилась о нашем сыне, Лиза.

— Даже здорового ребенка я не сумела тебе родить.

Иван нахмурился:

— Это что еще за разговоры? В том, что Стасик часто болеет, никто не виноват.

— Ну как…

— Все, Лиза, чтобы я больше этого не слышал.

— Но правдой это не перестанет быть от моего молчания.

Иван обнял жену и притянул к себе.

— Никто не виноват, — повторил он.

— Короче говоря, судьба вечно нас разлучала, — вздохнула Лиза, выскальзывая из его рук. Теперь они оба лежали на спине, будто два надгробных изваяния.

— Ну сейчас-то все. Я тут. Конечно, часто в рейсах, но, по сути, дома.

— Ага. И, по сути, мы с тобой чужие люди. Вань, я ведь не нужна тебе. Ты хороший муж, но тебе ведь от меня ничего не надо.

— Да нет…

— Да-да, — отрезала Лиза сурово. — Я ничего не могу тебе дать, Ваня, но хотя бы могу ничего у тебя не отбирать. Поэтому ничего и не спрашиваю, ведь у тебя наверняка сейчас полно забот и без того, чтобы меня успокаивать.

Иван почувствовал, как рука жены пробралась под его одеяло, нашла его руку и пожала.

— Ты не думай, что я злюсь на тебя за это, — продолжала Лиза, — наоборот, я очень ценю, что ты тогда заставил себя жениться и что сейчас ты как муж очень хороший. Ты заботливый, верный…

— Откуда ты знаешь, что я верный?

— Ну как… Знаю, и все.

Иван смотрел, как по потолку проползает полоса света от редкой ночной машины.

— Прямо знаешь?

— Ну конечно. Я благодарна тебе за все, что ты для нас делаешь, Ваня. Это я перед тобой виновата, что использовала твою жалость ко мне.

— Не жалость.

— Не ври. И вообще не переживай по этому поводу, я уже не хочу, чтобы ты меня любил.

— Да? А чего же ты от меня хочешь?

— Ничего.

— Вообще ничего?

— Ну разве что чтобы ты рядом со мной был самим собой. Поэтому, Ваня, я ничего у тебя не спрашиваю. Захочешь, расскажешь, нет — обойдусь.

Машина уехала, и комната снова погрузилась в темноту, так что нельзя было рассмотреть даже стрелки будильника, но чувствовалось, что скоро рассвет.

Старый дом еле слышно кряхтел, легонько ухал половицами под чьими-то шагами, наверху люди тоже маялись бессонницей. Рука жены все еще лежала в его руке.

— Знаешь, Лиза, была одна минута, когда казалось, что все. Хотя нет, вру, минута — это роскошь. Секунды три. Лиза, может, это прозвучит как-то по-идиотски, но, прощаясь с жизнью, я думал о тебе. Не так, знаешь, что ага, о ком бы сейчас вспомнить, нет, ты сама пришла мне в голову. И когда катапультировался, тоже... Там обстановка, конечно, была вообще неромантичная, но в ту секунду, до того как я потерял сознание, в моих мыслях была ты.

— Я, пожалуй, сделаю вид, что уже сплю, — проворчала Лиза.

— Нет, не сделаешь, — засмеялся Иван и привлек жену к себе.

Его появление в отряде вызвало бурную дискуссию, приносит он счастье или несчастье, можно ли теперь брать его на борт, и если да, то пускать ли в кабину или пусть сидит вместе с пассажирами. Одни говорили, что он счастливчик, родился в рубашке и вообще снаряд два раза в одну воронку не падает, поэтому Иван Леонидов на борту — стопроцентная гарантия успешного полета. Но сильны были и представители научной школы пессимизма, утверждавшие, что если ты один раз обманул судьбу, то второй она тебя точно поборет. Раз смерть слегка прикусила, то жди, что скоро проглотит совсем.

В итоге его взял старый приятель Зайцева, но с условием, чтобы Иван сидел тихо, как мышь, в кабину не совался и был морально готов к тому, что при первых признаках опасности его тут же выкинут из самолета.

В Ленинграде он зашел к руководителю полетов и заручился обещанием места на вечернем рейсе.

Принят он был тепло, но эта ласка скорее настораживала. Так обращаются с тяжелобольным, а не с нормальным мужиком. И действительно, руководитель полетов, провожая Ивана из кабинета, взял его под ручку и прошептал, что под них копают, диспетчера и его уже замордовали допросами, так что пусть Иван будет настороже и присматривает хорошего адвоката.

— Вас-то за что? — изумился Иван. — Наземные службы отработали идеально, я лучших даже, пожалуй, что и не встречал.

— Была б спина, будет и вина, — вздохнул руководитель, а обескураженный Иван поехал к следователю.

В прокуратуре пришлось около часа томиться в коридоре, и хоть помещение было просторное и светлое и люди вокруг приличные, Ивану все равно показалось, что он пропитался духом людского горя и нечистоты.

Наконец следователь его принял. Кабинет был тесный и прокуренный. Табачный дым въелся всюду, даже в гипсовые завитушки на потолке, и в воздухе стоял так густо, что у Ивана во рту сделалось солоно. В центре стола возвышалась печатная машинка, из-за которой следователь смотрел пристально, как снайпер из бойницы, а рядом стояла массивная хрустальная пепельница, с горкой забитая окурками. Некоторые из них имели следы губной помады.

— Ну что ж, Иван Николаевич, — следователь улыбнулся, — к моему глубокому сожалению, вынужден сообщить, что экспертиза самолета выявила самую банальную причину отказа двигателей.

— Птицы?

— Ну что вы! Я имею в виду банальную для всех двигателей, не только для авиационных. У вас, дорогой Иван Николаевич, просто кончилось топливо, а вы это прозевали.

От неожиданности Иван даже привстал:

— Да быть того не может! Мы только и делали, что смотрели на показания топливомеров!

— Ну извините. Факты — вещь упрямая. В баках пусто.

— Но этого просто не может быть. Непосредственно перед отказом двигателей топливомеры показывали тысячу шестьсот килограмм керосина.

— Это вы так говорите.

— И по расчетам у нас еще оставалось примерно на час, притом мы учли, что идем, в сущности, на взлетном режиме. Нет, тут что-то не так.

— Хорошо, чем еще можно объяснить вашу поломку, если двигатели целы, а баки пустые?

— Ну я не знаю… Топливомеры заклинило, — Иван понял, как жалко это звучит, и осекся, — хотя тогда показания бы не менялись.

— Вот именно. Мне представляется, что в стрессовой ситуации вы просто забыли про топливо, вот и все. То есть грубо нарушили правила безопасности движения и эксплуатации воздушного транспорта, в чем я и должен официально предъявить вам обвинение.

Иван с тоской посмотрел в окно.

— Должны, так предъявляйте, — буркнул он.

Следователь достал сигареты, любезно предложил Ивану, а когда тот отказался, со вкусом прикурил и мечтательно выпустил дым прямо ему в лицо. Иван предпочел думать, что не специально.

— Не будем спешить, уважаемый Иван Николаевич, не будем спешить. Я тоже человек и тоже восхищаюсь вашим героизмом, а что он стал следствием вашего же разгильдяйства, так это вообще свойство геройских поступков. В последний момент вы сумели собраться и выжить, молодцы, но преступление тем не менее совершено. Вы представляете, что пережили пассажиры из-за вашей небрежности? Это стресс на всю жизнь, который для многих из них будет иметь серьезные и, к сожалению, необратимые психологические последствия. Вы считаете, что не должны за это отвечать?

Иван промолчал, понимая, что вопрос риторический.

Следователь еще немного попел дифирамбы летному мастерству экипажа, после чего предложил Ивану погулять, а к трем вернуться на очную ставку с Зайцевым.

— Сличим ваши показания, а заодно обсудим, как вам выйти из данной ситуации самым безболезненным образом. Лично я полностью на вашей стороне, — обнадежил следователь, но Иван не особенно ему поверил.

Он пошатался по Невскому, зашел в пирожковую на Восстания и съел два беляша с чаем, хотя не чувствовал ни голода, ни вкуса, будто вату жевал.

На секунду Иван засомневался — а видел ли он и вправду показания топливомеров? Вдруг ему со страху померещилась тысяча шестьсот вместо нуля? Или он перепутал шкалу топливомера с каким-нибудь другим прибором?

Где-то внутри его закрутилась черная дыра, пока еще маленькая, безобидная, но Иван чувствовал, что скоро она разрастется.

С одной стороны, он голову готов был дать на отсечение, что видел цифры «тысяча шестьсот», совершенно отчетливо это помнил, но какой-то чужой голосок нашептывал: «Да неужели? Точно-точно?» Получается что ж? Пятьдесят человек чуть не погибли из-за его невнимательности?

Иван похолодел. Следить за расходом топлива — задача бортинженера, но Павел Степанович был занят с шасси, и Зайцев поручил это ему, второму пилоту. Значит, он должен был или справиться, или доложить, что не готов взять на себя эти обязанности. Тогда Лев Михайлович отправил бы его расклинивать шасси, Павел Степанович занимался топливом, и самолет благополучно приземлился бы.

Вернувшись в прокуратуру, Иван отчетливо видел перед собой шкалы топливомеров и цифру «тысяча шестьсот», но уже не понимал, реальное это воспоминание или он так представляет эту шкалу сейчас, потому что очень хочет, чтобы она выглядела именно так в момент аварии.

От этого чувства даже голова кружилась, и Иван страшно на себя злился.

В коридоре он встретил Зайцева, который с самым невозмутимым видом читал газету «Правда» и так увлекся, что не сразу заметил Ивана.

— А, привет! — Зайцев аккуратно сложил газету и сказал, что он торчит в Ленинграде с прошлой недели, поселился у брата жены, потому что каждый день гонять на допросы — дело хлопотное. Если Иван хочет, пусть присоединяется, раскладушка для него всегда найдется.

— Вы уже знаете экспертизу? Это что, я, получается, прозевал?

— Ну ты же видел…

— Я уже не уверен.

— Не волнуйся, папа посмотрел.

— Да?

— Когда летаешь с таким раздолбаем, как ты, надо все самому контролировать. Тысяча шестьсот было, как ты и сказал.

— Точно?

— Сто процентов.

— Но откуда тогда пустые баки?

Зайцев фыркнул:

— От верблюда, видимо. Слушай, Вань, давай факты отдельно, домыслы отдельно. Мы оба видели, что топлива у нас еще полно, а что да почему, пусть эксперты голову ломают. Ладно, пошли, сейчас следователь будет из нас идиотов делать.

Предположение Зайцева не оправдалось. Следователь за десять минут убедился, что у них нет противоречий в показаниях, демонстративно отодвинул в сторону свою пишущую машинку и ласково уставился на обоих летчиков.

— Если бы вы знали, товарищи, как мне не хочется портить вам жизнь, — произнес он нараспев, — если бы вы только знали… Но закон есть закон.

— А вы не хотите еще одну экспертизу произвести? — спросил Зайцев. — С привлечением инженеров КБ, например.

— Помилуйте, зачем? О том, что машина не поедет без топлива, знают даже дети.

— Самолет ударился о воду, утонул, потом его поднимали, буксировали в Гавань, вытаскивали на берег. Керосин мог элементарно вытечь во время любой из этих манипуляций, — буркнул Зайцев, — а если это не так, то тогда тем более интересно, почему топливомеры и расходомеры давали неверные показания. Если это конструктивный дефект, то надо его выявить и исправить, потому что как они подвели нас, так могут подвести и других пилотов. Это было бы по-коммунистически.

Следователь с любезной улыбкой достал сигареты, и Льва Михайловича не пришлось просить дважды.

— А я думаю, что не по-коммунистически наводить тень на КБ и давать им лишнюю работу только потому, что вы не хотите признать свои ошибки, — следователь скривил губы в усмешке, — вы надеетесь, что выйдете сухими из воды, если будете покрывать друг друга?

— Мы правду говорим! — выкрикнул Иван, теряя самообладание.

Лев Михайлович чуть заметно покачал головой, мол, притормози, Ваня.

— Товарищи, послушайте меня, пожалуйста. — вкрадчиво произнес следователь. — Буду с вами откровенен: вас ждет суд и приговор, избежать этого у вас, простите, шансов нет. Вы в любом случае будете осуждены, вопрос только в том, поедете в колонию или останетесь дома. С летной работой, естественно, в любом случае придется распрощаться, ну, так я думаю, что ни один здравомыслящий руководитель после такого не пустит вас за штурвал безо всякого суда. Итак, вариант первый — вы сейчас оба пишете явку с повинной, где вы, Лев Михайлович, указываете, что неправомочно удалили с рабочего места бортинженера, а вы, Иван Николаевич, что не приняли на себя его обязанности и не проследили за расходом топлива. Дальше мы оформляем все как положено, вы едете по домам и забываете об этом прискорбном деле до дня, когда вам приходит повестка в суд. Являетесь в суд, где вам, учитывая явку с повинной, деятельное раскаяние и прошлые заслуги, дают год условно, вы возвращаетесь к семьям и к труду, не связанному с летной работой. Вы, Лев Михайлович, наслаждаетесь заслуженным отдыхом, а вы, Иван Николаевич, находите себе новую интересную специальность. Это наиболее благоприятный вариант.

— Но как вы можете знать, что судья даст условно? — взмахнул бровями Лев Михайлович.

По лицу следователя скользнула улыбка:

— Это я вам буквально гарантирую. У вас свои тонкости профессии, у нас — свои.

— А если мы не признаемся? — Лев Михайлович выпустил дым так хладнокровно, будто решал абстрактную задачку на логику.

Следователь поцокал языком:

— О, тут уже недалеко до запирательства и преступного сговора, и подобные штучки, хочу я вам сказать, совсем не нравятся суду. За это можно реальный срок схлопотать. Давайте трезво смотреть на вещи — никаких доказательств вашей правоты у нас нет. Запись переговоров в кабине утонула, испорчена водой так, что восстановить ее эксперты не сумели. То, что вы подтверждаете слова друг друга, вообще не имеет значения, у вас была тысяча возможностей сговориться. Вот если бы вас непосредственно после приводнения изолировали друг от друга и на допросе вы оба назвали бы цифру «тысяча шестьсот», то еще хоть как-то, а сейчас, — следователь досадливо махнул рукой, — штурман в салоне, бортинженер в отсеке шасси, свидетелей нет, а вы оба лица заинтересованные.

— Ну что, Ваня? — спросил Зайцев. — Как решим?

— Как скажете, Лев Михайлович.

— Э нет, милый, ты теряешь больше, тебе и решать. Мне что так, что сяк, все одно пенсия, а ты смотри, или сдашься, или рискнешь и поборешься все-таки за летную жизнь.

— Борьба эта не увенчается успехом, — вставил следователь.

Иван нахмурился. Черная воронка в душе разрасталась, совсем как в детстве, когда ты говоришь правду, а тебе не верят, и в конце концов приходится признать, что было не так, как было, а так, как тебе говорят, лишь бы только не засосало в эту воронку. Он всегда раскаивался в том, в чем не был виноват, принимал наказание, после чего отец отменял бойкот, и на душе становилось легче, но в то же время муторно и серо.

Но папу он хотя бы любит, а тут-то за что давать себя высечь?

— Я говорю правду, было тысяча шестьсот, — повторил Иван, — если вы, Лев Михайлович, подтверждаете, то я и дальше буду держаться своих слов.

Зайцев кивнул и сказал, что никакую явку они писать не станут. Как было, так и было, пусть суд разбирается, а им врать незачем.

Посмотрев на них сокрушенно и сострадательно, как римский папа на закоренелых еретиков, следователь официально предъявил обвинение сначала Зайцеву, потом Ивану, после чего сказал, что только личная симпатия удерживает его от того, чтобы заключить непокорных пилотов под стражу, и отпустил домой, предупредив, что они оба должны явиться для производства следственных действий и в суд по первому свистку. На прощание вручил им номера своего служебного и даже домашнего телефона, по которым они могут в любой момент позвонить, если передумают, ибо явку с повинной оформить никогда не поздно, особенно для таких хороших людей, как уважаемые летчики.

* * *

Незаметно, будто во сне, пролетела еще одна неделя из тех двенадцати, что дается женщине на решение судьбы ребенка, однако Ирина с Яной так ни к чему и не пришли.

Приглашая девушку к себе пожить, Ирина готовилась к бесконечным слезам и нытью, но Яна оказалась очень приятной компаньонкой. Она ловко и деликатно делила с Ириной хозяйственные хлопоты, учила Егора рисовать, а Володю нянчила с такой нежностью, что Ирина понимала — ни на какой аборт Яна не пойдет. Это было, наверное, хорошо, потому что решилась бы Яна, решилась бы и она.

Говорят, две хозяйки на одной кухне — это ужас, но Ирина уживалась с Яной на удивление легко и ни на секунду не пожалела о своем приглашении, но понимала, что, поддавшись порыву помочь девушке, совершила стратегическую ошибку. Важные решения надо принимать на своей территории, которой у Яны пока нет.

«Ничего, — думала Ирина, — будет мне репетиция роли свекрови, ведь рано или поздно Егор, а за ним и Володя приведет в дом жену, а я — опа! Прекрасно умею находить общий язык с молодыми девками! Что, скажу, не ожидала, лахудра юная? А потом вырастет и этот товарищ… Ой, нет, хоть бы девочка в этот раз!»

Она закрывала глаза и представляла, как будет смотреть на Кирилла из окна роддома, как он впервые возьмет на руки кулек, перевязанный розовым бантиком, а она откинет кружевной уголок, чтобы он увидел круглую упругую щечку…

Картинки эти казались то почти реальными, то несбыточными, да Ирина и сама пребывала где-то между мечтой и явью.

Работа не шла, и вот парадокс — к важнейшему, сложнейшему процессу она подготовилась так плохо, как никогда раньше себе не позволяла даже в мелких делах. Монографии и учебные пособия, которые она дала себе зарок прочесть, как только узнала, что получит дело пилотов, так и остались пролистанными по диагонали и совершенно не понятыми. Ирина сразу споткнулась о слово «косинус», всегда бывшее для нее загадкой, и дальше уже не получилось вникнуть. Единственным интеллектуальным багажом для ведения процесса стала любимая книга Гортензии Андреевны — автобиографическая повесть летчика-космонавта Георгия Берегового под названием «Угол атаки». Книжка оказалась очень увлекательной, но на технические стороны свет особо не проливала. Вот если бы Берегового можно было залучить в народные заседатели… Тут Ирина просто сделала бы, как он скажет, и все. И вообще ни о чем не думала бы дальше.

Ну это ладно, в конце концов, для специальных вопросов есть эксперты, можно не чахнуть над книгами и не насиловать свой мозг, пытаясь извлечь из самых дальних его чердаков основы тригонометрии, заложенные в школе. Потому что, если вещь никак не получается найти, очень возможно, что ее там просто нет.

Хуже всего то, что ей никак не вникнуть в уголовное дело, только возьмет в руки, как мысли скатываются то на тревогу за мужа, то на колебания, сохранять ли беременность, то просто она проваливается в мечты, в идеальный мир, в котором Кирилл вернулся домой и все хорошо.

Мелькнула предательская мыслишка лечь на сохранение, уже не ради своей совести, а ради подсудимых — какие бы они ни были раздолбаи, все равно заслужили, чтобы их дело рассматривал нормальный, адекватный человек, а не беременная женщина с киселем вместо мозгов. Ирину остановило только то, что этим она сильно подведет Павла Михайловича.

Ладно, в конце концов, у нее есть два народных заседателя, обладающие, между прочим, равными правами с судьей и не знающие о том, что приговор предрешен.

Статья-то не расстрельная, там максимум три года, не о чем, в сущности, переживать. Кирилл с Витей Зейдой вот вообще никакого преступления не совершали, а отправились рисковать своей жизнью, потому что так нужно для родины, для всех советских людей. Им грозят гораздо более серьезные последствия, чем пара лет колонии, но они пошли, не уклонились от своего долга.

И эти потерпят.

Ирина внезапно сообразила, что, если бы не уговорила Кирилла остаться на майские праздники дома, сейчас он был бы рядом. Ее будто ледяной водой окатило от этой мысли. Отправься Кирилл на дачу с ней и с детьми, ему не дозвонились бы из военкомата. И все, никаких претензий, человек имеет полное право проводить выходные, где ему нравится.

Господи, он же хотел приехать… Ирина обхватила голову ладонями и застонала. Несколько раз порывался, а она все нет да нет! Все новые аргументы приводила, что он должен отдохнуть от семьи и быта. Ну вот, отдыхает…

Говорят, военнообязанных забирают до сих пор, но сейчас, наверное, уже не так опасно. Не потому что радиация уменьшилась, просто прошла горячка первых суток, специалисты разобрались в ситуации и организовали работу правильно, с соблюдением мер безопасности.

Кирилл с Витей попали в первую партию, когда, наверное, еще толком никто не понимал масштабов катастрофы и стратегия была еще не ясна. Дай бог, дай бог, если она ошибается и специалисты с первой минуты действовали четко и слаженно.

Ирина заметила, что ладони у нее сложены, как для молитвы. Она бы помолилась сейчас, если бы только умела. Если бы хоть чуть-чуть верила, что это поможет…

Слезы упали на раскрытое уголовное дело, Ирина захлопнула его и убрала в сейф.

Нет у нее сейчас сил вникать в тонкости летной работы. Как будет, так и будет, все равно никто не может заставить ее вынести приговор до того, как сформируется внутреннее убеждение.

Заседать придется не один день и, вероятнее всего, до упора. Опять дети брошены, а Яна, хоть очень помогает по хозяйству, но в качестве получательницы детей из яслей никуда не годится. Работа следователя непредсказуема, на обыске или следственном эксперименте можно так зависнуть, что ребенок у тебя в школу пойдет, прежде чем ты освободишься.

Вечером Ирина собралась на поклон к Гортензии Андреевне, но та вдруг позвонила сама и сказала, что вечером хочет зайти. Ирина удивилась — такое со старушкой бывало редко. Чем теснее они общались, тем больше Гортензия Андреевна боялась быть навязчивой и без приглашения не приходила в гости и не приезжала на дачу.

— Я разбирала шкаф и нашла чудесные отрезы еще того, прежнего качества, не чета современной кисее… — сказала она по телефону.

Ирина некстати подумала, что пройдет время, и она, сама став старушкой, будет втюхивать детям современную кисею как непревзойденное прежнее качество.

— Там и для нас с вами по кофточке, и Володе хватит на песочник, и Егорушке тоже можно что-нибудь придумать, расцветка самая нейтральная, даже можно сказать мальчиковая, стыдно ему не будет, — трещала Гортензия Андреевна с необычным для нее воодушевлением, — я бы мерки сняла, ваши-то у меня есть, Ира, а дети быстро растут…

Заверив старушку, что будет очень рада ее видеть, Ирина попрощалась, и заплакала еще сильнее от мысли, что ее мерки у Гортензии Андреевны скоро потеряют актуальность.

Пришлось запереть кабинет и как следует прореветься, на всякий случай спрятавшись под письменным столом.

От слез стало немного полегче. Ирина высморкалась, причесалась, промокнула лицо салфеткой, смоченной в воде для чая, благо та была холодная, и почувствовала, что снова готова работать.

Чтобы скрыть следы слез, она с трудом открыла старинную раму и выставила лицо под майский ветерок. Сколько раз в жизни она так плакала и предавалась отчаянию, а ведь настоящее горе стоит за порогом только сейчас...

Стыдно вспомнить, как она убивалась после развода, как страдала, что любовник никак не разведется и не женится. Сердце себе рвала, умирала, а ведь то было не горе, а просто из ее жизни уходили чужие, равнодушные люди. И это не тоска по любимому, не боль утраты, а самая низкая зависть кислотой выжигала душу, вот и все. Но чувство было мучительное, лишало ее сил, самообладания, работоспособности, так что она чуть не спилась только оттого, что не было в ее владении такого престижного предмета, как муж, и нечем было похвастаться перед подружками. На самом краю она тогда удержалась...

Ну что ж, теперь тем более нельзя раскисать и давать себе поблажки, слишком много людей от нее зависит. Егор с Володей, Кирилл и маленькое существо, с которым еще непонятно как следует поступить. Все они нуждаются в ней, и в первую очередь в ее здравом рассудке.

Последний раз всхлипнув, Ирина улыбнулась. Жизнь с Кириллом разбаловала ее несказанно, последние годы она не тянула воз семейной жизни, как полагается настоящей советской женщине, а весело бежала в одной упряжке с мужем.

Придется снова привыкать к трудностям, и первое, что надо сделать, — это научиться держать себя в руках. Истерики на судьбу Кирилла не повлияют, и беременность от них не рассосется, так нечего их и закатывать.

Выглянув в коридор и обнаружив, что никого из сотрудников не видно, Ирина быстро прошмыгнула в туалет, как следует вымыла лицо холодной водой и слегка припудрила покрасневший нос. Если не приглядываться, то и незаметно, что она плакала.

Пожалуй, можно показаться на глаза председателю, чтобы обсудить технические детали предстоящего процесса, в частности, следует ли делать его закрытым, как предполагал Макаров.

Павел Михайлович встретил ее радушно, сказал, что только хотел вызывать, а Ирина Андреевна сама тут как тут. Телепатия, не иначе.

Вчера он был в горкоме, еще раз согласовал некоторые детали с руководящей и направляющей, и вот какой расклад на текущий момент: наверху по-прежнему не требуют сурового приговора, достаточно, если он будет обвинительным. Поскольку соответствующее ведомство сработало как всегда на «отлично», засветило пленки у редких счастливцев, оказавшихся поблизости от происшествия с фотоаппаратом, а в дальнейшем проследило, чтобы информация не просочилась в прессу, то дерзкая посадка на воду не получила общественного резонанса, оставшись на уровне сплетни, которой суждено или забыться, или превратиться в городскую легенду. Никто не знает, что пилотов судят, они москвичи, близкой родни, которая могла бы поднять волну, у них в Ленинграде нет, так что большой необходимости делать процесс закрытым нет. Он и так пройдет незаметно, зато не будет к чему придраться, если пилоты начнут строчить в вышестоящие инстанции.

— Спокойно проведете, Ирочка, обстоятельно и дотошно, как вы умеете это делать, — улыбнулся Павел Михайлович, — я только хотел бы обратить ваше внимание на один тонкий момент. Чудесное спасение всегда завораживает. Самолет был на волосок от гибели, но вдруг летчик собрался, ухватил за хвост один-единственный шанс из миллиона и вырвал людей из лап смерти. Это почти воскресение, победа над смертью, и такая история обладает мощнейшим обаянием для любого человеческого существа. Ничего удивительного, если вы проникнетесь этим обаянием и станете смотреть на наших подсудимых как на героев или даже полубогов. Когда такое случится, напомните себе, что мы судим граждан за конкретные преступления, а не по совокупности работ. Мастерство и подвиг не отменяют преступной халатности, которая к этому подвигу привела.

— Спасибо, — кивнула Ирина, — учту.

— Я верю в ваше здравомыслие, Ирина Андреевна, но если вдруг возникнут вопросы, пожалуйста, сразу обращайтесь. Помогу чем только смогу. Собственно, я уже начал, — улыбнулся председатель, — заседателей подобрал вам сказочных, просто мед, именины сердца.

— Н-да?

— Интеллигенция, как вы любите, — Павел Михайлович поцеловал кончики своих пальцев, — дама-пушкиновед из института русской литературы и университетский преподаватель научного атеизма. Умнейшие люди.

Ирина подскочила:

— Вы что, издеваетесь?

Павел Михайлович нахмурился:

— Простите? Я надеялся, что вам будет комфортнее принимать решение вместе с людьми вашего круга…

— С людьми нашего круга хорошо, когда в деле есть тонкие личные мотивы, всякие этические нюансы, а тут служба и техника. Мне бы как раз работягу или в крайнем случае военного, то есть специалистов по гайкам и по инструкциям.

— Ну извините.

— А вы мне кого подсунули? Экзальтированную пушкинистку и человека, который о жизни знает только то, что бога нет! Прекрасно!

— Почему вы решили, что пушкинистка экзальтированная?

— А вы других видели когда-нибудь? — окрысилась Ирина. — Они все чокнутые абсолютно, видно, Александр Сергеевич был такой уж ловелас, что сводит женщин с ума и через двести лет после своей смерти…

— Через сто пятьдесят. Даже сто сорок девять пока.

Ирина осеклась:

— Точно?

— Если он умер в тысяча восемьсот тридцать седьмом, а сейчас у нас восемьдесят шестой, сколько получается?

Павел Михайлович с улыбкой наблюдал, как она высчитывает, загибая пальцы.

— И правда сто сорок девять… Нет, ну вы видите, кого назначаете на сложное техническое дело? Это же будет просто бригада слушательниц хореографических курсов имени Леонардо да Винчи!

— Имеющих о плашках три восьмых дюйма… — подхватил председатель с улыбкой, — ничего, Ирочка. До трех вы считать умеете, надеюсь, а больше по этой статье не положено. Справитесь.

Войдя в квартиру, Гортензия Андреевна немедленно устремилась к швейной машинке, Яна играла с детьми в железную дорогу, так что Ирина осталась наедине со своими мыслями, несмотря на полный дом гостей.

Обед был уже приготовлен той же Яной, оставалось сидеть сложа ручки.

Ирина заглянула в маленькую комнату, где Гортензия Андреевна разложила свое «прежнее качество». Показалось, что точно такой же рисунок она видела совсем недавно в доме тканей, но что удивляться. Советская легкая промышленность не особенно гонится за модой, десятилетиями штампует одно и то же, разве что качество падает.

По одухотворенному виду старой учительницы Ирина поняла, что сейчас у нее ответственный период раскроя, когда надо так расположить все детали, чтобы ни один сантиметр ткани не пропал зря. В такую минуту к человеку лучше не соваться, и Ирина ретировалась.

Яна раскраснелась, пряди выбились из аккуратной прически. Они с Егором пытались выложить рельсы в правильное кольцо, чтобы пустить по нему паровозик, а Володя подкрадывался, как он, наверное, думал, незаметно, выхватывал кусочек полотна и, демонически хохоча, убегал.

— Партизаны рельсы разобрали! — кричал Егор, настигал брата, забирал рельс, и все начиналось снова.

Ирина шепнула ему на ушко, что не нужно шутить такими вещами.

Яна смеялась и, кажется, так увлеклась игрой, что забыла о своих бедах, поэтому Ирина не стала просить, чтобы она не разгуливала детей перед сном.

Постояла в дверях, глядя на веселую возню, и вдруг на ум пришла холодная, спокойная мысль: «Если Кирилл не вернется, он все равно будет с нами».

Это оказалось так просто, что даже голова закружилась. Ирина ушла в кухню и долго сидела там, не включая света, бездумно слушая урчание машин за окном, шелест шин по сухому, совсем уже летнему асфальту, редкий стук капель из подтекающего кухонного крана, голос Яны и детский смех в комнате и не пыталась облечь в слова то важное, наверное, самое важное в жизни, что она только что поняла.

Наконец спохватилась, что пора кормить детей ужином. Вспомнив, что Егор давно просил омлет с колбасой, Ирина потянулась за весами. Яна научила ее тайне правильного омлета — масса яиц должна быть равна массе молока.

Хорошая девчонка, красивая, хозяйственная, расторопная, и Витя тоже, как говорит молодежь, не на помойке себя нашел. Любят друг друга и давно бы поженились, если бы не идиотские предрассудки. Виктор Зейда хоть свое дитя бы повидал, а теперь бог знает, как сложится…

Ирина мерно стучала венчиком по дну миски, забыв, что омлет не нужно сильно взбивать.

Наконец омлет был загружен в разогретую духовку, и Ирина, примостившись на низенькой скамеечке для ног, стала, будто в телевизор, смотреть в стеклянное окошко на дверце, как поднимается и опадает яичная масса.

Мысли соскользнули на завтрашний процесс. Интеллигентные заседатели, какая радость для всех нас! Особенно сейчас, когда ей бы очень не помешал толковый работяга с разводным ключом, знающий толк в болтах и гайках.

Народный суд у нас вообще-то, так надо думать, атеист и литературовед — самые что ни на есть типичные представители советского народа. А где же сильные мужики в касках и комбинезонах и крепкие девки с серпами наперевес? На плакатах, что ли, только остались и на барельефах в метро?

Понятно, чем продиктовано решение Павла Михайловича, этого старого интригана. Литераторша наверняка не от мира сего, в технике понимает меньше самой Ирины, если такое вообще возможно. Впрочем, это ладно, главная беда в том, что гуманитарии обычно лучше понимают художественные образы, чем настоящих людей и настоящую жизнь, что не способствует торжеству настоящей справедливости, которая исходит не из прописных истин и догм, а из самой человеческой сущности.

Научный атеист наверняка засланный казачок, пятая колонна, так что и смысла нет гадать, что он собой представляет. По поручению парторганизации будет следить, чтобы судья не сбилась с курса и вынесла тот приговор, который надо. С ним все ясно, а вот восторженная баба — параметр всегда непредсказуемый. Кто знает, куда повернет, ведь чудесное спасение — вот оно, а нарушение инструкций, руководства летной эксплуатации, ах, право, зачем вникать в эти скучные материи, когда можно оправдать героев, да и все…

Однажды Кирилл водил ее в Пушкинский Дом на лекцию, посвященную последней дуэли поэта. Читала какая-то совершенно безумная дама в кружевах и самоцветах, и читала с такой страстью, будто если бы Пушкина не убили, то он дожил бы до сегодняшнего дня. Ирина сначала вникала с интересом, но минут через двадцать сообразила, что слушает какие-то сплетни, не имеющие, в сущности, отношения к творческому наследию Александра Сергеевича. Лектор буквально по минутам расписала последний день Пушкина, как будто в соседнем кабинете как раз заканчивали монтаж машины времени, чтобы она могла направиться в точно определенный момент рокового дня и предотвратить дуэль.

В общем, лекция Ирине не понравилась, но, поскольку дама-профессор преподавала у Кирилла, уйти в перерыве было нельзя, пришлось до конца слушать, кто с кем встречался и кто в кого был влюблен.

А вдруг заседательницей окажется та самая дама? Когда Кирилл писал курсовик, то бывал в Пушкинском Доме, наверное, со многими там перезнакомился…

Ирина вздохнула.

Тут в кухню вошла Гортензия Андреевна:

— Ирочка, дорогая, что ж вы сидите в темноте! И простите, но мне кажется, у вас уже готово. Я достану?

Ирина кивнула, а Гортензия Андреевна, взяв рукавичку, быстро вынула из духовки сковородку. Омлет покрылся темной корочкой, но все-таки не сгорел.

Поставив сковородку на плиту, Гортензия Андреевна помогла Ирине встать, сетуя, что слишком старая, чтобы наклоняться.

— Ах Ира, Ира... Я ведь не хотела с вами говорить... — вздохнула учительница, — знаю, как тяжело ждать, а когда без конца теребят «ну что? ну как?», уж точно не легче. Думала, просто приеду под благовидным предлогом...

— Спасибо, Гортензия Андреевна! То-то я смотрю, рисунок на ткани больно современный, — улыбнулась Ирина.

— Ну да, не из старых запасов, но тоже очень ничего. Чем я могу помочь, Ира?

— Володю из яселек завтра...

— Это само собой. Я имею в виду, морально как-то я могу вас поддержать?

Ирина улыбнулась:

— Уже поддержали.

— Ладно, тогда пойдемте выберем фасончик, пока омлет остынет.

— Да мне сейчас, откровенно говоря, не до этого.

— И то правда, давайте лучше Яночке пошьем, ее ведь тоже надо поддержать... — Гортензия Андреевна направилась в маленькую комнату, по дороге позвав Яну.

Та пришла веселая и растрепанная.

— Ах какая фигурка, просто чудо! — Гортензия Андреевна заставила Яну покрутиться, как в танце. — Ирочка, вы только посмотрите! Лично я бы повторила для Яночки ваш знаменитый сарафан без спины. Очень удачный фасон, а что такой же, как у вас, так расцветка разная, да и вы не так уж много времени проводите вместе...

Радость сходила с лица Яны во время монолога старой учительницы, и через минуту она уже, уткнувшись в плечо Гортензии Андреевны, всхлипывала и сбивчиво рассказывала о своей беде, а Ирина, глядя на это, уткнулась в другое плечо и тоже заплакала.

— Тихо, тихо, — сказала старушка, — не грустите, будет другой фасон. Садитесь на диван пока. Успокаивать не буду, ибо со слезами из организма выходит лишняя жидкость. Плачьте, а я покормлю детей, уложу, вернусь, и мы с вами спокойно все обсудим.

Гортензия Андреевна справилась за полчаса, поручив чтение Володиной вечерней сказки Егору.

Ну что приуныли, беременное царство, — улыбнулась она, войдя и поплотнее прикрыв дверь, — все осилим, ведь нет таких крепостей, которые бы не взяли мы, большевики. У вас, Ира, ситуация действительно очень трудная, надо еще думать, а Яне я хочу задать только один вопрос. Можно?

Яна робко кивнула под суровым взглядом старой учительницы.

— Дорогая, вы в своем уме? — прогремела Гортензия Андреевна.

Ирина вздохнула. Что ж, ничего удивительного, старая дева сейчас скажет, что Яна не имеет никакого права позорить родителей внебрачным ребенком. Как чувствовала, что не надо было рассказывать…

— У вас сейчас жених все равно что на фронте, подвергается смертельной опасности, вы сейчас за него должны бояться, а вы в таком ужасе от родительского гнева, что о бедном Вите, кажется, не вспоминаете. Это ненормально, Яна.

— Но они это не переживут…

— Нет, дорогая, это они как раз переживут. Это все переживают. Поправьте меня, если ошибаюсь, но ни в одном медицинском руководстве не описано, что рождение внука явилось непосредственной причиной смерти бабушки и дедушки. Простите, Яна, что я так резко, но сейчас вы должны думать о себе, о Вите и о вашем ребенке. Так вам будет легче принять решение, с которым ваши родители согласятся или нет, но это будет уже их личный выбор.

— А если он не вернется? — тихо спросила Яна.

— Знаете, дорогие мои, — Гортензия Андреевна улыбнулась, — сейчас в это, наверное, уже трудно поверить, но когда-то у меня тоже был жених. Он не вернулся, и все, что мне осталось, — это мечтать о том, как мы могли бы быть счастливы, если бы не война. Мы не были вместе. Я сказала, давай подождем, зато после войны ты точно будешь знать, что я была тебе верна. Узнать этого ему, девочки, не довелось, а мне не довелось узнать женской жизни. Это не страшно, но по-настоящему я жалею только об одном — что у меня не осталось ребенка от любимого. Но это я тоже, как видите, пережила. В самом тяжелом исходе будет счастье с горем пополам, так оно иначе редко когда и приходит к человеку...

* * *

Иван признался жене и отцу в том, что его будут судить, только накануне отъезда. Заседание начиналось в десять, и он застолбил себе местечко на семичасовой рейс. Сначала хотел ехать ночным поездом, но билетов в свободной продаже не оказалось, и Иван решил не дергаться, рассудив, что суд, операцию и похороны без пациента не начинают.

Он сообщил новость вечером, когда Стасик лег спать, а Лиза с отцом, заварив чайку, сели смотреть очередную серию французского фильма из жизни средневековых аристократов. Лизе нравилось это кино, и Ивану сделалось немножко стыдно, что из-за обескураживающей новости она его не посмотрит, но дальше тянуть было уже нельзя.

Жена приподнялась, протянула к нему руки, но тут отец вскочил, и Лиза снова села, безучастно глядя в свою чашку.

— Это как это тебя будут судить? — вскричал папа. — За что?

— За нарушение правил безопасности, — вздохнул Иван, — я же вам рассказывал про аварийную посадку.

— Нет, ну что это! Как это? Ты действительно виноват?

Иван отрицательно покачал головой.

— Естественно, отпираешься! А как в самом деле было?

Иван пожал плечами.

— Нет, мне на старости лет не хватало только сына-уголовника! Боже мой! И ты молчал! Почему ты молчал?

«Вот поэтому и молчал», — буркнул про себя Иван, а вслух сказал, что не хотел раньше времени волновать.

— Все равно ничего не изменишь, а вы хоть подольше пожили спокойно.

— Вот уж спасибо, сын! Удружил! Что я теперь скажу товарищам, когда они спросят, как дела у моего сына? Спасибо, он сидит в тюрьме, а в целом неплохо?

— Есть большая вероятность, что дадут условно, — быстро сказал Иван.

— Но это не избавит тебя от клейма уголовного преступника!

— Не избавит.

— Что ж получается, страна доверила тебе жизни людей, а ты не справился с поставленной задачей? Я надеялся, что воспитал достойного человека, а вырастил труса, терпящего поражение за поражением.

Иван улыбнулся:

— Бьешь сына наповал, прямо как Тарас Бульба. Только не из ружья, а словом.

— Ничего смешного я не вижу.

— Пап, ну неужели ты мне совсем не веришь?

Отец поджал губы и нахмурился.

Иван повторил свой вопрос.

— А как тебе верить, когда ты молчишь как партизан? Какой я должен сделать из этого вывод? — вопросом на вопрос ответил отец. Выдержал эффектную паузу, но никто не собирался перебивать, и он продолжил: — А вывод такой, что ты виновен, ибо честному человеку скрывать нечего! Вот уж не думал, что ты опозоришь нашу фамилию уголовным делом!

Давненько отец не отчитывал его так сурово. Иван приготовился, что сейчас нахлынут привычные тоска и отчаяние, но нет, ничего такого не произошло. Он налил в свою любимую кружку с якорем ароматной заварочки, добавил кипятку и щедро намазал на кусок булки абрикосового варенья, рассудив, что надо пользоваться моментом, потому что в камере такого не поешь.

— Прости, папа, если я тебя расстроил, но далеко не все зависит от меня. Мы с Зайцевым действовали по обстановке и действовали правильно, а уголовное дело возникло просто потому, что мы остались живы. Всегда ведь все валят на пилотов, просто обычно они мертвы и судить некого.

— Почему же ты не признался мне раньше, если не чувствуешь себя виноватым?

Иван пожал плечами и посмотрел на жену. Лиза сидела, опустив глаза, и крутила в пальцах чайную ложку. Некстати вспомнилось, как на каком-то званом вечере у тестя Станислава Петровича подвыпивший профессор из мединститута расхваливал его прекрасную доченьку, мол, у нее золотые ручки и четкий мужской ум, и если она будет прилежно заниматься, то станет великолепным хирургом. Интересно, помнит ли сама Лиза, что когда-то подавала большие надежды, жалеет ли, что блестящее будущее кануло в заботах о семье и ребенке?

— Ты хоть адвоката взял?

Иван отрицательно покачал головой:

— Следователь сказал, что нас все равно осудят, так какой смысл выкидывать деньги? Они вам тут понадобятся, если меня все-таки посадят. Зайцев тоже не взял.

— Зайцев твой… — проворчал папа. — Подожди, что значит все равно осудят? Так ты все же виновен?

Лиза со стуком отбросила ложку:

— Николай Иванович, ну что вы в самом деле, будто при Сталине не жили!

— А ты, моя милая, Сталиным не прикрывайся! Меня вот очень настораживает, почему он нам заранее не сообщил… Не хочет, чтобы мы присутствовали на суде? Почему? Может быть, Иван, там твоя вина будет доказана более чем убедительно и тебе просто стыдно перед нами?

Иван доел булку с вареньем, и больше его ничего не держало за столом. Он встал:

— Может, и будет, откуда я знаю. Одно могу сказать — в составе суда прокурор точно имеется, тебе, папа, его роль исполнять не обязательно.

— Какое хамство! — с этими словами отец стремительно вышел из кухни.

В принципе другой реакции от него Иван и не ждал. Как-то Лев Михайлович, которому до всего было дело, разбирался с разводом одного командира из их отряда. Выполняя свой партийный долг, он целый месяц курсировал между разъехавшимися мужем и женой, и в итоге воссоединил семью. Подробностей Зайцев не открыл, но сказал, что, когда у тебя неприятности, порой бывает легче получить поддержку от постороннего человека, чем от родной жены. И это не потому, что она плохая, просто беда близкого причиняет человеку боль, и далеко не каждый имеет мужество терпеть эту боль, не давая сдачи. Вот и папа не может, и получается парадокс, если бы отец любил сына чуть меньше, то относился бы к нему гораздо добрее.

Иван сел рядом с Лизой и взял ее за руку. Она улыбнулась, кажется, через силу.

— Тебя правда не посадят?

— Если честно, не знаю. Пятьдесят на пятьдесят. Опять нам с тобой разлука…

— Я привыкла. — Лиза крепко сжала его ладонь. — Ничего, время быстро пролетит.

Иван кивнул.

— А вещи ты уже собрал?

— Следователь говорит, в один день такие дела не решаются. Завтра соберу.

— Я привезу, если что.

Он покачал головой:

— Не надо. Вообще не трать время на посылки и свидания.

— Как это?

— А зачем, если максимум через год я буду дома. Сколько у нас денег? Тысячи полторы есть?

— Тысяча восемьсот.

— Вам со Стасиком едва хватит продержаться.

Лиза отмахнулась:

— Не бери в голову. Выживем. В крайнем случае машину продам.

Иван вздохнул:

— Только в самом крайнем, ладно, Лиз? Летать мне больше не дадут, а на земле я на автомобиль, скорее всего, не заработаю. Но если понадобится, продавай, конечно. Кстати, не забудь мой расчет получить. У меня там еще за отпуск должны начислить, так что выйдет прилично.

— Хорошо.

— О чем мы говорим, Лиза…

— А о чем еще?

— Не знаю.

— И я не знаю. — пожала плечами Лиза. — Хотелось бы сказать, что все будет хорошо, но это не факт. А как еще тебе помочь?

Иван улыбнулся:

— Слушай, Лиз, ты, наверное, не помнишь… Мы когда первый раз были вместе, я потом сидел на этом самом стуле, а ты подошла и положила руки мне на плечи.

— Помню.

— А можешь снова так сделать?

— Конечно.

Лиза встала, зашла ему за спину. Через секунду он почувствовал прикосновение ее теплых ладоней и закрыл глаза.

— Ну что, Ваня? Не то?

— То. Самое то.

* * *

Ожидания Ирины оправдались ровно наполовину. Марию Абрамовну Горину, высокую угловатую женщину с короткой стрижкой, одетую в черные брюки и строгую кремовую блузку, трудно было заподозрить в экзальтированности, зато Валерий Викторович Попов выглядел типичным марксистско-ленинским философом. Подтянутый мужчина средних лет в неплохом сером костюме, с той деревянной и одновременно просветленной физиономией, какие можно встретить только у преподавателей общественных наук.

Представившись, Мария Абрамовна немедленно спросила, где можно курить, и отправилась к пожарному выходу, а Попов, видимо, по профессиональной привычке, разразился небольшой речью о том, как он гордится, что народ оказал ему высокое доверие. И всеми силами постарается его оправдать.

Ирина усмехнулась, вспомнив присказку Жени Горькова, что, когда замполит умирает, язык у него во рту еще три дня шевелится, и не стала обрывать народного заседателя. Лучше пусть выговорится сейчас, чем во время процесса.

Обвинителем в этот раз выступал ее старый приятель Бабкин, с годами сделавшийся еще более надутым и противным, что вызвало у Ирины сильнейшее искушение вынести оправдательный приговор хотя бы ему назло.

От адвокатов подсудимые отказались, что в данном случае было с их стороны не так уж и глупо. Даже самый блестящий защитник бессилен против телефонного права, так и незачем выкидывать деньги в пустоту.

Открыв заседание, Ирина наконец посмотрела на людей, которых ей предстояло осудить независимо от того, виновны они или нет.

Зайцев был молодцеватый дед с бровями, а второй пилот оказался редкостно красивым парнем. На заре своей карьеры Ирина почувствовала бы жгучее желание выдать по полной этому сердцееду и ловеласу, отомстить за ведра женских слез, наверняка пролитых из-за него, а теперь просто смотрела с удовольствием на роскошного мужика.

Народу в зале было совсем немного, Ирина узнала пару примелькавшихся лиц, корреспондента «Ленинградской правды» да старушек, ходивших в суд просто от скуки, вот и весь кворум.

Оглядев зал еще раз, она вдруг с удивлением обнаружила в самом дальнем углу Павла Михайловича и поежилась. Интересно, председатель пришел поддержать ее или проверить, как она работает? А вернее всего, просто контролирует, чтобы она не свернула с курса.

Ладно, сейчас она покажет класс! Ирина провела предварительную часть судебного заседания с особой дотошностью, очень подробно разъяснила подсудимым их право на адвоката и только после этого приступила к судебному следствию.

Подсудимые заявили, что обвинение им понятно, но вины своей они не признают, поскольку действовали в полном соответствии с руководством летной эксплуатации и по согласованию с наземными службами.

Ирина вздохнула. Она до последнего надеялась, что подсудимые облегчат ей муки совести, согласившись с обвинением, но нет, вина за несправедливый приговор целиком ляжет на ее плечи.

В этом деле порядок исследования доказательств особой роли не играл хотя бы потому, что все участники событий успели сто раз между собой договориться, и Ирина решила первой вызвать стюардессу, просто потому, чтобы не томить девушку в коридоре.

Ирина не знала, как сама повела бы себя в подобной ситуации, смогла бы с невозмутимым видом разносить пассажирам кофеек или билась в истерике в проходе между креслами. Второй вариант, честно говоря, представлялся более вероятным, поэтому Ирина восхищалась самообладанием молодой женщины и хотела сделать допрос максимально щадящим для нее.

Однако по виду бортпроводницы нельзя было сказать, что ей тяжело заново переживать самые критические минуты своей жизни. Подтянутая, ухоженная, как куколка, девушка уверенно вышла к свидетельскому месту и, непринужденно улыбаясь, рассказала, что через пятнадцать минут после взлета ее вызвали в кабину, где командир сообщил о предстоящей аварийной посадке и дал экипажу инструкции. Ей было поручено вернуться в салон и следить, чтобы там сохранялась спокойная обстановка, чем она и занималась, пока к ней не присоединился штурман Алексей Васильевич. За несколько минут, а может быть, секунд из кабины поступила команда сгруппироваться, они со штурманом хотели занять кресла для экипажа, но не успели. Самолет начал резко снижаться, и передвигаться по салону стало невозможно. Они крепко взялись за спинки кресел, возле которых стояли, так и приводнились.

— И вам не было страшно? — поинтересовался Бабкин почему-то с презрением.

Девушка пожала плечами:

— Не знаю, что вам ответить. Ни да, ни нет. С другим командиром я бы очень боялась, а Лев Михайлович… Трудно объяснить. С ним всегда веришь, что все будет хорошо. Даже не так, знаешь, что, пока он рядом, ничего плохого с тобой точно не случится.

Бабкин насупился, окатил стюардессу своим фирменным тяжелым взглядом и буркнул:

— Спасибо, Наталья Петровна. Больше вопросов к вам не имею.

— Мы всем коллективом верим, что наши пилоты не виноваты, — выпалила Наталья Петровна, — нельзя их судить!

— Свободу Юрию Деточкину, — прошептала Мария Абрамовна Ирине на ухо крылатую фразу, но вышло совсем не весело.

У подсудимых вопросов не было, и Ирина отпустила бортпроводницу со свидетельского места.

Ее сменил штурман, симпатичный парень, еще помальчишечьи тонкий и длинный.

— Ну что, пошли на запасной аэродром, — сказал он, переминаясь с ноги на ногу и поминутно откашливаясь, — курс вывел, все нормально, вошли в зону. Снизились, идем по визуальным ориентирам. Тут Лев Михайлович и попросил меня пойти в салон.

— И вы пошли? — спросил Бабкин, театрально ужасаясь,. — Бросили свое рабочее место?

— Так а что? Шли ниже нижнего, ориентиры как на ладони, а Нева, извините, течет куда надо независимо от того, на рабочем месте я или нет.

— И вас не смутило, что командир приказал вам в такой ответственный момент выполнять обязанности бортпроводника?

Штурман пожал плечами:

— Во-первых, не приказал, а попросил, а во-вторых, в салоне я был нужнее.

— И в чем же, позвольте осведомиться, состояла ваша задача? Разносить кофеек? — осклабился Бабкин.

Но свидетель не дал себя смутить:

— И это тоже. Вы поймите, мы в кабине все вместе, а Наташка, то есть Наталья Петровна, с пассажирами одна и вообще не в курсе дела. Мы-то хоть знаем, что к чему, а ей непонятно, что и думать. То ли турбулентность, то ли конец. Непросто, знаете ли…

— Но это входит в ее служебные обязанности, — процедил Бабкин.

— Что это? Умирать? Нет уж, извините! Но вообще-то я пошел в салон бороться с паникой. Кто ж знал, что у нас окажутся такие все сознательные пассажиры.

— А без вас бортпроводница не могла успокоить пассажиров?

— При настоящей панике — нет! — отрезал свидетель.

— Помилуйте, — произнес Бабкин, явно щеголяя антикварным словечком, — помилуйте, но я все равно не понимаю, как волнение пассажиров помешало бы экипажу посадить самолет.

— Да очень просто! Народ заметался бы по салону, и все. Есть такой миф, что хвост — самое безопасное место в самолете. Все бросились бы туда, и пожалуйста, сваливание. И фиг знает, куда бы мы упали. Может даже и вам на голову, — уточнил свидетель с некоторым злорадством. — Короче, очень важно было, чтобы пассажиры находились на своих местах, вот я и пошел, а кто еще?

После штурмана вызвали бортинженера. Сутуловатый жилистый дядечка стремительно вошел и вцепился в свидетельскую кафедру так, будто оседлал коня.

Бабкин тоже не стал тянуть и сразу спросил, на каком основании бортинженер покинул свое рабочее место.

— Ну здрасьте! — фыркнул свидетель. — Покинул! Я вообще-то не с парашютом выпрыгнул, а пытался расклинить эту чертову ногу.

— И как? Успешно?

— Нет.

— А почему именно вас подсудимый Зайцев направил в отсек шасси?

— Так а кого?

— Например, подсудимого Леонидова. Поправьте, если ошибаюсь, но мне представляется, что он моложе и физически сильнее вас. Не кажется ли вам, что он справился бы лучше?

— Может, и так, но в критической ситуации нужны оба пилота. У одного управление, у второго контроль. А вдруг у командира от перенапряжения инфаркт? Извините, Лев Михайлович, — бортинженер быстро обернулся к скамье подсудимых, — короче, брык, и все, а второго пилота на месте нет. И что экипажу делать? Штурвал губами ловить?

— То есть вы считаете, что подсудимый Зайцев принял правильное решение, удалив вас с вашего рабочего места?

— В отсеке шасси тоже мое рабочее место!

— Ну хорошо, свидетель, расскажите, что было дальше.

— Так что… Я там завис, как сучка над пропастью, лупил уже чем попало, но эта зараза встала намертво. Ну а там слышу, мужики зовут, подтянулся, сел, как вы говорите, на рабочее место.

— Вы видели показания топливомеров?

— Конечно, первым делом посмотрел.

— И? — Бабкин принял картинную позу «смотрите, я весь обратился в слух».

Ирина поморщилась. Ее вообще в жизни мало что раздражало так сильно, как дешевое кривляние, а в исполнении Бабкина оно выглядело просто невыносимо глазу.

— Приборы показывали тысяча шестьсот. Точнее ,уже тысяча пятьсот с чем-то, второй двигатель пока еще работал.

— И вы хотите сказать, что не запомнили точную цифру? — Теперь Бабкин был само недоверие и скорбь.

— Да, я хочу сказать, что не запомнил точную цифру, — огрызнулся бортинженер, — у меня, знаете ли, было в этот момент много других срочных дел, например, перезапустить двигатель. Я просто отметил, что топлива еще полно.

— Однако экспертиза говорит обратное. Припомните получше, Павел Степанович. Возможно, вы не обратили внимания на показания приборов, или же там были совсем другие значения.

— Я говорю, как было.

— В таком случае позвольте напомнить вам об ответственности за дачу ложных показаний.

— Спасибо, я в курсе.

Бабкин так сокрушенно покачал головой, будто первый раз в жизни видел нечестного человека, и сказал, что вопросов больше не имеет. Похоже, он намеренно прекращал допрос до того, как свидетелям предстояло рассказать о том, как пилоты виртуозно приводнили терпящий бедствие самолет.

Ирина хотела отпускать бортинженера, но тут неожиданно вмешался научный атеист:

— Скажите, пожалуйста, вот вы утверждаете, что топливо было…

— Было-было! — перебил бортинженер. — И по приборам, и по расчетам. Лев Михайлович по северной привычке всегда с перебором заправляет, ведь керосин как страхование жизни, лучше, когда он есть и не нужен, чем наоборот. На Севере хорошо, если обгонишь буран, а если нет? Основной аэродром закрылся, пока на запасной шел, там тоже видимость ноль, и что тебе делать? Тут-то НЗ и выручает. Вот, вообще говоря, судьба… Всю жизнь боялся недостатка, а пострадал от избытка.

— И тем не менее топлива в баках не оказалось.

— Вот уж не знаю, куда оно могло деться. Самолет, товарищи, это вам не автомобиль, — приосанился Павел Степанович, — хотя бы потому, что мы не можем, когда кончается керосин, встать на обочине и проголосовать с канистрой, брат, плесни чуток до заправки доехать. Для самолета топливо — это как воздух для человека, поэтому мы самым тщательным образом рассчитываем необходимое его количество для полета.

— И каким образом? — не унимался атеист.

— Грубо говоря, нам нужен запас топлива на прогрев, опробование двигателя и руление, плюс запас на взлет и посадку, плюс на полет по маршруту, и самое главное, навигационный запас топлива, то есть резерв на случай изменения плана полета, ну еще невырабатываемый остаток. Навигационный запас топлива должен обеспечить полет от аэродрома посадки до запасного аэродрома и полет в течение получаса до захода на посадку. А лучше и подольше, лишь бы только не превысить максимальный взлетный вес.

— Ирина Андреевна, — Бабкин вдруг поднялся со своего места, — а вам не кажется, что свидетель берет на себя функции эксперта?

— Нет, не кажется, — отрезала Ирина. — Павел Степанович, продолжайте, пожалуйста.

Бортинженер пожал плечами:

— Так а что? Сами на карте посмотрите, где Ленинград, где Москва. Грубо говоря, у нас в баках было топлива, чтобы долететь от Таллина до Москвы и в Ленинград, а мы сразу пошли на Ленинград. Срезали будь здоров, и должно у нас было топливо остаться, сами-то как думаете? Даже с учетом, что мы шли на предельно малой высоте и с выпущенными шасси. Кстати, прежде чем пойти в отсек шасси, я посчитал, что нам еще минимум три круга придется сделать.

— Тогда, возможно, они доверились вашим словам и перестали смотреть на приборы? — спросила Мария Абрамовна.

— Товарищи, да посудите сами! — вскричал бортинженер. — Пилоты оба высочайшего класса, опытные, хладнокровные, знают, что у них пятьдесят жизней за плечами. Задача, по сути, выполнена, запасной аэродром достигнут, контакт с наземными службами установлен. Метеоусловия — лучше не бывает. Осталось только одно — выработать топливо, чтобы при посадке на брюхо самолет не загорелся. Одна-единственная, по сути, задача, но пилоты почему-то перестают контролировать показания топливомеров. Я вот даже и не знаю, что такое их могло отвлечь…

Подсудимый Зайцев засмеялся.

Ирина налила себе воды и выпила маленькими глотками. Если она хочет вынести нужный приговор, нужно отпускать свидетеля как можно скорее.

— Я уже молчу, что собственными глазами видел, ибо для вас, похоже, это не аргумент, — горячился бортинженер, — нет, в самом деле, товарищи, все мы люди, все мы человеки, и бывает, что допускаем страшные ошибки. Трагические, без преувеличения можно сказать, но обычно это происходит в первые секунды, в хаосе, когда ты еще не разобрался в ситуации, а на рефлексах отреагировал, или страхом тебя парализовало, такое тоже бывает. Но тут-то, товарищи судьи! Острота момента пройдена, положение понятно, решение принято. Чего бы вдруг с ума сходить, причем обоим сразу?

Нет, этот свидетель не помощник, надо гнать его с трибуны, вздохнула Ирина, а вслух сказала:

— Павел Степанович, давайте уточним. Вы утверждаете, что после отказа двигателя лично видели показания топливомеров?

— Да.

— Собственными глазами? Возможно, вам сообщил эти показатели командир или второй пилот?

— Нет, я видел сам, что по приборам остаток топлива еще полторы тонны.

— А вы как специалист можете объяснить несоответствие показаний фактическому остатку топлива?

— Господи, да масса вариантов!

Раздался грохот отодвигаемого стула, это Бабкин встал и громко откашлялся:

— Разрешите вам напомнить, Ирина Андреевна, что суд не рассматривает предположения и гипотезы.

— Это синонимы, — уточнила Мария Абрамовна, кажется, машинально.

— В суде мы оперируем фактами и экспертными заключениями, и я очень сильно сомневаюсь, что нам стоит тратить время, слушая, пока свидетель изложит всю массу вариантов, не имея для этого ни нужной квалификации, ни знания фактов.

Ирина вздохнула. Бабкин гад конченый, но когда прав, то прав.

Она отпустила свидетеля и объявила перерыв на полчаса.

Из головы не шли слова бортинженера: «Острота момента пройдена, положение понятно, решение принято». Да, когда это так, действительно, наверное, становится легче… А в ее жизни пока ровно наоборот. Решение не принято. Она все медлит, мечется, то накрывает любовь к малышу, то тревога за Егора и Володю, то кажется, что она справится одна, то что, наоборот, не имеет права лишать сыновей счастливого и спокойного детства ради нового ребенка. Мотает ее из стороны в сторону, она надеется, что как-нибудь оно разрулится само, а между тем никто за нее этого решения не примет. Даже Гортензия Андреевна не поможет. Яну она решительно настроила рожать, а с Ириной отмолчалась, ушла от ответа. Мол, трудное положение, Ирочка, думайте... А думать-то уже и сил не осталось!

Она взглянула на часы. Только полдень, надо же, в каком хорошем темпе они идут. Во многом потому, что адвокатов нет, соответственно, нет и лишних вопросов к свидетелям. Если так и дальше будет, то вполне реально завершить процесс сегодня. А почему нет? Осталось опросить диспетчера да эксперта, выслушать подсудимых, потом будут прения, тоже, наверное, короткие, и вперед — в совещательную комнату, где можно сидеть хоть до утра. Гортензия Андреевна с Яной обещали позаботиться о детях. Ну да, зачем тянуть, продлевать агонию себе и подсудимым? Даст она им условно, и все, с плеч долой. Послушает эксперта, и если он не сумеет доказать, что экипаж вступил в сговор и нагло врет про показания топливомеров, то она даже запрет на профессиональную деятельность накладывать не будет. Оставит на усмотрение администрации и коллектива. Если там сочтут, что можно этим людям доверять жизни пассажиров, то и ради бога.

Да, так и поступит. А завтра прямо с утра позвонит доктору и договорится. Полтинник наготове в сумочке, в красивом конвертике.

От вернувшейся с перекура Марии Абрамовны так несло табаком, что Ирина распахнула форточку.

— Зачем этот фарс? — презрительно хмыкнула пушкинистка. — Говорильня эта, свидетели, то-се, когда мы прекрасно знаем, чем кончится. Время только тратить.

— Как же иначе? Ведь наш долг установить истину, — заметил Валерий Викторович.

— Истина нам спущена сверху, — у Марии Абрамовны оказался приятный басовитый смех курильщика, — так какой смысл устраивать спектакли? На кой черт все эти ритуальные действа? Честнее было бы как при Сталине, в три секунды бумажку подмахнули и разошлись, а теперь разыгрываем гуманизм, а по сути то же самое.

Ирина промолчала. В спектакле весь и смысл. В «принято единогласно» и в том, что власть прекрасно знает цену каждой поднятой руки. Именно в этом и состоит гарантия ее спокойствия, что народ ни во что не верит, а все равно играет в эти игры. Сегодня ты голосуешь на комсомольском собрании за все подряд, лишь бы не показаться белой вороной и не нажить себе неприятностей, а завтра выносишь приговор, который тебе сказали, потому что стадное чувство и мимикрия у тебя уже отлично натренированы. «Я знаю, что это глупо, бессмысленно и подло, но я буду это делать, потому что так делают все» — вот основной принцип советского человека, воспитанного в духе коллективизма.

Попов укоризненно покачал головой.

— Что вы на меня так смотрите? — огрызнулась пушкинистка. — Будто вас не инструктировали в вашей партийной организации! Что, скажете, нет?

— Естественно, наш парторг дал мне наставления, чтобы я наилучшим образом выполнил возложенную на меня задачу, — отчеканил атеист.

Ирине стало противно их слушать:

— Товарищи, если не хотите, чтобы я заявила вам отвод, считайте, что я ничего не слышала! Вы должны судить беспристрастно и непредвзято.

Мария Абрамовна снова засмеялась:

— Нет, не волнуйтесь, я проблем вам не создам. У меня защита докторской на носу и дочка в этом году поступает. Максимально непредвзято буду судить.

— А я иначе и не мыслю себе роль народного заседателя, — веско, как на лекции, заявил атеист.

— Вот и хорошо, — кивнула Ирина, думая, что интеллигенты бывают двух видов. Одни делают гадости стыдясь и мучительно страдая, а другие, напротив, выставляют свое свинство напоказ. Да, я сволочь, но я хотя бы понимаю, что делаю, и не обманываю ни себя, ни вас! Так что я даже, можно сказать, молодец! Осталось только понять, к какому виду принадлежит она сама.

Показав Марии Абрамовне чайные принадлежности, Ирина хотела выйти на набережную, но сквозь открытую дверь увидела, что возле чугунной решетки стоят пилоты вместе со своим экипажем. Сталкиваться с ними не хотелось, и Ирина направилась к черному ходу. Там, естественно, курил Бабкин. «Нет мне места на этой земле», — усмехнулась она и ретировалась.

Ослепленная предстоящим повышением, она не заметила, в какую загнала себя ловушку. Раньше, когда ее ломали на нужный приговор, на кону стояла только ее собственная карьера, а теперь, если она вдруг в остром приступе честности оправдает мужиков, то пустит под нож судьбу Павла Михайловича. И беда не в том, что он прекрасный начальник, хороший человек и наставник, а в том, что он доверился ей. Был выбор сразу сказать «нет», но она этого не сделала, ибо должность председателя суда застила ей все горизонты, и в погоне за повышением она забежала слишком далеко. Выход теперь только через подлость.

* * *

Гранкин сбегал в гастроном и принес мороженое в вафельных стаканчиках, держа их в своих больших ладонях. Надо было срочно есть, пока не растаяло.

Иван стоял, облокотившись о теплую ограду набережной, смотрел в темную воду, такую же, на которую они сели чуть меньше двух месяцев назад, ел мороженое и не хотел идти в тюрьму. Будто дразня, высоко в небе пролетел самолет, а еще выше истребитель вспахивал лазурь, оставляя за собой тонкий белый след.

Иван опустил взгляд и посмотрел на товарищей.

Зайцеву достался самый расплавившийся стаканчик, и он стремительно ел, чуть наклонившись вперед, чтобы не заляпать брюки. Гранкин с Павлом Степановичем с набитыми ртами проклинали следователей и судей, а Наташа стояла молча, улыбаясь натянуто, как на работе. Только сейчас, глядя на девушку, Иван сообразил, что после приводнения не думал о ней. Узнал от Зайцева, что Наташа летает с другим экипажем и чувствует себя хорошо, и успокоился. Ни разу не помечтал о счастливой жизни, хотя сейчас девушка нравится ему ничуть не меньше, чем раньше, и даже, кажется, стала еще красивее. Ножки так просто закачаешься. Поймав ее взгляд, Иван хотел улыбнуться, но передумал. Не надо. Он ничего не может дать девушке, а то, что она может дать ему, не принесет счастья им обоим.

Отвернувшись от Наташи, он заметил на крыльце суда дородного мужчину средних лет с импозантной седой шевелюрой, и вспомнил, что тот был в зале, а теперь смотрел на них строго и пристально, будто не нагляделся во время заседания. Интересно, кто это? Может, из КБ прислали проследить, что все идет по плану и пилотов виноватят надлежащим образом?

Впрочем, нет смысла об этом думать, отравляя себе последние минуты свободной жизни. Иван поднял лицо вверх, к солнцу. Самолет улетел, и след от истребителя терялся где-то в вышине.

Пора возвращаться на скамью подсудимых.

Лев Михайлович задержался у автомата, звонил жене, которая прилетела в Ленинград, но не смогла прийти на суд из-за высокого давления. «Вот так, — вздохнул Иван, — вроде договорились, что сын за отца не отвечает, а приговор все равно бьет по всей семье, особенно если семья дружная, а приговор несправедлив. У Зайцева супруга расхворалась, а у меня бог знает что еще будет. Может, зря я думал, что моим без меня лучше? Что Лиза привыкла одна, еще не значит, что ей это нравится… А Стасик как перенесет? Что ему скажут, почему папы нет? Он ведь умный парень, в сказку про Северный полюс не поверит… Будет он скучать или нет? Дедушка, наверное, совсем замучает его своей муштрой и бойкотами, пока меня не будет. Черт, черт, сколько я не сделал важных вещей, а теперь все, поздно, не исправить... Только сожалеть и каяться, отчего семье ни холодно ни жарко».

...Иван занял место рядом со Львом Михайловичем и заседание началось. Вызвали диспетчера, который вел их в Пулково.

Тот спокойно и гладко, как по бумажке, рассказал, что, как только получили сообщение, что в Пулково следует пассажирский самолет с неубранным шасси, сразу стали готовиться к аварийной посадке. Отложили вылеты, по возможности развели прибывающие самолеты по другим аэродромам, подготовили полосу, пригнали пожарные расчеты, машины «Скорой помощи» и эвакуировали людей из здания аэровокзала.

Когда терпящий бедствие рейс прибыл, все было готово к аварийной посадке, но командир доложил, что на борту еще керосина две тонны четыреста. Садиться с таким количеством крайне опасно, поэтому диспетчер пустил самолет по периметру зоны ожидания на предельно малой высоте.

— Что же было дальше? — спросил прокурор, трагически заламывая руки.

— Пошли на второй круг, потому что топлива оставалось еще много.

— Много это сколько?

— Много.

— Вы не в детском саду, свидетель! Отвечайте на заданный вопрос!

— Я и говорю, много еще оставалось.

Прокурор воздел очи горе, всем своим видом выражая презрение к туповатому диспетчеру. Иван поморщился. Этот сухощавый непромытый мужчина в засаленной форме вызывал у него омерзение. И так не хочется в тюрьму, а когда тебя отправляет туда такой помойный персонаж, вообще тоска…

— Хорошо, сформулирую вопрос более доступным для вас образом. Какую цифру назвал командир воздушного судна при заходе на второй круг?

Диспетчер потупился.

— Слушаем вас.

— До хрена, — пробормотал диспетчер.

— Что? Громче, пожалуйста.

— Зайцев сообщил, что пойдет на второй круг, потому что топлива еще до хрена.

— И вас устроил этот хамский ответ?

— Вполне.

— Вы не уточнили, сколько конкретно топлива на борту?

— Нет. Нужно понимать, какая тогда сложилась ситуация. Неисправный борт, люди готовятся к смертельно опасному маневру, понимая, что кто-то из них, а может статься, и все посадку не переживут. Тем не менее командир полностью контролирует ситуацию, так стану ли я придираться к словам? Человек чуть-чуть расслабился, на йоту отступил от инструкции, стравил пар, зато у него хватит сил посадить машину.

— Таким образом, вы пустили самолет на второй круг, не уточнив важнейший показатель. Ибо до хрена понятие весьма расплывчатое, не так ли? — Прокурор налил себе воды из такого же замызганного графина, как и он сам, и бесконечно долго пил. — Что ж, расскажите теперь, к чему привело это ваше разгильдяйство.

— Через пятнадцать минут полета командир сообщил об отказе одного двигателя и попросил разрешения на заход по прямой.

— Другими словами, до этого неисправный самолет обретался в окрестностях Ленинграда, а когда повреждения усугубились, вы дали разрешение лететь через центр города, верно?

Диспетчер кивнул.

— Терпящий бедствие самолет вы пустили над головами мирных горожан, — загремел прокурор.

Диспетчер развел руками.

— Дело в том, что отказ одного двигателя штука неприятная, но не смертельная, — сказал он спокойно, — почти наверняка если не в этом зале, то в этом квартале точно найдется человек, который летал на самолете с отказавшим двигателем, не подозревая об этом.

Иван перевел взгляд на судейское место. За длинным столом на креслах с высокими деревянными спинками сидели судья, молодая женщина с милым нежным лицом, и народные заседатели — чернявая дама, похожая на ворону, но очень элегантная в этом сходстве, и симпатичный невыразительный дядя средних лет. Смотрели они спокойно и скучающе, и ни с одним из них Ивану встретиться взглядом так и не удалось. Вспомнилось, как Лиза читала Стасику роман американской писательницы Харпер Ли с каким-то смешным названием. Обычно сын читал сам, но тут книгу дали только на два дня, а у Стасика как раз поднялась температура, буквы расплывались перед глазами, но он ни за что не хотел отдавать книгу, пока не узнает, чем кончится, и Лиза читала вслух, пока не охрипла. Иван не вслушивался, но запомнил фразу, что присяжные никогда не смотрят на подсудимого, если вынесли обвинительный приговор.

Вот и у них с Зайцевым такой же случай. Судьба их решена, зачем смотреть им в глаза и понимать, что они не пешки в чужой игре, а живые люди…

Иван вздохнул, и внезапно его настигло еще одно воспоминание, заставившее забыть обо всем остальном. Однажды он, отоспавшись после рейса, мирно пил чай на кухне, как вдруг к нему вышел Стасик и спросил: каково это — умирать, когда ты не дочитал книжку? Иван чуть не поперхнулся от неожиданного вопроса, а сын уточнил, что, наверное, очень обидно, ведь ты точно никогда не узнаешь, чем кончится. Иван перевел все в шутку, сказал, что старые люди читают мало и в основном книжки своей юности, сюжет которых им прекрасно известен. Только сейчас, сидя на скамье подсудимых, он вдруг понял, что сын имел в виду не дедушку, и стало так стыдно и тоскливо, что Иван перестал слушать.

Сегодня Бабкин определенно был в ударе, отрабатывал с перебором, вызывая у Ирины стойкое ощущение скрипа железа по стеклу. Тупой, беспринципный, омерзительный, а ведь сделает карьеру, особенно теперь, когда Макаров оставил пост прокурора и не сможет больше тормозить его.

— Давайте подведем итог вашей работы, — сурово сказал Бабкин диспетчеру, — вы не уточнили количество топлива на борту, не выяснили причину отказа двигателя, но разрешили самолету лететь над центром города. Вы понимаете, к катастрофе какого масштаба это могло привести?

Диспетчер опустил голову:

— Да, я это сразу понял, как только самолет исчез с радаров.

— Вы понимаете, что должны были стоять не на свидетельском месте, а находиться рядом с подсудимыми?

— Да, понимаю, и я был к этому готов. Было тяжело сознавать, что своим необдуманным решением я обрек множество людей на смерть… Да что там говорить! Воскресенье, хорошая погода, горожане поехали гулять в центр, а тут такое. В общем, можете себе представить, что мы почувствовали. И тут бежит девочка из справочного, кричит, из ментов… из милиции то есть звонят, говорят, на Неву сел ваш самолет. Мы сначала даже не поверили, ну а потом что ж? Раз посадка совершилась, надо аэропорт открывать, рейсы пускать, так что началась обычная работа, и переживать стало некогда.

— Тем не менее вы признаете, что вместе с экипажем допустили грубую ошибку? — не отставал Бабкин.

— Нет, не признаю. Я не нарушал инструкций.

— И тем не менее из-за ваших некомпетентных действий чуть не разрушилось полгорода.

Ирине стал надоедать этот балаган.

— Товарищ гособвинитель, позвольте напомнить, что в суде мы рассматриваем только то, что произошло, а что могло произойти, находится вне сферы наших интересов, — процедила она.

Но Бабкин не унимался и, прежде чем сесть, успел-таки патетически воскликнуть, что суд должен представлять себе, какой страшной трагедии ленинградцы чудом избежали.

У подсудимых к этому свидетелю не было вопросов точно так же, как и к остальным, и Ирина отпустила диспетчера. Он сделал уже шаг в сторону зала, но вдруг резко обернулся.

— Я вот еще на что хотел бы обратить ваше внимание, — заметил он, — вы так уперлись в это топливо, что совсем забыли про шасси. Вы поймите, что люди шли на аварийную посадку. Аварийную! Вы, товарищи судьи, может быть, не отдаете себе отчет, что это значит.

— Да боже мой, что у нас сегодня за процесс, где каждый свидетель воображает себя экспертом! — Бабкин закатил глаза, как актриса немого кино, изображающая боль от предательства любовника, и терпение Ирины лопнуло.

— Бабкин, вы отвода добиваетесь? — рявкнула она, выдохнула и улыбнулась свидетелю: — Продолжайте, пожалуйста.

— Им предстояло садиться на брюхо с заклинившей ногой шасси, а это все равно что прыгать в волчью яму с кольями. Может, повезет, а может, и нет. Я не верю, что такой опытный пилот, как Зайцев, проворонил топливо. Категорически не верю. Если он говорит, что до хрена, то это именно до хрена и ни граммом меньше. Причиной остановки двигателей стало что-то другое, но парадокс состоит в том, товарищи судьи, что эта неисправность вывела их на самый безопасный в данной ситуации вариант посадки.

По логике процесса, следовало бы прослушать аудиозапись переговоров экипажа с диспетчером, но Ирина решила прежде вызвать эксперта, которому и так пришлось почти целый день ждать в коридоре.

Эксперт выглядел настолько типичным ученым из фильмов шестидесятых, что Ирина невольно улыбнулась. Где только нашелся такой раритет в круглых очочках…

Обстоятельно откашлявшись, эксперт перечислил все свои регалии, описал, каким образом производилась экспертиза транспортного средства, после чего сообщил, что наиболее вероятной причиной отказа двигателей является отсутствие керосина в системе топливных баков.

У Бабкина на этот раз вопросов не нашлось, подсудимые тоже молчали, народные заседатели изображали из себя статуи, в общем, следовало немедленно отпускать свидетеля, пока никто не обратил внимания на его слова. Нужный для приговора вывод прозвучал, остальное нюансы.

Ирина посмотрела на Павла Михайловича, скромно сидящего в последнем ряду. Он едва заметно улыбнулся. «Молчи, дура», — цыкнула Ирина сама на себя и открыла рот:

— Вероятной причиной?

— Совершенно верно. Исходя из результатов обследования самолета я не смог вывести категорического утверждения и ограничился вероятностным выводом, что и отразил в своем заключении.

— Но разве так сложно определить, есть в баке горючее или нет? — спросил атеист.

— В баке! — эксперт аж подскочил от негодования. — Господи, в баке! Вы что, думаете, к самолету прикрутил бочку с керосином да поехал, так, что ли? Топливная система — это сложнейший механизм, сравнимый разве что с кровеносной системой человека. Баки расположены равномерно по плоскостям крыла и соединены между собой трубопроводами и насосами, с помощью которых керосин перераспределяется в соответствии с центровкой самолета. В данном случае от удара о воду нарушилась герметичность топливной системы…

— То есть керосин мог вытечь уже после того, как они приводнились? — уточнил атеист Попов.

Ирина почувствовала, как Мария Абрамовна легонько толкнула ее коленом, намекая, что пора заткнуть не в меру любопытного заседателя. Но вопрос задан, надо выслушать ответ.

— Мог и после, — согласился эксперт, — и тем не менее, поскольку не было обнаружено повреждений насосов и трубопроводов, а также механической неисправности топливомеров и сами двигатели находились во вполне рабочем состоянии, то было сделано обоснованное заключение, что причина остановки двигателей заключалась в отсутствии топлива.

— Но сто процентов гарантии вы не даете? — не унимался атеист.

«А ты дай сто процентов, что бога нет», — мысленно огрызнулась Ирина.

— Товарищ, закон запрещает нам делать вероятностные выводы, если варианты ответа на вопрос приблизительно равновероятны. Например, если женщина ждет ребенка, то мы не имеем права утверждать, кто у нее родится, мальчик или девочка, потому что тут шанс пятьдесят на пятьдесят. С другой стороны, из школьной программы нам известно, что голубой цвет радужки определяется рецессивным геном, поэтому, если оба родителя голубоглазые, мы вполне можем, опираясь на знания и опыт, сказать, что рождение голубоглазого ребенка наиболее вероятно.

Ирину вдруг накрыло счастьем, как теплым пледом. У нее самой серые глаза, у Кирилла светло-голубые, интересно, какие у малыша… Она резко тряхнула головой, отгоняя наваждение.

— Это будет вероятностный вывод, но только когда дитя родится и пройдет полгода, пока у него установится цвет радужки, мы посмотрим ему в глаза и вынесем категорическое заключение, что да, этот ребенок голубоглазый.

«Приводил бы ты лучше какие-нибудь другие примеры», — вздохнула Ирина, а вслух заметила, что они здесь обсуждают не детей, а самолеты.

— Ну смотрите, — вздохнул эксперт, — двигатели отметаем, они исправны. Это мы установили точно. Также нам известно, что наиболее частой причиной прекращения работы исправных двигателей является отсутствие подачи топлива. Дальше у нас есть сложная система баков, трубопроводов, насосов и измерительных приборов. Теоретически блок мог произойти на любом уровне. Из резервных баков в рабочий, из рабочего на двигатели, правда, тогда отказал бы один, а не оба, блок топливомеров тоже…

— А еще блок между экраном топливомера и глазами пилотов, — заметил Бабкин, растянул губы в улыбке и приосанился, вот, мол, товарищи, смотрите, как остроумно я пошутил.

— Да, и это. Теоретически мы не можем исключить казуистику, но по факту я даю девяносто девять процентов на то, что в самолете элементарно кончилось топливо. Знаете английскую поговорку, что если животное выглядит как собака, лает как собака, кусается как собака, то это и есть собака? Вот так и у нас. Тут в рабочем состоянии, там цело, а чудес-то не бывает. Исправная система не работает, только когда керосина нет.

— Не бывает, — вздохнула Ирина и посмотрела на подсудимых. Они сидели молча, глядя вперед и сложа руки, как прилежные ученики. Прилежные, но тупые, потому что не пригласили толкового адвоката, который сейчас вволю оттоптался бы на этом свидетеле и на всем процессе в целом. А не взяли они защитника не потому, что бедные, нет, они просто не верят в суд и справедливость. Эта аксиома, что с системой невозможно бороться, передается из поколения в поколение. Всякий знает, что, если ты обидел гражданина, еще можешь подергаться и ускользнуть от возмездия, но когда мешаешь государству, сопротивление бесполезно.

— А вот я читала книгу летчика-космонавта Берегового «Угол атаки», — сказала Ирина, — и там он описывает эпизод из своего военного прошлого, когда нужно было транспортировать людей на одноместных штурмовиках, не приспособленных для этого, и в связи с крайней необходимостью командование разрешило перевозку в гондолах шасси. Соответственно, полет производился с выпущенными шасси, и в итоге двигатель перегрелся.

— Все правильно, — согласился эксперт. — Повышенное лобовое сопротивление надо уравновесить усилением тяги, двигатели работают на высокой мощности, отсюда больший расход топлива.

— А не могла длительная работа двигателей на повышенной мощности спровоцировать какие-нибудь сбои в системе?

Эксперт пожал плечами. Ирина хотела бы сказать своими словами, но понимала, что, не умея оперировать техническими терминами и не разбираясь в теме, неминуемо сморозит какую-нибудь чушь, решила обратиться к первоисточнику, на всякий случай пронесенному в зал и спрятанному на полочке в столе.

— Извините, товарищи, сейчас я зачитаю фрагмент. — Нужное место в книге было заложено красной брошюркой Конституции. — Итак, слушайте: «Без болтика, без того злополучного болтика, который мы искали с техником Мориным, повторяю, в нашем деле не обойтись. Нашли мы его, кстати говоря, далеко не сразу. Причина оказалась до смешного проста, и именно поэтому обнаружить ее было очень трудно. Один из узлов, по которому пролегала тяга управления стабилизатором, был установлен раструбом вверх. В него-то, в этот раструб, или карман, и упал выскочивший из своего гнезда болтик, именно его непрошеное вторжение и заклинило стабилизатор. Если бы узел установить немного иначе, карманом вниз, туда уже ничего не могло бы упасть — из перевернутых вверх дном карманов может только выпасть… Так, между прочим, конструкторы и поступили: перевернули узел карманом вниз. Крохотный пустяковый просчет, который чуть не обернулся аварией»[1].

— Интересный эпизод, но какое отношение…

— Но в данном случае тоже мог быть подобный болтик. Просто в обычном режиме дефект спит, и проявляется, только когда самолет работает на пределе возможностей.

---

[1] Береговой Г. Т. Угол атаки. — М.: Молодая гвардия, 1971.

— Это умозрительно, — быстро проговорил эксперт, — но знаете что, товарищ судья? Раз уж у нас пошел такой разговор, зачитайте, пожалуйста, текст абзацем выше.

Ирина снова раскрыла книжку:

— «Впрочем, без риска, без определенной в разумных пределах доли риска в большом новом деле не обойтись. Путь к новому — всегда поиск, преодоление непознанного, неизвестного. Познать неизвестное и значит избежать просчетов, предупредить ошибки. В этом одна из сторон труда конструкторов. Сотни, а то и тысячи раз они перепроверяют собственные расчеты, тщательно взвешивают то или иное решение, скрупулезно продумывают каждый узел, каждую деталь — они ищут, ищут и еще раз ищут малейшую возможность ошибки, они делают все, что только может сделать человек, чтобы избежать в будущем риска. Но человек не всесилен, все предусмотреть невозможно. Так всегда было, и так, думаю, всегда будет. Стопроцентной гарантии в таких делах нет и не может быть. Какие-то погрешности и просчеты время от времени неизбежны — не болтик, так что-нибудь другое… Иначе на что были бы нужны мы, испытатели! То, что невозможно выявить, проверить в стенах конструкторских бюро, выявляется и проверяется в небе. Такова логика жизни, такова специфика нашей работы. Желать иного — значит хотеть невозможного, значит стать на позиции маниловщины»[1]. Этот абзац?

— Да, этот. Вы получили ответ на свой вопрос?

Ирина кивнула:

---

[1] Береговой Г.Т. Угол атаки. — М.: Молодая гвардия, 1971.

— С поправкой, что поиски непознанного и неизвестного должны завершаться до запуска самолета в серийное производство.

— Оно так, — вздохнул эксперт, — самолет новый, конечно…

— Так все-таки возможен в конструкции некий, условно говоря, винтик, конструктивный дефект, не проявляющийся в стандартных условиях эксплуатации, но в экстренной ситуации приведший к тому, что топливо перестало поступать в двигатели или приборы давали неверные показания? — Ирина сама удивилась, как ей удалось построить такую умную техническую фразу.

Эксперт нахмурился:

— Одно могу сказать точно — модель аэродинамически совершенна. Планирование уникальное, которое, собственно, и позволило товарищам посадить машину. Это очень хороший самолет, а однозначный ответ на ваш вопрос потребует более развернутой экспертизы с привлечением КБ и летчиков-испытателей. Тем не менее я предостерег бы вас от того, чтобы искать черную кошку в темной комнате, потому что, скорее всего, ее там нет. Парадокс нашего времени в том, что техника умнеет быстрее человека, соответственно, и причиной катастроф все чаще становятся не поломки и дефекты, а именно человеческий фактор.

Ирина вдруг заметила, что Павел Михайлович, ерзая на своем последнем ряду, выразительно смотрит то на нее, то на часы, то на дверь. Уловив прозрачный намек председателя, она объявила перерыв.

Попов сразу попросил у нее книжку Берегового и принялся быстро листать.

— Слушайте, как интересно! А можно я возьму?

— Это не мой экземпляр, но я спрошу хозяйку, — кивнула Ирина и поставила воду кипятиться. Только сейчас она вспомнила, что в первый перерыв не успела поесть, и поняла, что зверски проголодалась.

— Да, вот такие книги надо давать подрастающему поколению на уроках литературы, — хмыкнула Мария Абрамовна, — а то у нас сильные духом здравомыслящие персонажи заканчиваются Петрушей Гриневым и Николаем Ростовым, а дальше череда психопатов. Раскольников с его дилеммой… Ты сядь за штурвал истребителя, тогда и узнаешь, тварь ты дрожащая или кто.

— А мы-то с вами кто? — вдруг спросил Попов, не отрываясь от чтения.

Ирина с Марией Абрамовной переглянулись и промолчали.

Вода в банке энергично забулькала, Ирина заварила чай и побежала к Павлу Михайловичу, понимая, что он намекал на перерыв не просто так.

— Устали? — спросил председатель участливо.

— Да нет… Наоборот, хочу сегодня закончить, чтобы, как говорится, подписано и с плеч долой.

— Да? — поднял бровь председатель. — А я бы не торопился.

Ирина поморщилась:

— Раз решение принято, так что тянуть? Сейчас послушаем запись переговоров, подсудимые еще раз поклянутся, что своими глазами видели на топливомере тысячу шестьсот, Бабкин потерзает наш слух своей гнилой риторикой, потом последнее слово и все. И дам без лишения свободы.

— А заседатели?

— Пушкинистка открытым текстом сказала, что ее принудили к обвинительному приговору угрозой непоступления дочки в вуз и провалом защиты докторской, а Попов не так прямодушен, но я уверена, что тоже заряжен. С ними проблем не возникнет.

— Какая вы стали циничная, Ирочка, — улыбнулся Павел Михайлович, — одно удовольствие на вас смотреть.

— Ситуация требует. Не могу же я вас подвести.

Председатель прошелся по кабинету, а Ирина думала только о том, как бы поскорее откусить от бутерброда с сыром, который целый день пролежал в сумочке, масло наверняка расплавилось, а сыр подсох, господи, как же вкусно… Она сглотнула слюну.

— А я тут посмотрел на этих ребят, — председатель заглянул ей в глаза, — стоят у реки, едят мороженое, смеются, словно дети… Знаете что напомнило? Эпизод из фильма «Звезда пленительного счастья», где декабристы лежат на травке и смотрят, как для них возводят виселицу. Так что-то не по себе стало, старость что ли… Подумайте, Ирочка, сколько лет с тех пор прошло, а мы все перемалываем людские судьбы ради государственных интересов. Прикрываемся красивыми словами, а приглядись — что они значат? Кому-то удастся усидеть в своем высоком кресле, только и всего.

— А нам с вами подняться повыше, — улыбнулась Ирина, — раз пошел такой разговор, давайте будем честными до конца.

— Давайте, Ирина Андреевна. Мы с вами так легко всосали эту сказочку про интересы и престиж, потому что надо же человеку иметь оправдание, и, пожалуйста, вот оно, буквально на ладони. Не корысти ради, а токмо волею, — Павел Михайлович рассмеялся, не закончив цитаты. — Короче, если здраво, как государство пострадает, если конструкторское бюро проведет дополнительные испытания самолета? В чем убыток, если граждане нашей и дружественной стран будут летать на безопасных машинах? Ну пойдут поставки за рубеж на три месяца позже, зато с гарантией. Да, под кем-то кресло затрещит, но это, простите, личные проблемы человека, а не интересы государства. Так что, Ирочка, поступайте как знаете. Какое сформируется внутреннее убеждение, такой приговор и выносите.

— Даже так?

Павел Михайлович кивнул.

— Спасибо, но я пока не знаю, как поступить, — призналась Ирина, — ситуация-то, по сути, дурацкая, слово пилотов против слова эксперта, и непонятно, кому верить. И это возможно, и то, а доказательств нет. Если бы еще хоть запись переговоров экипажа в кабине сохранилась, но увы, невская вода смыла все улики. Вы правильно сказали, пилоты молодцы, собрались в последний момент, но это не отменяет халатности, из-за которой они проворонили топливо. Допустим, я поддамся обаянию истории чудесного спасения, оправдаю, и что? Заставлю КБ тратить колоссальные средства на поиск несуществующего дефекта, хотя в данной ситуации нужны не инженеры и летчики-испытатели, а пара следователей старой закалки, которые бы грамотно развели этих гавриков по углам и вскрыли сговор.

— Думаете, пилоты лгут?

— Павел Михайлович, я получаю зарплату не за думание, а за установление истины. И в данном случае не знаю, как это сделать. Если они лгут, то согласовали показания миллион раз, хрен их теперь поймаешь на противоречиях.

— Фи, Ирина Андреевна, какие слова…

— Извините.

Добродушно посмеиваясь, председатель прошелся по кабинету и вдруг достал из шкафа круглую жестяную коробку с датским печеньем. Едва дождавшись приглашения, Ирина схватила обсыпанную сахаром ракушку и отправила в рот. Господи, еда, наконец-то! Она даже зажмурилась на секунду от удовольствия. Чуть поколебалась, но все-таки взяла еще одно печенье. Пусть неприлично, но не падать же в голодный обморок! На крышке коробки красовались солдат в красном мундире и высокой меховой шапке и принцесса с неправдоподобно тонкой талией. Ниже, по бортику были изображены разные сценки из жизни солдата и принцессы. То они садились в карету, то принцесса раскрывала такой большой зонтик, что, наверное, готовилась на нем улететь. Ирина подумала, что в детстве полжизни отдала бы за владение такой коробкой, а Егор с Володей мальчики, им не надо. А если будет девочка и снова в жизнь вернутся принцессы и бантики, косички и платьица…

Только председатель, понятное дело, коробку не отдаст даже после того, как съест все содержимое. Отнесет домой, и жена будет хранить там пуговицы. Ирина так разозлилась на жадного Павла Михайловича, что схватила третье печенье.

— Да, расследование проведено из рук вон плохо, — вздохнул председатель, — в расчете на нашу с вами лояльность и преданность государственным интересам. Решение принять трудно, только, Ирина Андреевна, я хотел бы обратить ваше внимание, что никто не спрашивает у нас, имеется ли конструктивный дефект самолета. Единственный вопрос, на который вы должны ответить, это виновны ли пилоты в преступлении, предусмотренном статьей 85 частью 2 УК РСФСР.

— Так этого я как раз и не знаю. — Ирина снова потянулась к печенью, но спохватилась и быстро отдернула руку.

— Кушайте, кушайте! Давайте вспомним правило, что сложную ситуацию надо разрешать простыми методами, и обратимся не к букве, а к сути закона. Чего не хватает у нас на процессе?

— Чего?

— Потерпевших, Ирина Андреевна, потерпевших. Мы должны учитывать их интересы, так давайте пригласим пассажиров и узнаем, что они думают относительно своего полета. Считают пилотов лихачами, которые чуть не угробили их, и жаждут возмездия за пережитые мгновения ужаса, или совсем наоборот? Потребуйте, чтобы наша доблестная милиция разыскала и доставила в суд пару человек, кого получится, с учетом, что они все иногородние. Кроме того, я рекомендую вам пригласить для дачи показаний капитана буксира. Он был первым, кто общался с летчиками после аварии, вдруг они ему сказали что-то интересное, обмолвились, что прозевали топливо…

— Да, такие дураки.

— А вы учтите, что непосредственно после стресса человеку труднее всего себя контролировать. Могли, могли сболтнуть. Короче говоря, объявите перерыв дня на три, пока оперативники нам разыщут и доставят свидетелей, а вы тем временем еще раз посмотрите дело, непредвзято изучите заключение экспертизы, ну а мужики напоследок с семьями побудут, тоже хорошо.

* * *

Когда судья принялась пытать эксперта с помощью мемуаров Берегового, которые Иван, к стыду своему, не читал, они с Зайцевым переглянулись и слегка воспрянули духом. Правосудие допустило теоретическую возможность, что они не раздолбаи, уже хорошо. Уже не так обидно идти на зону. Или, как говорят матерые зэки, отправляться эту самую зону топтать.

— Как страстный чтец зарубежных детективов с многолетним стажем, — сказал Лев Михайлович после заседания, — могу авторитетно заявить, что после такого обоснованного сомнения в Америке нас мгновенно оправдали бы.

— Но мы не в Америке, — напомнил Иван.

— Что да, то да.

Лев Михайлович поспешил к жене, а Иван с Павлом Степановичем и Наташей остались на крыльце ждать штурмана, который побежал в гастроном за стеклянными «билетами».

Массивная дубовая дверь открылась и выпустила прокурора. Он остановился на ступенях и, мрачно улыбаясь, поманил Ивана к себе.

Он подошел, стараясь избегать тусклого прокурорского взгляда.

Иван не понаслышке знал, что такое казарма, и считал себя человеком натренированным по части обоняния, но от прокурора так противно несло застарелым потом вперемешку с табаком, что он постарался сильно не приближаться.

Прокурор сам подошел почти вплотную, и к приятным запахам присоединился еще вид перхоти, рассыпанной по синему мундиру, как звезды на небосклоне. Иван сделал вид, что любуется закатом.

— Я не должен с вами говорить, но ради ваших интересов замечу, что показания эксперта ничего не меняют, — прошипел прокурор, — пусть они вас не обнадеживают, потому что это делается специально, чтобы исключить возможность апелляции. Если вы не хотите в колонию, то я очень советую вам признать вину.

— Спасибо, — кивнул Иван и отступил. Он был, конечно, человек наивный, но не настолько, чтобы верить фразе, начинающейся с «ради ваших интересов».

— Я ведь могу и переквалифицировать статью на первую часть, а там до пятнадцати лет, почитайте сами, — бросил прокурор.

Иван в ответ только рукой махнул.

...В этот раз он летел с незнакомым экипажем, но мужики знали про его печальную ситуацию, поэтому категорически не приняли свою законную бутылку и позвали в кабину, но Иван сам не пошел, чтоб не бередить душу.

Сидел на месте стюардессы и вспоминал, как после катапультирования к нему приходили товарищи по службе и комполка, жалели и убеждали, что он не сделал никакой ошибки, а совсем наоборот. Ставили его в пример, что разобрался в ситуации и принял своевременное решение, а не стал бороться за машину до последнего и не погиб вместе с ней. Почему же на гражданке иначе? Почему им готовы впаять по пятнадцать лет, в сущности, за то, что остались живы? Да, в общем, три или пятнадцать, не так уж и важно, любая отсидка — крушение жизни, якорь, который навсегда привяжет тебя ко дну. Летать не будешь, на приличную работу не возьмут, так и придется до смерти разгружать плодово-ягодное вино в ближайшем гастрономе.

Папа, ясное дело, откажется от деклассированного сына, и Лиза тоже неизвестно, захочет ли опускаться на дно вместе с мужем. Уйдет не ради себя, так ради Стасика, чтобы у ребенка перед глазами не маячил пример деградации.

Настоящий офицер в такой ситуации застрелился бы, не дожидаясь суда, а он струсил.

Иван тряхнул головой. Судья подарила ему еще три дня жизни, и надо их прожить хорошо и радостно, не тревожась о будущем.

Утром Лиза ушла на работу, а он повел Стасика «на кровь». Ивану было жаль ребенка, которому ни за что ни про что будут колоть палец, но Лиза с Ольгой Васильевной всегда перестраховывались и назначали контрольные анализы после болезни.

Иван держал в своей руке тонкую маленькую руку и приноравливался к походке сына. Смирять свой шаг было непривычно, и так странно, что он не умел этого раньше…

Стасик шел бодро, раз только застрял возле огромного рыжего кота, непонятно каким чудом закрепившегося на узком карнизе. Кот щурился под лучами солнца и неторопливо водил хвостом, будто говорил, что я вас всех, конечно, презираю и мир в целом отвратительное место, но день выдался на удивление недурной, так что ладно.

— Ладно, — сказал Иван коту, и они со Стасиком пошли дальше.

В поликлинике, темном старинном особнячке, красивом, но мало приспособленном для нужд медицины, было сумрачно, а очередь в лабораторию едва умещалась в узком коридоре. Иван хотел занять и отойти, но мамочки довольно нервно ему сказали, что здесь так не делается, очередь живая, пришел, так стой.

Все стулья были заняты, и Иван прислонился к стене, частично загораживая собою портрет своего тезки Ивана-царевича. Наверное, к лучшему для детской психики, потому что художник придал своему герою такой безумный взгляд, что Ивану сделалось не по себе.

Стасик сразу нашел себе товарищей из ребятишек в очереди, и они стали с пользой проводить время, гоняя по тесному коридору.

Иван рассеянно следил за сыном, а в голову все лезли мысли о суде и колонии, хоть он и дал себе зарок эти три дня жить настоящей минутой.

Он прекрасно знал пословицу, что от тюрьмы да от сумы не зарекайся, но перспектива угодить за решетку представлялась ему такой же реальной, как полететь на Луну, причем без помощи космического аппарата. В тюрьме сидят особые люди, представители другой породы, не такие, как он. И вдруг, пожалуйста… Как он там выживет, в колонии и воздух-то, наверное, другой, не приспособленный для законопослушного человека.

В училище он тоже жил в казарме, и первые три года нельзя сказать что пользовался полной свободой. Ребята тоже были разные, и агрессивные встречались, и дедовщина известна ему не понаслышке. Умеет он жить в замкнутом мужском коллективе, но в училище он гордился собой, а в тюрьме придется стыдиться. Поможет ли уверенность, что он осужден несправедливо? Трудно сказать. Раньше не помогало. Когда отец бойкотировал его, Иван все равно чувствовал себя последней тварью, недостойной жизни, даже если твердо знал, что ничего плохого не совершил.

Из-за двери лаборатории непрерывно доносился детский плач, одна девочка кричала так пронзительно, что у Ивана заложило уши. Родители тоже кричали, и почти все одно и то же: «Если не прекратишь, я тебя отдам тете!» И «не выдумывай, тебе не больно». Иван знал, что не больно, но ведь и у него самого сердце противно сжималось каждый раз, когда ему на медкомиссии кололи палец.

Стасик сказал, что он уже взрослый и сам прекрасно справится, поэтому папа пусть ждет его в коридоре, но Иван все равно зашел просто поддержать.

Сын поздоровался, с видом опытного бойца сел на стульчик и протянул руку лаборантке.

Стоя в дверях, Иван смотрел, как медсестра сжимает сыну палец, протирает спиртом и быстро бьет скарификатором. В ушах вдруг зазвенело, загудело, откуда-то выплыло зеленое облако, закрывая перед ним набухающую каплю крови, и тут же все завертелось, поплыло, и оставшихся крох сознания хватило только чтобы тихо осесть по стеночке, а не рухнуть на стеклянный шкаф.

Потом в нос ударил резкий запах и кто-то стал бить его по щекам. «Ну бьет и бьет, надоест — перестанет», — рассудил Иван, которому не хотелось возвращаться из пустоты, уютной как ватное одеяло. Но удары продолжались, и пришлось открыть глаза.

Его окружали встревоженные женщины в белых халатах.

— Очухался, — злорадно сказала одна и сунула ему под нос ватку с нашатырным спиртом. Иван покорно вдохнул. — А я вам сто раз говорила, нечего сюда папаш пускать.

— Ладно, ладно… — Круглая старушка в тяжелых очках пощупала его пульс. — Просто обморок. Но кто бы мог подумать, что у такого героического ребенка папа окажется такой хлюпик!

Иван завертел головой в поисках своего героического ребенка. Стасик сидел на стульчике и смотрел на отца с озадаченным видом. Иван улыбнулся ему и попытался встать.

— Сидите-сидите еще минуточку. Я принесу сладкого чаю.

— Да все нормально со мной, не беспокойтесь.

— Вижу, вижу. Нет, молодой человек, вы явно не в своего сына пошли, — усмехнулась злорадная, снова ткнув ватку Ивану под нос. — Стасик у вас уникальный человек, уж чего мы с ним только не делали, а ни одной слезы не проронил. Боевой, бесстрашный, а вы что? Иголочку увидели и с копыт долой?

— Да, я вообще позор семьи, — согласился Иван.

— Нате, пейте, — старушка подала ему чай в белой эмалированной кружке с арбузиком на боку. Иван покорно выпил теплую сладковатую жидкость и встал.

— Как вы себя чувствуете?

Иван прислушался. Голова не кружилась, не мутило. Он прижал пальцы к запястью другой руки. Пульс вроде ровный. Он сказал, что все в порядке, забрал Стасика и ушел.

Выйдя из поликлиники, они не спеша направились домой. Давешний кот все лежал на карнизе, не обращая ни малейшего внимания на снующих мимо воробьев.

— Как ты себя чувствуешь? — спросил Стасик, заглядывая ему в глаза.

— Все нормально. Напугал тебя?

Стасик пожал плечами.

— Я горжусь тобой, сынок, — сказал Иван и чуть не согнулся от стыда, так фальшиво прозвучала эта фраза.

Горжусь тобой… Разве это себялюбивое удовольствие от успехов ребенка и есть гордость за него? Родители гордятся пятерками, победами, раздуваются, как клопы, от детских жертвоприношений на их алтарь, но ведь жизнь не всегда бывает справедлива, и не все вершины возможно покорить. Иногда противник оказывается сильнее, и что? Разве это повод не любить своего ребенка, который боролся, но проиграл? Неужели любви достоин только победитель? Почему, черт возьми, теткам из поликлиники пришлось ткнуть его носом в Стасиково мужество, чтобы он просто заметил, что сын тоже человек?

Иван покрепче сжал руку Стасика. Сын был не таким, как он хотел, и он предпочитал его не знать. Не такой, как мне надо, значит, будешь никаким. Небольшой прогресс по сравнению с папиным принципом —

если ты не такой, как я хочу, значит, будешь никем, но, надо признать, очень небольшой прогресс, буквально крохотный.

В сущности, они с отцом жили будто разделенные глухим забором, и только когда он подпрыгивал достаточно высоко, то попадал в фокус внимания родителей. Конечно, он натренировал ноги, научился жить в прыжке и благодаря этому многого добился, но что толку, если он не умеет любить своего сына и гордиться им. И только поэтому Стасик болеет, а вовсе не из-за папиных бойкотов.

Невелика доблесть сказать ребенку, что гордишься им, когда он стоит на пьедестале, пьяный от счастья. А ты попробуй скажи это человеку в самую темную минуту его жизни, когда пропало все, к чему он стремился и о чем мечтал, и когда ему особенно важно услышать от близких, что они рядом.

Наверное, гордиться — это верить, что человек знает, что делает, и поддерживать его, даже если бы сам ты поступил иначе.

Он не сказал сыну, что гордится им, когда Стасик научился стоять на коньках. И правильно, потому что сказать это следовало раньше, когда Стасик упал на лед, но не заплакал, а встал и попытался снова. Гордиться — это помогать не сдаваться, а не купаться в лучах детских успехов, как тот кот на солнышке.

Черт побери, как же обидно, что именно сейчас, когда он, кажется, что-то понял и появился шанс сблизиться с женой и сыном, его грубо выдернут из семьи.

— Стас, а хочешь, поедем ко мне на работу? — спросил Иван. — Покажу тебе самолеты.

Сын окатил его суровым взглядом.

— Знаешь что, папа, — внушительно сказал он, — пойдем домой. Ты уже сегодня показал самолеты.

— Ну пойдем, — засмеялся Иван.

* * *

Сил не осталось даже на то, чтобы раздеться и лечь в постель, Ирина свернулась клубочком под пледом. В темноте и неподвижности боль будто застыла, притаилась, готовая наброситься снова при первом неосторожном движении.

Накануне Яна уехала от нее, потому что Виктор Зейда вернулся, живой и на сегодняшний день здоровый, хотя, как он сам сказал, неизвестно, какие его ждут отдаленные последствия.

Поскольку Яна, крепко обруганная Гортензией Андреевной, уже встала на учет в консультации, то немедленно получила справку о беременности, позволяющую зарегистрировать брак в тот же день, не выжидая месяц. Что и было сделано без помпы и без свидетелей, в сугубо рабочем порядке, и вчера вечером Яна Зейда вошла законной хозяйкой в узкую, как пенал, комнату в пятиэтажке на Звездной, где Витя проживал, деля квартиру с такими же адъюнктами, как он сам. Ирина однажды была в этой обители воинского духа и помнила, что там царит чисто мужской порядок, так что рафинированной девочке Яне на первых порах придется непросто, но разве это беда по сравнению с тем, что могло бы случиться.

Несмотря на то что они с Кириллом работали на разных участках и Витя ничего не знал о судьбе товарища, он клялся, что с Кириллом все в порядке, потому что если бы это было не так, Ирине сразу сообщили бы, а раз известий нет, то он вернется домой в самое ближайшее время.

Ирина кивала, а сама чувствовала, как сердце застывает в безнадежности, сквозь которую не пробивался даже стыд, что она не радуется за Яну и Витю.

Кирилла забрали в одно время с Витей, и вот тот вернулся, а ее муж — нет. Значит, что-то неладно, что-то скрывают от семей ради государственных интересов. Неизвестность и беспомощность парализовали ее волю, она двигалась, как сонная муха, и не могла себя заставить готовиться к заседанию суда. Равно как и дома ничего толком не могла делать, все силы уходили на то, чтобы не пугать детей отчаянным выражением лица.

Сегодня стало совсем плохо, и она, соврав Егору, что болит зуб, попросила его поиграть с Володей, а сама легла. Горе накатывало волнами, как схватки.

«Даже если случится самое страшное, все равно придется вставать, ходить на работу, готовить еду, — думала она, — придется жить. Справлюсь ли я? Нет, я не имею права задавать себе такой вопрос».

Кажется, она задремала, потому что пропустила момент, когда пришла Гортензия Андреевна, просто за стеной вдруг стал слышен ровный голос старой учительницы, в сотый раз объясняющей Егору, что заданные на дом стихотворения необходимо учить наизусть именно дома, а не утром по дороге в школу.

Ирина снова закрыла глаза, но дверь скрипнула, Гортензия Андреевна вошла, неслышно ступая, и села на краешек кровати, на секунду коснувшись плеча Ирины теплой рукой.

— Вы плохо себя чувствуете? — спросила Гортензия Андреевна. — Сделали это?

Ирина быстро села:

— Нет, нет. Пока нет. Но, наверное, придется.

Учительница покачала головой:

— Мне бы очень хотелось вам помочь, Ира, только не знаю как. Разве что обнадежить, но не думаю, что вам станет легче от пустых обещаний.

Гортензия Андреевна легонько надавила Ирине на плечо, заставляя лечь, и подоткнула плед, как маленькой.

— Я, грешным делом, только и думаю о вашей ситуации, и признаюсь честно, что до сегодняшнего дня не знала, какой дать вам совет.

— Если бы я сама знала, как надо поступить…

— А вы подумайте, Ира, для чего все это делалось? Революция, Гражданская война, зачем все это было? Зачем наши отцы боролись, а мы отстаивали их завоевания в войну и дальше?

— Зачем? — спросила Ирина осторожно.

— Да ровно затем, чтобы человек не оставался наедине со своей бедой. Все. И я вам обещаю, что вы не останетесь. Выдержим, вытянем, ничего, время-то мирное. Пару месяцев посидите с малышом, восстановитесь и на работу, а я буду помогать нянчить. Егор у вас мальчик ответственный, тоже подсобит в меру сил, а там и Володенька подрастет, и уже не будет требовать круглосуточного к себе внимания. Как-нибудь справимся, и даже без потери для вашего карьерного роста, не волнуйтесь.

— Правда?

— Ну конечно! Я уверена, что Кирилл вернется домой живым и здоровым, но всегда должен быть план на случай самого неблагоприятного развития событий, и такой план, Ира, у нас есть. — Гортензия Андреевна похлопала ее по плечу и улыбнулась. — Я бы попросила вас, если будет девочка, назвать ее в мою честь, но поскольку имя у меня, по определению моих учеников, стремное, то не стану.

— Назову, — упрямо кивнула Ирина.

— Чтобы она потом меня прокляла? — усмехнулась Гортензия Андреевна. — Нет уж, спасибо. Все, спите, набирайтесь сил, а я займусь детьми.

* * *

Отец вернулся домой много позднее обычного, с видом мрачным, но торжествующим. Весь вечер молчал, заставляя Ивана теряться в догадках, и только когда Стасик отправился спать, а взрослые устроились в кухне за вечерним чаем, папа сообщил, что обо всем договорился.

— Если бы ты признался сразу, я и договорился бы раньше, и вообще обошлось бы без этого постыдного суда! — отчеканил он.

— В смысле?

— С тебя снимут обвинение.

Иван удивился. Отец имел кое-какие полезные знакомства, но никогда ими не пользовался, ибо ненавидел просить и унижаться. Он вообще был кристально честен, отчего и не сделал большой карьеры, несмотря на звание Героя Советского Союза. Неужели переступил через свои принципы ради сына?

— Спасибо, папа.

— Не за что. Тебе просто надо будет подтвердить, что Зайцев не поручал тебе следить за топливомерами.

— Но это неправда!

— Иван, мне стоило огромного труда и унижений все устроить, так что, пожалуйста, не разыгрывай сейчас из себя девочку!

— Да я-то не буду, но Лев Михайлович уличит меня во лжи.

— Не уличит, — буркнул отец, — с ним тоже договорились, он завтра пойдет к гособвинителю и изменит свои показания. Скажет, что ничего тебе не поручал, а про приборы действительно забыл. Таким образом, тебя переведут в свидетели, а Зайцеву твоему гарантирован условный срок, учитывая чистосердечное раскаяние и прошлые заслуги.

Иван вскочил и пробежался по кухне, чтобы унять душившую его ярость:

— Папа, ты понимаешь, что натворил! Зайцев сразу хотел признать вину, это я уговорил его бороться, а теперь, получается, соскакиваю?

— А ты вспомни, сын, что если бы не он, то тебя вообще не оказалось бы в этом самолете! Это из-за твоего любимого Зайцева тебя не ввели командиром воздушного судна, между прочим, так что ты ничего ему не должен.

— Папа, это мелко.

— Если бы не его злобные амбиции, то ты давно летал бы командиром, и я уверен, что в аварийной ситуации сохранил бы самообладание и смотрел на показания приборов. И уж во всяком случае, не заставлял бы потом экипаж лгать и подставляться, выгораживая тебя.

Иван сжал виски ладонями.

— Мы говорили чистую правду. Приборы показывали, что топлива еще полно.

— Ну мне-то уж не заправляй! — засмеялся отец холодно и натужно.

В душе Ивана закрутилась привычная черная воронка. Закрутилась и пропала, ведь если человек тебе не верит, поделать с этим ничего нельзя. Жаль только, что Лев Михайлович теперь будет его презирать, скажет, нет, не зря я не хотел его рекомендовать на командира, парень действительно слаб в коленках оказался. Хорошо, что отец предупредил заранее, а не молчал до самого заседания суда, еще получится исправить, но осадочек у Зайцева все равно останется.

Иван быстро достал с антресолей рюкзак, разложил на кровати в форме гнезда и стал бросать в него вещи, которые пригодятся в тюрьме.

— Что ты делаешь? — окликнул отец.

— Собираюсь, что! Хотел с семьей последний денек побыть, а теперь придется гнать в Ленинград, караулить Зайцева, чтобы не вздумал признаваться!

— А где ты будешь ночевать? — спросила Лиза и достала с полки его старый лыжный свитер, выцветший, штопаный-перештопаный, но адски теплый.

— У брата жены Льва Михайловича в коридоре на раскладушке, — буркнул Иван, — а может, на балконе, ночи уже теплые.

— Не пори горячку, сын. Он командир, он и должен отвечать. Будь он порядочным человеком, давно бы взял всю вину на себя.

Иван никак не мог найти шерстяные носки, поэтому вытащил из шкафа весь ящик и вывалил на кровать. Носков не было. Вероятно, Лиза убрала их на антресоли вместе с другими зимними вещами.

— Собери на первый случай, а там я все тебе привезу, — сказала жена.

— Нет, Лиза, я тебе просто удивляюсь! — воскликнул отец как выстрелил. — Решается судьба человека, а ты мямлишь про «привезу»! Он муж твой, в конце концов, отец твоего сына, так останови его! Напомни, что он в ответе за вас! Ты вообще понимаешь, что на тебе будет клеймо жены уголовника?

— Понимаю.

— Ну так и объясни своему мужу, что он должен думать в первую очередь о семье, а не красоваться перед каким-то Зайцевым!

Иван сходил в ванную за зубной щеткой и бритвенным станком, а по дороге подумал: вдруг отец прав? Вдруг долг мужчины в том, чтобы предать товарищей и самого себя ради семьи?

— Я не могу допустить, чтобы у меня был сын-уголовник! — провозгласил отец. — Да я просто не выпущу тебя из дому, Иван!

Он молча положил щетку с бритвой в кармашек рюкзака.

А отец продолжал:

— Елизавета, что ты молчишь? Скажи своему мужу, что обязательства перед семьей важнее ложного чувства долга. У вас больной ребенок, ты одна с ним не справишься, подумай об этом, в конце-то концов.

Лиза улыбнулась:

— Иван сам это должен решать.

— Что значит сам?

— То и значит. Сам. Собственным умом или что там у него. И не надо говорить, что я не справлюсь. До сих пор справлялась и дальше буду. Не волнуйся за нас, Ваня, делай как знаешь.

Иван затянул шнур на горловине рюкзака.

— Тогда надо бежать.

— Так ты что, собираешься среди ночи свалиться на голову незнакомым людям? — процедил отец.

— Зачем? В Пулково пару часов пересплю, а с утра постараюсь перехватить Зайцева до того, как он пойдет сдаваться.

Отец смерил его ледяным взглядом:

— Ты совершаешь страшную ошибку.

— Может быть, — кивнул Иван.

— Вот уж не думал, что доживу до такого позора. Сын-уголовник...

С этими словами отец вышел из комнаты.

Иван наконец остался наедине с женой. Что-то надо было сказать хорошее, а он не знал что.

— Времени нет проститься, Лиза, — только и смог проговорить он, прижав жену к себе.

— Ничего, значит, скоро свидимся.

— Стасику что скажешь?

Лиза поморщилась:

— Придумаю, если тебя все-таки посадят, а пока буду надеяться на лучшее. Слушай, давай я тебя хоть в аэропорт провожу?

— Долгие проводы — лишние слезы.

— Ну и поплачем, что плохого?

— Тогда поехали.

* * *

После возвращения Вити Ирина превратилась в ожидание. Секунды тишины капали, как капли яда, наполняя ее то отчаянием, то надеждой, а если звонил телефон, Ирина замирала и просила подойти Егора или Гортензию Андреевну.

Сидя на работе, она представляла, как чужой человек равнодушно набирает ее домашний номер, чтобы сообщить страшное известие, слушает длинные гудки и с досадой кладет трубку: жаль, не удалось поставить галочку напротив одной фамилии. Или почтальон, напевая, бросает в ее почтовый ящик самый обычный конверт, не зная, что в нем.

Как это будет? Как в мирное время женам сообщают о гибели мужей? Может быть, ее вызовут в военкомат и там скажут профессионально-соболезнующим вкрадчивым голосом, какой вырабатывается у врачей и стражей порядка, а она выслушает и не упадет замертво, мир не расколется на куски и не исчезнет, и жизнь пойдет своим чередом, только без Кирилла.

Приезжала новобрачная Яна и, с трудом заставляя себя не выглядеть абсолютно счастливой, говорила, что, со слов Вити, работа организована хорошо и даже отлично, с соблюдением всех мер безопасности, так что оснований для паники нет. Ирина кивала и переводила разговор на Янины дела. Ей было важно знать, что существует еще счастье, а также мелкие житейские проблемки, ссоры на пустом месте и прочие глупости, составляющие мирное течение жизни. Из сбивчивого рассказа новобрачной она поняла, что поставленные перед фактом родители вроде бы приняли нового родственника и теперь требуют, чтобы молодые поселились у них под крылышком, а не «в этой казарме». Сейчас Яна работала над ключевой проблемой — как сообщить маме с папой, что они скоро станут бабушкой и дедушкой, ведь внук, с одной стороны, счастье, а с другой — неопровержимое доказательство, что любимая дочка занималась сексом до замужества. Яна решила сказать попозже, в надежде что на радостях родители не станут производить строгие подсчеты.

Все это было так мило, уютно и глупо, что Ирине становилось чуть полегче.

Павел Михайлович дал ей три дня, в том числе и на то, чтобы она вникла в технические тонкости процесса, чего сделано не было. Ирина так и не открыла ни материалов дела, ни руководств по самолетовождению и самолетостроению.

Что же теперь? Как понять, сговорились пилоты или все-таки имела место какая-то казуистическая поломка?

Войдя утром в здание суда, она вскользь обратила внимание, что в коридорах непривычно много народу, но не придала значения этому обстоятельству. Однако, когда она открыла заседание, выяснилось, что все эти люди — к ней. Небольшой зал был заполнен, так что Павлу Михайловичу едва хватило места на самом крашке скамейки.

Ирина предположила, что по городу распространились сплетни об интересном процессе и привлекли зевак, но оказалось, что все это — пассажиры приводнившегося рейса. Оперативники официально разыскали и вызвали двоих, а те сообщили остальным по эстафете, и люди приехали из других городов.

Не успела Ирина открыть заседание, как из первого ряда поднялась маленькая боевитая старушка и без приглашения двинулась к свидетельскому месту.

— Мы пришли заявить, что не дадим в обиду наших спасителей! — начала она. — Мы будем бороться и дойдем до самого верха!

— Хорошо, хорошо, — поспешила перехватить инициативу Ирина, — но давайте все же по порядку.

— Ничего себе порядочек, судить героев!

Как можно мягче Ирина сказала, что понимает ее негодование, но протокол надо соблюдать. Пассажиры отказались покидать зал, и Ирина не стала настаивать, потому что свидетелями было заявлено всего двое, а остальные получались просто сочувствующие граждане.

После установления личности и других формальностей старушка очень грозным голосом доложила, что пилоты действовали слаженно и четко, и не только спасли жизни пассажиров, но отработали так, что люди просто не успели испугаться.

Второй свидетель, мужчина средних лет, подтвердил ее слова, заметив, что у него сильная стенокардия, приступ провоцирует малейшее волнение, а тут ничего в груди даже не шелохнулось. «Объективный критерий профессионализма пилотов», — заключил он.

Следом выступил щупленький веснушчатый парнишка, тот самый капитан буксира, который не растерялся и первым подошел к терпящему бедствие самолету. Он сказал, что люди, в том числе и пассажиры, вели себя настолько спокойно, что он так до конца и не поверил, что все было всерьез.

Бабкин во время этих показаний подозрительно молчал. То ли придумывал план контратаки, то ли просто чутьем труса понимал, что если скажет хоть слово против пилотов, то ему не поздоровится.

Без особого интереса Ирина заслушала запись переговоров экипажа с диспетчером. Много было на ней шумов и помех, но слова «до хрена» звучали совершенно отчетливо.

Пришло время говорить подсудимым. Первым вызвался второй пилот.

— Я не знаю, какова истинная причина отказа двигателей, — сказал он, — и не знаю, как доказать, что Лев Михайлович поручил мне следить за расходом топлива, и при принятии решения идти на второй круг приборы показывали тонну шестьсот. В этом я могу поклясться и прошу суд поверить мне. Возможно, от нестандартного режима работы двигателей произошел сбой топливных насосов или прибор стал врать, как градусник, который если опустишь в горячую воду, он потом показывает черт знает что. Я только прошу суд учесть, что Зайцев собирался пожертвовать собой и, удалив экипаж из кабины, посадить самолет на основные ноги. Этот маневр чуть более безопасен для пассажиров, но для пилота смертелен, и все же Лев Михайлович собирался его выполнить.

— Как мы не раз уже упоминали в этом процессе, суд не рассматривает предположения, а равно и то, что человек собирался сделать. Мы, слава богу, работаем только с совершенными деяниями, — осклабился Бабкин.

— Я говорю, какой был план, — буркнул второй пилот.

Командир воздушного судна Зайцев сказал, что собственными глазами видел показания приборов, а больше добавить ему нечего, кроме того, что непосредственно приводнение осуществил второй пилот Леонидов.

— Если бы не Ванин боевой опыт, еще неизвестно, чем бы все кончилось, — буркнул он и так сурово зыркнул на Бабкина из-под бровей, что тот передумал задавать вопросы.

Ирина объявила перерыв пятнадцать минут. Мария Абрамовна побежала курить, а они с Поповым мирно попили чайку. Он начал было обсуждать процесс, но Ирина довольно грубо оборвала, заметив, что они успеют наговориться в совещательной комнате.

После перерыва приступили к прениям, и Бабкин порадовал длинной нудной речью, полной самой пошлой филиппики, которую только способно породить человеческое воображение, когда оно отсутствует.

По логике Бабкина, выходило, что мелкая поломка привела к нестандартной, но безопасной в принципе ситуации. Пилотам всего-навсего надо было сесть на брюхо, подумаешь, ничего особенного, а они стали проявлять ненормальную лихость и необузданную самодеятельность.

— Да, они спаслись сами и спасли пассажиров, — надрывался Бабкин, — но к чему следует отнести данное спасение: к мастерству пилотов или к слепой удаче? И является ли спасение индульгенцией и отпущением грехов?

«Нет, Бабкин, — мысленно перебила Ирина, — у нас в стране индульгенцией является только героическая смерть».

Гособвинитель еще минут двадцать терзал слух присутствующих, расписывая апокалиптические картины падения самолета на город, хоть только что сам и запретил рассматривать предположения. В целом было заметно, что в отличие от Ирины он добросовестно подготовился к процессу.

Подсудимые отказались от ответных речей.

Ирина оглядела зал. Пассажиры сидели с суровыми и напряженными лицами, и у нее чуть слезы на глаза не навернулись. Люди приехали из других городов, встали стеной, чтобы защитить своих спасителей, потому что человек не должен оставаться наедине со своей бедой. Это правда, так было, так есть и так будет.

Она предоставила подсудимым последнее слово, пока не успела расплакаться по-настоящему.

Леонидов только плечами пожал, а Зайцев поднялся и внимательно посмотрел Ирине в глаза:

— Я командир, значит, мне и отвечать. Судите меня, молодого-то за что тянуть? Он только выполнял мои приказы. Да, и еще виртуозно посадил самолет, так что просто грех лишать нашу авиацию такого мастера.

* * *

Суд удалился на совещание. Секретарь сказала, что это может продолжаться и час, и три минуты, так что она не советует покидать зал, но покурить Лев Михайлович, пожалуй, успеет.

Зайцев галопом понесся на черную лестницу, а Иван остался сидеть на скамье подсудимых.

Пассажиры, большинство из которых он не узнавал в лицо, подходили, обещали, что будут бороться против обвинительного приговора, один из них записывал что-то в блокнотик, а Иван кивал и улыбался, а сам ловил взгляд отца, сидящего в последнем ряду с большой дорожной сумкой на коленях. Видно, Лиза собрала ему одежду и еду на первое время.

Иван не ожидал, что отец приедет на суд, и не совсем понимал, что теперь чувствовать.

Вернулся Зайцев, сел рядом, дыша горьким табачным духом.

— Тяжело будет на зоне без курева, если что, — вздохнул Иван.

— Не боись, жена пришлет, или в ларьке куплю. Не пропадем, в общем.

— Нас, наверное, в разные колонии определят.

— Угу, меня в пенсионерскую, а тебя для молодых и борзых.

Ожидание затягивалось. В зале становилось душно, пассажиры выходили кто покурить, кто подышать. Зайцев ерзал-ерзал, но не усидел, выцыганил у Ивана двухкопеечную монетку и побежал в очередной раз звонить жене, которой было уже получше, но Лев Михайлович боялся, что если она увидит его на скамье подсудимых, то давление снова поднимется.

Отец подошел к нему, когда зал почти опустел. Иван улыбнулся, а папа погладил его по плечу, как делал, только когда сын был совсем маленький.

— Слушай, пап, — спросил Иван, — а как ты пережил, что не сможешь больше летать?

Отец пожал плечами.

— Правда, как? Ты никогда не говорил об этом.

— Ваня, с моего года из ста ребят трое живых осталось. Что я жив, это уже было чудо, поэтому я не привредничал и не особенно по небу тосковал, просто дышал мирным воздухом и не мог надышаться. Жизнь сама по себе была подарком, что бы в ней ни происходило. Ну а потом этот чудесный свет потускнел, конечно. Я понял, что должен быть достоин того, что я жив, и воспитать самых достойных детей. Сам не имел права на ошибку и тебе такого права не давал.

— И Стасику.

— И Стасику, — согласился отец и вздохнул: — Ты вот у меня родился через десять лет после Победы, а уже совсем взрослый, и парни, опоздавшие воевать, уже на пенсию выходят, а все никак не зарастет эта рана. Все отзывается…

— Ничего, пап. Затянется со временем.

— Ты не волнуйся, я позабочусь о твоих, если что.

— Я знаю.

Папа снова похлопал Ивана по плечу:

— Пойду поговорю с твоим Зайцевым. Скажу, что это была на сто процентов моя инициатива.

Отец отошел. Ивану тоже хотелось размять ноги, но он сидел, будто пригвожденный к скамье подсудимых детской мыслью, что если суд не найдет его на месте, то добавит еще срок за непослушание.

Оглядевшись, он заметил, что капитан буксира стоит рядом, переминаясь с ноги на ногу и явно хочет с ним заговорить. Иван кивнул.

— Хоть познакомимся, — он привстал и протянул руку, — Иван, очень рад.

Юный капитан ответил на рукопожатие и сказал, что тоже очень рад.

— Вы извините, я понимаю, что момент неподходящий, — юноша потупился, — но раз уж пришлось встретиться, вы не могли бы дать мне телефончик вашей стюардессы? Извините, что в такую минуту…

— Все в порядке, все в порядке. — Иван нахмурился, делая вид, что припоминает телефон Наташи, хотя знал его не хуже собственного. Не собирался звонить, а просто так знал, на всякий случай, вдруг когда-нибудь соберется с духом. Приятно было думать, что путь к несбыточной мечте открыт… Дурак он был, что и говорить.

Выдержав приличную паузу, Иван продиктовал номер и понял, что вскоре его забудет. И что ему совсем не обидно, если Наташа будет встречаться с этим парнишкой, а, наоборот, приятно знать, что все прекрасно у девушки, которая ему когда-то нравилась.

* * *

— Ну что, товарищи, — спросила Ирина, когда они вошли в совещательную комнату, — какие мнения?

— Дать условно, — быстро сказала Мария Абрамовна.

— Так. Ваше мнение, Валерий Викторович?

Атеист прошелся по комнате и тяжело вздохнул:

— А я, Ирина Андреевна, не знаю, что и думать. В сущности, у нас нет убедительных доказательств, одни предположения. Трансцендентная какая-то ситуация.

— Прямо как у вас на работе.

Попов засмеялся:

— Да, точно! Мы с вами перешли границу непознанного и заступили на территорию непознаваемого.

Ирина поморщилась, не желая вступать в абстрактные философские дискуссии.

— Как теперь узнать, проворонили они топливо или нет? — продолжал атеист. — Можно назначить дополнительную экспертизу, стендовые испытания, провести полеты в точно таких же режимах, и даже если все они пройдут идеально и топливная система ни разу не подведет, все равно останется крохотная вероятность, что в этом конкретном полете случился некий сбой техники, который специалисты просто не сумели ни повторить, ни выявить. Но и гарантий, что пилоты говорят правду, тоже нет.

— Нет.

— Так и нечего думать, — фыркнула Мария Абрамовна, — дадим им самое малое, что можно, и разойдемся. Мы ведь имеем право дать условно и без запрета на профессию?

— Конечно, — кивнула Ирина.

— Так ну и все! Они этого наказания даже не заметят.

Ирина покачала головой:

— Мы-то можем не накладывать запрет на профессию, но мало найдется руководителей, которые потерпят у себя пилотов с судимостью.

— А это уже не наше дело, тем более что командиру так и так на пенсию пора.

— А вы подумали, каково завершать таким образом безупречную карьеру? — окрысился Попов. — Вместо почетного выхода на заслуженный отдых несмываемое пятно на репутации.

Пушкинистка Горина резко повернулась на стуле и сцепила руки в замок:

— А у меня защита докторской на носу и дочь поступает. Давайте будем реалистами, товарищи. Мне четко дали понять, что я должна до последнего отстаивать обвинительный приговор, и я очень сильно сомневаюсь, что из присутствующих в этой комнате работали только со мною одной.

— А я и не отрицаю, что со мной провели беседу в партийной организации, — сказал Попов.

— И чем же они вас запугали?

— Почему сразу запугали, Мария Абрамовна? Объяснили, что я, как коммунист, должен понимать масштаб проблемы. Халатность на транспорте следует безжалостно искоренять, пилоты не имеют права воображать себя всесильными богами, а в любых ситуациях обязаны строго соблюдать инструкции.

— Ну ясно, — усмехнулась Горина. — А вас, Ирина Андреевна, как обработали?

— А я давала присягу советского судьи. А вы, кстати, присягу народного заседателя, перечитайте, если забыли, там все написано.

— Слова, слова… — Горина закатила глаза.

— Нет, не просто слова. Вы правы, часто суть теряется за пафосными речами, но не в этом случае.

Горина встала и прогулялась по комнате, разминая поясницу.

В сущности, Попов прав, дело странное. Обвинение вышло голословным, но и защита его убедительно не опровергла. Процесс построен не на доказательствах и уликах, а на защите докторской Марии Абрамовны, поступлении ее дочки, карьерного роста Ирины и коммунистической сознательности атеиста Попова. Если он, конечно, не врет.

— Если бы мы хоть точно знали, что они не виноваты, — вздохнула Мария Абрамовна, — тогда другой разговор, а гробить свою карьеру и будущее дочери ради двух дураков, которые не умеют снимать показания приборов, я не хочу. Они мне никто.

— Это моя вина, — вздохнула Ирина, — вы ведь сразу честно признались, что вас запугали, и я обязана была заявить вам отвод, но не сделала этого. А теперь поздно, это тогда скандал на весь город. И процесс придется заново начинать.

— Я просто не люблю лицемерия, говорю как есть и предлагаю соломоново решение. И волки сыты, и овцы целы. Пилоты поедут по домам, у нас с вами проблем не будет, и спасенные пассажиры, между прочим, останутся довольны. Все люди взрослые, понимают, что от добра добра не ищут. Если дальше пойдут по инстанциям, то добьются не оправдания, а реальной отсидки.

Ирина нахмурилась. В принципе, Горина дело говорила. Судья всегда может дать ниже нижнего, только мера наказания должна коррелировать с тяжестью преступления и с личностью подсудимого, а никак не с мерой уверенности судьи в виновности человека.

— Когда я готовился к роли народного заседателя, то выяснил, что сомнения трактуются в пользу обвиняемого, — заметил Попов весомо, как на лекции.

— Предлагаете оправдать?

— Но, с другой стороны, как подумаю, что могло случиться из-за их беспечности! Ведь самолет мог рухнуть прямо на университет, прямо нам на головы!

— Вот сразу бы точно и узнали, есть бог или нет, — буркнула Мария Абрамовна.

— Обвинитель прав. Они дали ложную информацию диспетчеру, который пустил их напрямую через город при отказе одного двигателя. Это было уже спорное решение, но если бы диспетчер знал, что топлива на борту практически не осталось, он бы сообразил, что вслед за первым двигателем немедленно откажет второй, и не разрешил бы экипажу пролет над городом.

— В сфере «если бы» можно барахтаться так же бесконечно, как в сфере непознаваемого, — заметила Ирина. — Давайте по существу.

Попов тяжело вздохнул и развел руками. Ирине стало душно, она встала, открыла окно и выглянула на улицу. Вечерело. В белом небе зажглись белые фонари, будто кто-то уронил в молоко жемчужное ожерелье. Сквозь шум моторов и шагов слышался уютный плеск воды о гранит, пахло рекой, бензином и сиренью.

Ирина обернулась:

— Знаете что, товарищи, давайте упростим задачу. Отбросим сомнения и примем за данность, что пилоты ошиблись. Забыли про топливо или просто перепутали. Будем считать фактом, что, оказавшись в аварийной ситуации, произошедшей, кстати, сто процентов не по их вине, они растерялись. Командир, по свидетельству второго пилота, готовился к смерти, и мне кажется, что мало кто в подобной ситуации думал бы о расходе топлива. Второй пилот тоже не сообразил, что инженер отсутствует на рабочем месте и следить за датчиками просто некому. Будем считать, что все произошло именно так.

Горина энергично кивнула, а Попов пожал плечами и сказал, что он в этом далеко не уверен.

— Нет, давайте примем. Дадим людям право на ошибку и вспомним, что любую ошибку можно рассматривать как эксцесс исполнителя, а можно как несовершенство системы, — сказала Ирина, — и как вы думаете, какой подход стратегически выгоднее?

Горина с Поповым промолчали.

Ирина прошлась по комнате. Все просто, когда есть хороший компромисс, после которого не будет мучить совесть. Все довольны, шито-крыто, живем дальше. Обычно Ирина старалась не смотреть в зал, на потерпевших и их родных, но сегодня был случай особый, и вглядываясь в лица спасенных, пришедших постоять за своих спасителей, она заметила в заднем ряду высокого подтянутого старика, так поразительно похожего на подсудимого Леонидова, что практически не оставалось сомнений в том, что это его отец. Заметила Ирина возле старика и большую сумку. Значит, не верит в благополучный исход, раз собрал вещи для зоны. Условный срок подсудимые воспримут как избавление, и пассажирам нетрудно будет объяснить, что их спасли от смерти, которую сами же и пригласили. Хороший компромисс… Мария Абрамовна защитит свою диссертацию, дочка поступит в институт, Ирина с Павлом Михайловичем пойдут на повышение, а пилоты останутся на свободе и продолжат летать. Отличный план, ни малейшего изъяна.

— Товарищи, я жду ребенка, — тихо сказала Ирина, — а мой муж сейчас на ликвидации Чернобыльской катастрофы, и я не знаю, вернется ли он домой. Может быть, мне придется одной воспитывать детей, как и многим другим женщинам в нашей стране. Многие уже овдовели, многие ждут своих мужей и не знают, вернутся ли они. Женщины тревожатся за своих детей, попавших в зону облучения, беременные вынуждены избавляться от долгожданного ребенка... Словом, произошла страшная катастрофа, масштаб которой нам еще предстоит осмыслить.

— Я вам сочувствую, но какое отношение это имеет к нашему делу? — Горина с визгом закрыла молнию на сумочке. Видно, хотела покурить, но, услышав про беременность, отказалась от этой затеи.

Ирина пожала плечами:

— На первый взгляд никакого. Но тоже идет расследование, будет суд, и снова найдут стрелочника. Назначат или бесконечно малого виновника, или бесконечно большого, то есть всю атомную энергетику, а мимо настоящих преступников опять промахнутся. Подумайте, товарищи, ведь эта катастрофа произошла наверняка не на пустом месте, не как гром среди ясного неба. Были какие-то мелкие ошибки, незначительные поломки, просто несоответствия расчетам, но все это замазывалось, утаивалось, потому что люди у нас твердо знают принцип «ты начальник, я дурак». Проще промолчать, скрыть, где-то приписать лишний нолик, сдать недоработанный объект, чтобы рапортовать о выполнении плана. Это же совсем чуть-чуть, малюсенькое отступление, буквально на волосок, абсолютно безопасное, на которое не грех пойти, лишь бы только избежать разноса и лишения премии. Знаете, есть такое слово «оргвыводы»? Под ним обычно подразумевается поиск, нет, не поиск даже, а назначение виноватого и его наказание, между тем буквально это слово обозначает организационные выводы, то есть следует пересмотреть всю организацию работы. Делается это когда-нибудь? Нет! Потому что претензии к плохой организации следует адресовать к обитателям высоких кабинетов, а это не нужно. Гораздо проще назначить виноватым маленького человека. Тут Акакий Акакиевич, там Петр Петрович, и ни в коем случае нельзя соединить их случаи и увидеть несовершенство системы. Сейчас мы осудим пилотов, и все, в деле будет поставлена точка. Никто больше не станет разбираться, каким образом в ногу шасси вкрутили неисправный болт. Никто не проанализирует работу топливной системы данной модели самолета, и когда-нибудь она снова даст сбой, а за штурвалом будет не ас-истребитель, да и реки поблизости не окажется. И снова пилотов сделают виноватыми, тем более что мертвые молчат и не опровергают ложных обвинений. — Ирина налила себе воды из графина и выпила, хоть та и отдавала немного затхлостью. — Товарищи, приходится признать, что мы заплатили страшную цену за раболепие и угодничество и будем платить бесконечно, если не остановимся.

— Мы не на партсобрании, так что не надо тут речуги задвигать, — бросила Горина.

— Это не речуга. Я действительно прошу вас вникнуть и дать людям право на ошибку. Надо учитывать, что профессионал действует не в вакууме, а как элемент системы, и если мы этого не поймем, то так и будут у нас стрелочники топить пароходы, пускать под откосы поезда и разбивать самолеты.

— Легко говорить, когда не ваша дочка поступает.

Ирина вздохнула:

— Вы правы. На вашем месте я бы тоже билась до последнего, но не факт, что откровенно призналась бы в том, что имею личный интерес. Спасибо вам, Мария Абрамовна, за откровенность.

— Не за что. Я предлагаю нам не класть головы на рельсы.

— Да, давайте сделаем как надо, а душу потом за разговорами на кухне отведем, — ухмыльнулся Попов, — там-то уж поборемся с режимом, ого-го! А дело-то, что ж, зачем его делать, ведь плетью обуха все равно не перешибешь, верно? Пока мы, такие прекрасные, будем за правду бороться и шею подставлять, всякие сволочи опередят нас на пути к успеху, а разве это справедливо?

Горина вздохнула:

— Не ерничайте, Валерий Викторович. Нынче можно позволить себе быть принципиальным, только если ты родился в номенклатурной семье.

— Нет, как раз это каждый гражданин может себе позволить.

— И просидеть всю жизнь в глубокой заднице. Слушайте, давайте уже решим и разойдемся, не тратя времени и сил на пустопорожние разговоры. — Горина открыла молнию на сумочке, сунула руку внутрь, но, посмотрев на Ирину, раздраженно отдернула. Сумочка у нее была что надо, мягкой кожи, модной цилиндрической формы и темно-алого цвета. Ирина бы не отказалась от такой. — До утра, что ли, тут высиживать?

— Товарищи, должна вам напомнить, что мы имеем право находиться тут столько времени, сколько нам будет необходимо для формирования внутреннего убеждения и принятия решения. Если надо, то и до утра, — сказала Ирина и открыла дверцы шкафчика, досадуя, что сегодня заранее не принесла сюда что-нибудь из еды. Оставалось надеяться только на запасливых коллег, но увы… До нее процесс вел судья Иванов, у которого заседатели по струнке ходили, отчего он не имел привычки застревать в совещательной комнате. В самом углу обнаружился кулек с карамельками-подушечками, больше похожими на древнюю окаменелость, чем на съестные припасы. Поколебавшись, Ирина все же не рискнула это есть и положила кулек обратно.

— Да уж, могучий удар по бюрократизму мы нанесем, если оправдаем этих ухарей, — фыркнула Горина, — просто сокрушительный.

Попов неопределенно ухмыльнулся.

«Да что мне, больше всех надо, в самом деле, — поморщилась Ирина, — народные заседатели имеют равные права с судьей, так что если они вдвоем выскажутся за обвинительный приговор, я оформлю как положено, и все. Действительно, наносить удары по бюрократизму можно только собственным лбом, который ты и расшибешь, а бюрократизм даже не почешется. Хватит уже с ветряными мельницами воевать. У человека вон дочка поступает, и если что, я ведь буду виновата, что ребенок не увидит высшего образования как своих ушей. Действительно, как бы я запела, если бы Егор поступал, а какая-то оголтелая дура пыталась меня развернуть против собственного ребенка? Не надо обольщаться, до сих пор мне удавалось противостоять давлению, потому что оно было направлено конкретно на меня, да и давили не так чтобы насмерть. Зачем я пыжусь, ведь процесс тихий, не имеет общественного резонанса сейчас, и потом про него писать не осмелятся. Никто не узнает, что я оправдала пилотов, и это право на ошибку никому не сдалось…»

— Интересно, — протянул Попов, усевшись в кресло с малиновой дерматиновой обивкой, от старости испещренное грубыми серыми трещинами, — что первично, что вторично?

Он крутанулся, и кресло со скрипом поддалось.

— Материя или сознание? — уточнила Ирина. — Но это уж вы зашли совсем издалека.

— Нет, я думаю, где закладывается основной фундамент принципа «я начальник, ты дурак», на производстве, или дома, или в школе? Откуда растет этот неистребимый сорняк? Вспомните, какая основная добродетель школьника? Признаться в своем проступке, не прятаться за спины товарищей, верно? И честность, безусловно, прекрасная добродетель, но человек с пеленок знает, что он признается только затем, чтобы принять заслуженное наказание. Чтобы его могли стыдить и виноватить. Даже интересно было бы провести исследование, сколько детей после проступка слышат «как тебе не стыдно!», а сколько — «ничего страшного». Существуют ли вообще школьники, живущие в уверенности, что можно прийти к старшим со своей бедой и получить помощь и поддержку? Лично я таких не знаю. Поэтому, наверное, если главное качество, по версии педагогов, — уметь признаться в своем проступке, то, по версии школьников, основная добродетель — не заложить. Все знают, что надо стоять до последнего, а товарища не предать, будто взрослые не друзья, а злейшие враги, и в чем-то так оно и есть. Мы не хотим разбираться в ситуации, потому что наказать гораздо проще и дальновиднее. Раз за разом получая от нас нагоняй, ребенок перестанет нас тревожить своими бедами, будет их скрывать и справляться самостоятельно, как умеет, а поскольку умеет он плохо, то проблемы растут как снежный ком. В дальнейшем такой ребенок с расшатанной психикой становится полноправным гражданином и идет на производство с готовой моделью в голове, что руководители, как и родители, существуют исключительно для того, чтобы казнить и миловать. Других функций у них просто нет. Или, наоборот, начинается все с того, что страдающий от самодура-начальника товарищ отыгрывается на своей семье?

— Так и крутится это психиатрическое колесо, — вздохнула Ирина.

Горина резко встала и отошла к раскрытому окну.

На улице было все так же светло, и не скажешь, что уже девятый час. Белые ночи, время юности и больших надежд. Время любви… Ирина с Кириллом каждый год собирались идти смотреть, как разводят мосты, и все что-то не складывалось, а теперь придется ли?

Педантичная Гортензия Андреевна уже покормила детей ужином и сейчас, наверное, торгуется с Егором за право посмотреть фильм после программы «Время». Если картина покажется старушке поучительной, то она разрешит и, уложив Володю, устроится вместе с Егором у экрана, одним глазом поглядывая в телевизор, другим — на рукоделие в своих руках. Она вяжет крошечные чепчики и пинетки для будущего малыша, пока нейтральных цветов, но Ирина знает, что розовые и голубые клубочки у нее наготове. Нет, она не останется наедине с бедой, если Кирилл не вернется, только горе от этого не сделается легче…

Попов раскручивался на отчаянно скрипящем кресле из стороны в сторону, как мальчишка, а Мария Абрамовна смотрела в окно, выбивая пальцами частую дробь по стеклу.

Ирина пыталась уловить какой-то ритм, но быстро бросила эту затею.

«Да рожайте вы уже!» — хотелось ей прикрикнуть.

Наконец Горина обернулась:

— Ладно, откровенность за откровенность, — резко бросила она, — раз уж пошел у нас такой разговор… Меня воспитывали именно так, как вы сказали. Строго, но справедливо, спуску не давали ради моей же пользы, я ведь должна знать свои недостатки, чтобы их искоренять. Обстоятельства? О чем вы! Только трусы и приспособленцы кивают на обстоятельства, настоящие люди ищут причину в себе и ни в коем случае не в старших, которые всегда правы. Так я поедом себя ела, и мне казалось это нормальным. Старалась соответствовать всем стандартам, но вот школа закончена с золотой медалью, я поступила в университет, и началась вольная жизнь, под очарование которой трудно не попасть. И вот как-то раз я загулялась с однокурсниками до двух часов ночи. Я понимала, что поступаю плохо, но в компании был мальчик, который мне очень нравился, и я чувствовала, что нравлюсь ему. Так хотелось, чтобы у нас что-то получилось, а я боялась, что если уйду домой, то все закончится, не начавшись. В семнадцать лет, знаете ли, очень стыдно быть домашней девочкой. Я позвонила домой, сказала, что буду поздно, но это не помогло. Родители не желали принять во внимание, что я попала в новую среду с новыми правилами. Не хотели подумать, что я молодая и неопытная девочка, нет, они накручивали свою обиду, как это дочь заставила их поволноваться, посмела доставить дискомфорт! Непростительное поведение! Когда я вернулась, они назвали меня проституткой и выгнали из дома. Понятно, что они хотели только приструнить, запугать окончательно, чтобы я вымолила прощение и в дальнейшем сидела дома после девяти, но я ушла. И этим уходом, к сожалению, разрушила свою жизнь, связалась с кем не надо, стандартная история, каких вы знаете сотни и по романам, и по реальности. Я по-прежнему не хочу подставлять голову ради посторонних людей, но вдруг право на ошибку важнее поступления в институт? Тем более что дочка не особенно туда и рвется, она хочет в медучилище. Возможно, ей важнее знать, что я люблю ее такой, как она есть, и понимаю, что иногда мы сильнее обстоятельств, а иногда обстоятельства сильнее нас. Разумеется, обидно ради этой простенькой идеи спускать в унитаз собственное будущее, но, с другой стороны, бескровно никакие перевороты не происходят, даже если это перевороты в сознании. — Горина усмехнулась и снова выглянула в окно: — Посмотрите, Ирина Андреевна, а это, случайно, не по вашу душу?

— Что, простите?

— Не за вами ли пришли? Слишком активно молодой человек добивается нашего внимания.

Ирина подошла к окну. Ноги вдруг сделались ватными, и пришлось ухватиться за Марию Абрамовну, чтобы не упасть. Она зажмурилась, тряхнула головой, ущипнула себя за руку и только потом выглянула снова. Нет, это был не призрак, возле чугунной решетки действительно стоял Кирилл и махал ей рукой.

* * *

По толпе, расползшейся вокруг здания суда и в коридоре, прошел слух, что суд идет, и все устремились в зал. После сиреневых ленинградских сумерек лампы дневного света горели особенно безжалостно и тревожно, в их белом сиянии лица казались усталыми и больными.

Ян сжал кулаки от нетерпения, готовый протестовать против несправедливого приговора. Бабушка красивой внучки рядом с ним тоже подобралась, как перед атакой.

Монашка сгорбилась и украдкой перекрестилась, и Ян тоже помолился бы, если бы только умел.

Суд вышел с какой-то неправдоподобной скоростью, можно сказать, вылетел. Глаза женщины-судьи лихорадочно сияли, и даже мертвенный свет люстры не смог притушить выражения восторга на ее лице. Открыв тяжелую красную папку, она прочитала приговор так быстро, что Ян сначала ничего не понял, и только по коллективному вздоху облегчения сообразил, что пилоты оправданы.

Со словами «заседание закрыто» судья захлопнула папку, сунула ее секретарю и выбежала из зала.

Люди встали, бросились поздравлять обалдевших пилотов, а Яну стало неловко вмешиваться, и он вышел на улицу.

Судья обнималась с каким-то мужчиной и, кажется, плакала. Колдунов отвел глаза.

Судья сказала: «Мне надо еще поработать, буквально пять минут» — и вернулась в здание суда, ежесекундно оборачиваясь. Ян придержал ей дверь, переглянулся с мужчиной, который подошел и сел на нижнюю ступеньку крыльца запросто, как в деревне.

Понемногу стали выходить люди, одним из первых выскочил командир воздушного судна и жадно закурил, затягиваясь так глубоко, будто неделю до этого вообще не дышал. Высадив папиросу в три приема, он скрылся в телефонной будке.

Колдунов отступил в тень, думая, прилично ли будет незаметно уйти, ведь раз все кончилось благополучно, он больше не нужен, но тут его окликнула монашка:

— Как вы, доктор?

— Спасибо, хорошо. Вот, заканчиваю академию.

— И куда дальше?

Ян пожал плечами:

— Куда пошлют.

После того как он не попал на аудиенцию к генералу, стало ясно, что остаться на кафедре не получится. Князев уверял, что это к лучшему, потому что в боевых условиях он быстрее почувствует себя самостоятельной единицей и научится принимать решения, а на кафедре так и пробегает до сорока лет в коротких штанишках. «И вообще, поверь моему опыту, лучше не начинать работать там, где тебя знали учеником», — наставлял Князев. Теоретически придраться к его словам было трудно, но все равно немножко обидно.

— А в Афганистан могут послать?

Ян кивнул.

— Страшно?

— Да как сказать… Не то чтобы, но немножко зябко.

— ...Скажу уж вам, доктор, пока пилоты нас не слышат, — монашка заговорщицки подмигнула, и Ян вздрогнул от внезапно нахлынувшего воспоминания. — Господь принял нас в свои ладони и оставил на земле не просто так. Вы, доктор, совершите множество добрых дел.

— Что-то я сильно в этом сомневаюсь, — засмеялся Ян.

— Я буду молиться за вас. — Монашка перекрестила его и отошла.

Послесловие

Автор еще раз хочет напомнить, что герои книги не имеют ничего общего с реальными людьми.

О приводнении «Ту-124» 21 августа 1963 года и о судьбе экипажа можно узнать из документального фильма телекомпании «Мир» «Иду на Неву» http://mirtv.ru/video/60108/

Поскольку автор не является пилотом гражданской авиации, то понимает, что в работе было допущено много неточностей и даже нелепостей.

Тем, кто хочет подробнее познакомиться с работой в авиации, автор горячо рекомендует книги Георгия Берегового «Угол атаки», Андрея Погребного «За гранью обычного», Александра Андриевского «Роман с Авиацией. Технология авиакатастроф», а также Василия Ершова «Летные дневники».

Литературно-художественное издание

Воронова Мария Владимировна

УГОЛ АТАКИ

Руководитель отдела *И. Архарова*
Ответственный редактор *А. Самофалов*
Младший редактор *Е. Дмитриева*
Художественный редактор *А. Дурасов*
Технический редактор *О. Серкина*
Компьютерная верстка *Л. Панина*
Корректор *Т. Кузьменко*

Страна происхождения: Российская Федерация
Шығарылған елі: Ресей Федерациясы

ООО «Издательство «Эксмо»
123308, Россия, город Москва, улица Зорге, дом 1, строение 1, этаж 20, каб. 2013.
Тел.: 8 (495) 411-68-86.
Home page: www.eksmo.ru E-mail: info@eksmo.ru
Өндіруші: «ЭКСМО» АҚБ Баспасы,
123308, Ресей, қала Мәскеу, Зорге көшесі, 1 үй, 1 ғимарат, 20 қабат, офис 2013 ж.
Тел.: 8 (495) 411-68-86.
Home page: www.eksmo.ru E-mail: info@eksmo.ru.
Тауар белгісі: «Эксмо»
Интернет-магазин : www.book24.ru

Интернет-магазин : www.book24.kz
Интернет-дүкен : www.book24.kz
Импортёр в Республику Казахстан ТОО «РДЦ-Алматы».
Қазақстан Республикасындағы импорттаушы «РДЦ-Алматы» ЖШС.
Дистрибьютор и представитель по приему претензий на продукцию,
в Республике Казахстан: ТОО «РДЦ-Алматы»
Қазақстан Республикасында дистрибьютор және өнім бойынша арыз-талаптарды
қабылдаушының өкілі «РДЦ-Алматы» ЖШС,
Алматы қ., Домбровский көш., 3«а», литер Б, офис 1.
Тел.: 8 (727) 251-59-90/91/92; E-mail: RDC-Almaty@eksmo.kz
Өнімнің жарамдылық мерзімі шектелмеген.
Сертификация туралы ақпарат сайтта: www.eksmo.ru/certification

Сведения о подтверждении соответствия издания согласно законодательству РФ
о техническом регулировании можно получить на сайте Издательства «Эксмо»
www.eksmo.ru/certification
Өндірген мемлекет: Ресей. Сертификация қарастырылмаған

Дата изготовления / Подписано в печать 14.10.2021. Формат 84x108 $^{1}/_{32}$.
Гарнитура «CharterITC». Печать офсетная. Усл. печ. л. 16,8.
Тираж 6000 экз. Заказ № 9968.

Отпечатано в АО «Можайский полиграфический комбинат».
143200, Россия, г. Можайск, ул. Мира, 93.
www.oaompk.ru, тел.: (495) 748-04-67, (49638) 20-685

Москва. ООО «Торговый Дом «Эксмо»
Адрес: 123308, г. Москва, ул. Зорге, д.1, строение 1.
Телефон: +7 (495) 411-50-74. **E-mail:** reception@eksmo-sale.ru

По вопросам приобретения книг «Эксмо» зарубежными оптовыми покупателями обращаться в отдел зарубежных продаж ТД «Эксмо»
E-mail: **international@eksmo-sale.ru**

International Sales: International wholesale customers should contact Foreign Sales Department of Trading House «Eksmo» for their orders.
international@eksmo-sale.ru

По вопросам заказа книг корпоративным клиентам, в том числе в специальном оформлении, обращаться по тел.: +7 (495) 411-68-59, доб. 2261.
E-mail: **ivanova.ey@eksmo.ru**

Оптовая торговля бумажно-беловыми и канцелярскими товарами для школы и офиса «Канц-Эксмо»:
Компания «Канц-Эксмо»: 142702, Московская обл., Ленинский р-н, г. Видное-2, Белокаменное ш., д. 1, а/я 5. Тел./факс: +7 (495) 745-28-87 (многоканальный).
e-mail: **kanc@eksmo-sale.ru**, сайт: www.**kanc-eksmo.ru**

Филиал «Торгового Дома «Эксмо» в Нижнем Новгороде
Адрес: 603094, г. Нижний Новгород, улица Карпинского, д. 29, бизнес-парк «Грин Плаза»
Телефон: +7 (831) 216-15-91 (92, 93, 94). **E-mail**: reception@eksmonn.ru

Филиал ООО «Издательство «Эксмо» в г. Санкт-Петербурге
Адрес: 192029, г. Санкт-Петербург, пр. Обуховской обороны, д. 84, лит. «Е»
Телефон: +7 (812) 365-46-03 / 04. **E-mail**: server@szko.ru

Филиал ООО «Издательство «Эксмо» в г. Екатеринбурге
Адрес: 620024, г. Екатеринбург, ул. Новинская, д. 2щ
Телефон: +7 (343) 272-72-01 (02/03/04/05/06/08)

Филиал ООО «Издательство «Эксмо» в г. Самаре
Адрес: 443052, г. Самара, пр-т Кирова, д. 75/1, лит. «Е»
Телефон: +7 (846) 207-55-50. **E-mail**: RDC-samara@mail.ru

Филиал ООО «Издательство «Эксмо» в г. Ростове-на-Дону
Адрес: 344023, г. Ростов-на-Дону, ул. Страны Советов, 44А
Телефон: +7(863) 303-62-10. **E-mail**: info@rnd.eksmo.ru

Филиал ООО «Издательство «Эксмо» в г. Новосибирске
Адрес: 630015, г. Новосибирск, Комбинатский пер., д. 3
Телефон: +7(383) 289-91-42. E-mail: eksmo-nsk@yandex.ru

Обособленное подразделение в г. Хабаровске
Фактический адрес: 680000, г. Хабаровск, ул. Фрунзе, 22, оф. 703
Почтовый адрес: 680020, г. Хабаровск, А/Я 1006
Телефон: (4212) 910-120, 910-211. **E-mail**: eksmo-khv@mail.ru

Филиал ООО «Издательство «Эксмо» в г. Тюмени
Центр оптово-розничных продаж Cash&Carry в г. Тюмени
Адрес: 625022, г. Тюмень, ул. Пермякова, 1а, 2 этаж. ТЦ «Перестрой-ка»
Ежедневно с 9.00 до 20.00. Телефон: 8 (3452) 21-53-96

Республика Беларусь: ООО «ЭКСМО АСТ Си энд Си»
Центр оптово-розничных продаж Cash&Carry в г. Минске
Адрес: 220014, Республика Беларусь, г. Минск, проспект Жукова, 44, пом. 1-17, ТЦ «Outleto»
Телефон: +375 17 251-40-23; +375 44 581-81-92
Режим работы: с 10.00 до 22.00. **E-mail:** exmoast@yandex.by

Казахстан: «РДЦ Алматы»
Адрес: 050039, г. Алматы, ул. Домбровского, 3А
Телефон: +7 (727) 251-58-12, 251-59-90 (91,92,99). E-mail: RDC-Almaty@eksmo.kz

Украина: ООО «Форс Украина»
Адрес: 04073, г. Киев, ул. Вербовая, 17а
Телефон: +38 (044) 290-99-44, (067) 536-33-22. **E-mail**: sales@forsukraine.com

Полный ассортимент продукции ООО «Издательство «Эксмо» можно приобрести в книжных магазинах «Читай-город» и заказать в интернет-магазине: www.chitai-gorod.ru.
Телефон единой справочной службы: 8 (800) 444-8-444. Звонок по России бесплатный.

Интернет-магазин ООО «Издательство «Эксмо»
www.book24.ru
Розничная продажа книг с доставкой по всему миру.
Тел.: +7 (495) 745-89-14. E-mail: **imarket@eksmo-sale.ru**

ISBN 978-5-04-157549-6

9 785041 575496 >